Le Juge

Du même auteur

La Fille porte-bonheur, Plon, 2011.

Christophe Lambert

Le Juge

PLON
www.plon.fr

12, avenue d'Italie
75013 Paris
Tél. : 01 44 16 09 00
Fax : 01 44 16 09 01
www.plon.fr

ISBN : 978-2-259-23003-2

« L'injustice est muette, la justice crie. »

Jean de Rotrou.

« Ce n'est pas la loi qu'il faut craindre, mais le juge. »

Proverbe russe.

1

Keller regarda les cinq types qui ricanaient. Ils se préparaient à lui tomber dessus : un parfum de violence sale régnait. Le premier gars, vêtu d'un blouson de cuir sans manches, ressemblait à un lutteur de foire : ses bras nus, tatoués, laissaient apparaître des muscles de docker. Une ancre de marine, sur son avant-bras gauche, confirmait qu'il avait travaillé dans un port. Ses baskets noires avaient connu de meilleurs jours. Une moustache de guerrier mongol lui barrait le visage, qu'un tatouage mal dessiné prolongeait en forme de larmes, vers le cou. En lettres délavées, on pouvait lire, plus bas, « NO FUTURE », juste sous la pomme d'Adam. Au bas mot, le type pesait cent vingt kilos. Derrière lui, les autres se sentaient à l'abri. No Future regarda autour de lui : la fille, le corsage déchiré, s'était recroquevillée contre le mur du couloir du métro. Au-dessus d'elle, une affiche vantait les plages de l'île Maurice, son soleil, son accueil, sa nature, et contrastait durement avec la nuit de la station Strasbourg-Saint-Denis. Une caméra de surveillance, un peu plus loin, avait été coiffée d'un sac-poubelle, la rendant aveugle. En ce début de soirée, il n'y avait personne. La régie des transports avait allégé le dispositif pour des raisons d'économie : pas un employé en vue, pas un vigile dans les parages. L'ampoule d'éclairage avait été cassée, et le cerclage en laiton du globe pendait, inutile, éventré.

No Future se tourna vers le gars le plus proche de lui :

– Il veut quoi, le vieux, à ton avis, Kaddour ?

– Sais pas. Vaut mieux qu'il se casse.

– Casse-toi, le vieux.

– Et plus vite que ça, connard !

Kaddour, un métis aux cheveux crépus blonds qui invitait le nouveau venu à s'enfuir, portait ostensiblement un poignard glissé dans la ceinture. Son copain, un grand Noir, une casquette Nespresso à l'envers sur le crâne, s'avança, donnant un coup d'épaule à un petit blondinet, dont le poignet gauche s'ornait d'une chaîne de portail rouillée. De son autre main, il tenait une faucille. Il avait l'air surexcité, son nez coulait. Sa mauvaise peau, constellée de cratères, indiquait l'utilisateur d'amphétamines. Il avança encore d'un pas, et en profita pour donner un coup de pied à la fille à terre. Elle étouffa un cri, qui n'alla pas plus loin que le coude du couloir dallé de blanc. Une poubelle, simple sac en plastique transparent, pendouillait sur un piquet, débordant de canettes vides, de papiers gras, d'ordures diverses. Une tringle à rideau brisée agrémentait le tout. Comment avait-elle abouti là ? C'était l'un de ces mystères qui rendaient le métro parisien si incertain : depuis quelque temps, toute une faune de racailles, de néorappeurs, de voleurs de banlieue, de candidats au djihad, de voyous du 9-3 s'était installée dans le sous-sol de Paris, terrifiant les passagers attardés, traversant les voies électrifiées, disparaissant dans les boyaux gras du sous-ventre de Paris. Ils avaient leurs tanières, leurs règles, leurs gangs, leurs territoires marqués d'un bombage agressif. La police, ridiculisée, courait le long des lignes après un adversaire toujours fuyant. Un agent de sécurité, la semaine précédente, avait été jeté sous une rame et sectionné au niveau de l'abdomen. La photo de son torse, alors qu'une crapule masquée le tenait par les cheveux, avait fait le tour du Net : on y apercevait la tête aux yeux figés de l'agent, sa poitrine nue, et, plus bas, son estomac et ses intestins pendant sur les baskets de son ennemi. Celui-ci, visiblement, riait sous sa cagoule. On apercevait une dent incrustée d'un petit lapis-lazuli. La légende de la photo était claire : « Métro Djihad ».

Le scandale avait été immense. Place Beauvau, on avait mis des hommes, des moyens. Résultat : deux pickpockets et cinq clodos arrêtés à la station Louvre. Les cailleras, elles, s'étaient évaporées.

C'était toujours la même chose, se dit Keller. La boue remontait sans cesse des égouts, on n'en finissait jamais. Depuis qu'il était sorti de prison, où il avait gagné le droit de porter jugement sur ses semblables, il regardait avec un détachement amer la peur qui paralysait la société. Ceux qui étaient chargés de faire respecter l'ordre avaient leurs règles, leurs horaires, leurs contraintes. Ceux d'en face n'en avaient pas. Les vigiles avaient des sifflets et des matraques, les voyous des armes de poing. À Marseille, la semaine précédente, tout un quartier, dans le nord de la ville, avait été pris en otage par des loubards qui dialoguaient à la kalachnikov. L'envoi d'hélicoptères et de huit cents hommes de troupe n'avait rien donné : les tireurs s'étaient fondus dans les dédales de la cité, laissant derrière eux une dizaine de cadavres, dont un bébé haché par les rafales. Samia Ghali, maire du quartier, avait fait appel, quelques années plus tôt, à l'armée : elle s'était fait rabrouer, insulter, et le ministre de la Justice l'avait remise à sa place. On n'était pas en guerre, officiellement. Officieusement, c'était une autre chanson : la came dictait sa loi dans les villes, où de véritables « no-go zones » s'étaient établies. On n'avait pas besoin de passeport, de visa ou d'autorisation pour y pénétrer. Il fallait simplement du fric. On n'entrait dans ces quartiers que pour acheter ou vendre de la dope. Les camés y venaient pour trouver leur saloperie. Les dealers s'y établissaient pour se transformer en véritables boutiquiers de poudre. Des convois de go-fast et, c'était la mode, de go-slow livraient la coke, les amphètes ou ce qu'on voulait, et la police, soigneusement arrosée, laissait faire. Après tout, les dealers allaient s'entre-flinguer un jour, pas besoin de s'en mêler.

Une canette de Red Bull vide roula sous le pied d'un gars de la bande. Tête rasée, bras ballants, blue-jean déchiré, Timberland aux pieds : en un clin d'œil, Keller avait jaugé l'ennemi. Timberland se tenait en retrait, une chemise hawaïenne dépassant de son gilet en cuir. Son visage dénotait une origine méditerranéenne. Italien peut-être ? De toute évidence, il était le plus dangereux, et ses muscles, bien dessinés, parlaient pour lui. Des cals sur ses phalanges dénotaient la pratique d'un sport de combat. Mais le type avait une assurance qui était sa faiblesse. De plus, les Timberland étaient lourdes, et la semelle en gomme épaisse permettait certes de bons appuis, mais interdisait les pivots rapides. En cas d'affrontement, il fallait le prendre de côté.

Kaddour s'avança d'un pas, défiant Keller du regard.

– Alors, t'as quelque chose à dire ?

Keller ne répondit pas. À quoi bon ? C'était du temps perdu. La canette de Red Bull roula vers un petit caniveau et s'arrêta sous un robinet en cuivre, souvenir du Métropolitain d'avant guerre. Aujourd'hui, les « techniciens de surface » n'utilisaient plus ces arrivées d'eau, mais avaient des petits chariots électriques qui faisaient gicler des produits nettoyants.

Kaddour se tourna vers No Future :

– Il a rien à dire, le mec. Il a de la chance.

– C'est vrai, il a de la chance. Le silence, c'est signe de peur. Il a la trouille, le mec, je te dis.

– Ouais, ça craint, ça. Pour lui.

– Ouais, ça me met en colère, des visites comme ça.

– T'es énervé ? Dangereux, ça…

Keller les regardait avec une sorte de pitié mêlée de révulsion. La fille, par terre, saignait du nez et, recroquevillée, essayait de se faire la plus petite possible. Keller distingua quelque chose derrière elle : une petite main dépassait. En une seconde, Keller comprit : il y avait un enfant. Le balafré fit un rapide pas de côté et poussa la jeune femme : une petite fille apparut – sept ou huit ans, cheveux blonds en bataille, visage bouleversé strié de larmes. Elle se mit à gémir. Visiblement, son bras qui pendait, inerte, était cassé. Timberland s'approcha. Les quatre autres voyous faisaient un arc de cercle devant Keller, abritant Timberland. Celui-ci se mit à siffler la Chevauchée des Walkyries, comme dans *Apocalypse Now*. Les autres commencèrent à gueuler en chœur :

– Ta ta tatata ta, ta ta tatata, TA !

C'était du cinéma, destiné à intimider. Keller avait bien vu ces rituels, en prison : les règlements de comptes, les viols collectifs, les bagarres, tout était précédé de signes avant-coureurs. Par chance, il avait un don : il savait déchiffrer le langage corporel avec une précision qui tenait de la magie. Un battement de paupières, un changement de pose, un tressaillement de muscle, et tout était dit. Enfant, il s'exprimait avec peu de mots. Ses parents le croyaient dyslexique. Il se souvint des longues séances avec le psychothérapeute. Il avait cinq ans. On lui donnait des cubes bariolés qui portaient, sur chaque face, une lettre de l'alphabet. C'était ennuyeux. Le psy l'incitait à former des mots courts, se servant des couleurs et des sons. Pendant des mois, dans la maison familiale, à Garches, en banlieue parisienne, l'enfant avait ainsi ingurgité des systèmes qui ne lui parlaient pas. Puis, un jour, alors que le psy, le dos tourné, préparait les cubes, le gamin avait simplement dit :

– Garage.

Stupéfait, le psy s'était retourné. Comment ce gamin avait-il pu deviner que, justement, il préparait l'assemblage de lettres qui constituait ce mot ? Plus tard, bien plus tard, Keller avait compris lui-même : chaque être humain a des signes, des *tells*, comme disent les joueurs de poker américains. Ces *tells* sont liés à l'activité en cours et dénoncent, avant même que le joueur n'en soit conscient, ce qu'il a en main. Keller avait cette très rare faculté de perception. Quand la famille Keller avait déménagé de Garches à Tel-Aviv, l'enfant n'avait eu aucun mal à s'adapter.

Et, très vite, son don avait été mis à profit.

Keller jaugea la situation et murmura :

– Niveau 3.

En langage militaire, c'était le niveau d'alerte moyenne.

Timberland se mit à rire, haut et fort. Ses soldats, devant lui, le protégeaient. Sûrs de leur force, certains de leur supériorité, ils jouissaient d'avance de la castagne à venir. Devant eux, ils ne voyaient qu'un individu solitaire, dont le blouson militaire, acheté aux Puces, ne payait pas de mine. Cheveux courts, la petite quarantaine, taille moyenne. Sans doute un employé de bureau, un cadre secondaire dans une société de palettes industrielles ou un chauffeur de taxi fatigué. Keller avait les yeux d'un bleu délavé. C'était un héritage de ses oncles sabras qui s'étaient établis, il y a longtemps, en Israël. Quand il était en colère, ses yeux devenaient si pâles qu'ils semblaient liquides.

Là, il n'était pas en colère. Juste prêt. Il connaissait le principe, qui ne changeait jamais : laisser l'adversaire attaquer le premier. Dès que le coup commençait à être porté, le déséquilibre était enclenché. Il suffisait alors de profiter de ces nanosecondes pour utiliser la force de l'ennemi. Sur le principe, c'était facile. Dans la pratique, peu d'hommes possédaient la capacité d'analyse, fulgurante, de l'action en cours. Pour Keller, tout se déroulait au ralenti. Mais, là, le niveau d'agressivité des cinq racailles n'était pas encore suffisant. En force pure, il n'avait aucune chance : un type comme No Future aurait suffi à le mettre en pièces. Mais Keller n'était pas un cadre secondaire dans une société de palettes industrielles.

Timberland s'avança vers les deux filles, à terre. Il mit ses mains sur ses hanches, faisant ressortir le volume de ses épaules, et dit :

– Vas-y, Kaddour !

Kaddour ricana et rompit la ligne de défense. Sans quitter Keller des yeux, il recula de deux pas et s'approcha de Timberland, visiblement son chef.

La petite fille ferma les yeux. Sa grande sœur essuya le sang qui coulait de son nez. Elle essaya de se relever, mais le talon de sa chaussure, brisé, la fit tituber. Kaddour la poussa. Elle retomba contre l'affiche de la plage ensoleillée, y laissant une longue traînée sanglante. Kaddour explosa de rire :

– Attends, attends, mamizelle ! Tu vas pas regretter, salope ! Tu vas prendre ton pied, t'en redemanderas ! C'est du kif ! Du good !

Il s'approcha de Timberland. Celui-ci, les mains croisées sur son crâne rasé, murmura :

– *Va bene.*

Italien, donc. Kaddour s'accroupit et désigna la braguette de son chef. L'autre, le regard fixé sur Keller, le défiait. Quand Kaddour pointa son doigt vers son général, il se mit à rugir :

– T'as vu ? T'as vu, la gonzesse ? C'est du gros, du lourd ! Tu vas pas oublier ! T'en as jamais vu, un mec comme ça ! Tu vas goder ! Les autres, elles en redemandent ! Elles veulent de la redif ! Champion du monde ! C'est top de la mort !

Timberland se pencha sur la fille. La peur de sa victime l'excitait. Il se tourna vers Kaddour :

– La petite, elle est pour toi.

Brusquement, un bruit de pas se fit entendre. Quelqu'un se dirigeait vers le quai, où les rames, devenues rares à cette heure de la nuit, ramassaient les noctambules. Dans le couloir, derrière Timberland, apparut un homme avec un cabas. Fatigué, visiblement, il traînait la jambe en s'appuyant sur une canne. Il aperçut d'abord l'affiche, puis les filles, puis le sang, puis les racailles. Il s'arrêta. La violence qui flottait dans l'air était palpable. Le passant avait les cheveux blancs et portait un imperméable usé. Son visage, barré de deux rides verticales, trahissait une vie difficile.

Il s'arrêta.

Kaddour se retourna :

– Casse-toi, connard !

Dans le lointain, on entendit l'annonce « Attention à la fermeture des portes », dictée par une voix mécanique, et l'écho du départ de la rame se répandit dans les couloirs. La jeune femme, la tête baissée, essayait de protéger de son mieux sa petite sœur, et, visiblement, plus elle avait peur, plus Timberland était excité. Il passa la main sur son crâne rasé. D'un mouvement autoritaire, il ferma le poing et, lentement, l'amena devant son bas-ventre. Keller observait. Depuis longtemps, il savait dissocier ses sentiments de la scène en train de se jouer. La peur, la colère, la rage, la tristesse étaient des fardeaux, dans un combat. Seuls comptaient les déplacements, les coups, les esquives, la mise à terre de l'ennemi. Il n'y avait pas de pitié à avoir, pas de colère à éprouver. La vie était épouvantable, il fallait s'en accommoder, et Keller l'avait appris à la dure. La victoire, c'était l'unique but.

L'intrus surgi de nulle part avait laissé tomber son cabas ; des oranges s'en échappaient. Le petit blondinet, sûr de sa puissance avec ses copains, s'avança et brandit sa faucille. Cet outil agricole était étrangement déplacé, dans ce lieu : mais Keller savait que le fil de la lame recourbée pouvait être mortel. Pendant des siècles, les paysans s'étaient servis de ce qu'ils avaient sous la main pour se défendre : faux, pelles, pioches, fléaux, bâtons, piques, fourches. Certaines de ces armes avaient vu leur maniement codifié dans le Bushido, avec une efficacité redoutable.

Dans son imper fatigué, le passant semblait terrifié. Appuyé sur sa canne, il restait là, incertain. S'il tournait le dos, il risquait de prendre un coup de faucille. S'il demeurait sur place, il devenait un témoin gênant. Il jeta un bref coup d'œil sur Keller et le mesura : qu'y avait-il à attendre de ce type tout seul face à ces voyous ? Rien, bien évidemment. Il ne faisait pas le poids. Le blondinet, ricanant, s'avança et, d'un coup de faucille, arracha une partie de l'imperméable. Le vieil homme recula d'un pas en boitant.

– T'en veux encore, le vieux ? Tu veux que je te découpe en rondelles, hein, le boitingue ? Ou bien tu veux participer ? Ça t'excite, hein ? T'aimes ça, connard ! T'as pas de meuf, tu veux une tranche de cake ? Wesh, wesh !

L'interpellé baissait la tête. Il allait y laisser sa peau, c'était sûr. Kaddour, aboyant comme un chien à la lune, se glissa près de son chef, et avec ses santiags, écrasa les doigts de la jeune femme, qui se mit à hurler. Son cri se transforma en gémissement, et on entendit les os de ses doigts se briser, un à un.

Timberland riait.

No Future se dressa devant Keller, comme une montagne de chair. Abattre cet être de béton, c'était une mission impossible.

Mais pas pour Keller. Il répéta :

– Niveau 3.

Il devina que No Future allait s'avancer avant même que celui-ci en ait conscience. Un frémissement dans les muscles de ses épaules, un microchangement d'équilibre, quelque chose dans la contraction de ses hanches annoncèrent la donne.

Pied gauche, se dit Keller.

Et l'autre, en effet, avança le pied gauche, se maintenant à deux mètres de Keller. Il n'était pas encore engagé dans le combat. Il voulait juste frimer.

– Alors, t'en veux aussi ?

Keller le regarda et lui dit simplement :

– Tu as deux secondes pour t'en aller. Passé ce délai, tu vas avoir mal.

Stupéfait, No Future regarda ce microbe qui le défiait, et qui faisait la moitié de sa taille. Il n'avait jamais rien entendu de plus comique.

Keller se mit en position, les bras le long du corps, ballants, les mains mi-ouvertes, les muscles relâchés. Puisque No Future avait avancé le pied gauche, son prochain mouvement serait d'avancer le pied droit, et de prendre appui sur celui-ci pour utiliser son bras droit, sans doute avec la chaîne qu'il était en train de retirer de son cou. La chaîne était une bonne arme, mais elle était lente. Si le premier coup ratait, la force cinétique du métal était telle qu'il fallait deux secondes pour revenir en arrière et recommencer. Deux secondes, dans un combat, c'était l'éternité.

Sans rire, l'éternité.

No Future allait attaquer. Mais avec désinvolture, tellement il était sûr de gagner. Keller grava la scène et la disposition des lieux dans sa mémoire : à gauche, la fille, gémissante et sanglante, effondrée contre le mur ; devant elle, Timberland. Entre eux, deux sbires, visiblement prêts à écraser l'intrus. Derrière, tout au fond, près de la poubelle, le passant, avec sa canne, face au blondinet et sa faucille. La lumière était mauvaise : la lampe décerclée pendait.

Et tout se déclencha.

No Future avança le pied droit, comme Keller l'avait prévu. Toute la masse de son corps se déporta ainsi, avec une légère rotation des hanches. Mais, au lieu de profiter de ce mouvement naturel, No Future se bloqua, et lança un crochet du droit en partant des épaules. Même avec la moitié de la force, le coup pouvait être fatal. Aux yeux de Keller, tout était lent, si lent... No Future se mouvait au ralenti. Avant même qu'il ait armé son poing, Keller s'était glissé sous son bras droit en se baissant légèrement. Les hanches du géant étaient en rotation vers la gauche, suivant le crochet du droit. Keller, rapide comme l'éclair, regarda le coup partir :

il était déjà dans le dos de son adversaire, et il leva le bras, crochetant celui de No Future. Celui-ci, surpris dans son élan, se déstabilisa et, vu la force déployée, pivota sans le vouloir vers Keller, se retrouvant face à lui. Celui-ci l'attendait : il ferma le poing et l'écrasa, de haut en bas, sur le nez de No Future. On entendit les os craquer. Les esquilles étaient remontées dans les sinus, oblitérant la vue de l'assaillant et lui faisant un mal de chien. Il tomba à genoux, le bras droit toujours crocheté par Keller. Celui-ci, profitant de l'énergie de la chute, imprima une torsion au niveau de l'épaule : on entendit l'humérus se déboîter, la clavicule se briser et l'acromion sauter. C'était la règle du jeu : on mettait un ennemi à terre, et on faisait tout pour qu'il ne puisse pas se relever. Il fallait l'achever instantanément. Keller, gardant les yeux sur Kaddour et sur Timberland, leva le genou et l'écrasa sur la pomme d'Adam du géant.

Du coin de l'œil, il vit le blondinet se rapprocher, mais il était encore loin. Il fallait s'occuper de Kaddour et de Nespresso. D'ailleurs, c'était celui-ci le plus dangereux.

Keller, toujours dans le mouvement, le genou levé, laissa No Future s'affaler et, pivotant sur le pied droit, lança un coup de pied tournant à la hauteur du visage de Kaddour. Celui-ci, en rage, vit le coup venir, mais il ne sut pas comment le parer. Il reçut la pointe de la chaussure de Keller dans la tempe, avec une force dédoublée par son propre élan. Keller sentit une cervicale céder. Nespresso, le grand Black, était déjà sur lui. Il avait sorti une lame de trente centimètres et attaqua de face. Le temps d'armer son bras, Keller avait tout déchiffré : les muscles supra-épineux s'étaient contractés, le regard de Nespresso s'était porté sur le ventre de Keller, les deux pieds s'étaient écartés pour prendre appui.

Risible.

Keller, tout simplement, s'effaça. Le couteau ne rencontra que le vide. Le visage de Nespresso, lui, rencontra le coude de son adversaire. Keller sentit plusieurs dents tomber, et le sang se mit à couler. À terre, No Future essayait de gueuler, les mains sur la gorge. Nespresso tenta de se retourner d'un seul mouvement, c'était comme s'il se mouvait dans les sables : Keller se borna à lui donner un coup de pied dans la rotule, de tout son poids. Il sentit celle-ci se déplacer. Nespresso tomba lourdement, incapable de ralentir sa chute. Sa tête rebondit sur le sol. Mais il avait de la ressource, et de la force. Il tenta de se relever, en rugissant, et, fouillant dans sa ceinture, sortit un flingue. À vue de nez, un .45. Le temps qu'il l'empoigne, Keller s'était glissé contre le mur, le long de la poubelle. Il saisit la tringle à rideau abandonnée et, l'utilisant comme un pal, la projeta violemment en avant, de face. Elle pénétra dans la bouche de Nespresso, heurtant la glotte, écrasant le palais, détruisant la luette et le pharynx. Nespresso ne pouvait plus respirer. Il allait mourir dans quinze secondes. Le .45 tomba avec un fracas métallique.

C'était fini. Le combat avait duré quinze secondes. Il ne restait plus que Timberland et le blondinet. Ce dernier, d'ailleurs, s'apprêtait à fuir du côté du boiteux qui n'avait pas bougé. Le voyou tourna les talons, et commença à courir, mais Keller leva la main, attrapa le cerclage de la lampe en cuivre et l'expédia comme un boomerang. L'engin percuta le blondinet à la nuque.

Timberland était figé. La rage s'était emparée de lui. Son érection était évidente, son plaisir aussi. Keller devina ce qu'il allait faire : porter la main dans sa ceinture, derrière. Il avait une arme. Keller analysa toutes ses options. Il était à quatre mètres, et l'autre allait tirer dans une seconde. Pas le temps de réfléchir : s'appuyant sur le mur, il se laissa tomber au sol, ramassant au passage le couteau de Nespresso. Dans l'élan, il le lança. Au moment où Timberland braquait un Sig Sauer Mosquito, la lame lui transperça la paume. L'arme tomba. Il ne lui restait plus qu'à fuir.

Le temps que Keller se relève, Timberland courait déjà. Il passa près du blondinet et, s'apprêtant à disparaître dans les couloirs, il ne sentit pas le sifflement. Le passant, près de son cabas, venait d'abattre avec violence sa canne, de côté, comme un bûcheron. Celle-ci fit un bruit mat en s'écrasant sur l'entrejambe de Timberland. La douleur dut être intense, absurde, inhumaine. Timberland essaya de crier, mais aucun son ne sortit de sa bouche. La canne, brisée, tomba sur le sol et rebondit.

Keller s'avança :

— Je t'avais dit que j'allais te faire mal.

Il regarda les deux victimes et dit au boiteux :

— Vous pouvez vous occuper d'elles ?

— Bien sûr.

L'homme ramassa ses oranges, laissant à terre le sac en plastique déchiré et un morceau de la canne cassée. Keller le regarda, décelant quelque chose de peu commun chez cet homme. Il lança :

— La prochaine fois, ils vous prendront votre canne… *Molon Labe,* ajouta-t-il en le fixant avec un regard insistant.

Peu de gens connaissaient la devise du Sayeret Matkal, unité d'élite créée en Israël en 1957, héritière du Palmach, le noyau dur de la Haganah, organisation de résistance juive contre l'occupation britannique.

L'homme hocha la tête et répéta doucement en souriant :

– *Molon Labe.*

Keller en était sûr, le bonhomme avait un passé de combattant. Il était âgé, certes, mais restait un guerrier. Il se pencha, ramassa le Sig Sauer de Timberland, éjecta le chargeur.

Juste avant de disparaître, passant près de Timberland qui respirait par à-coups, les yeux révulsés, Keller dit :

– On m'appelle le Juge. Souviens-t'en.

Le blondinet, lui, s'était enfui. Au loin, on entendait l'arrivée des vigiles du métro qui accouraient. La police allait suivre. Keller regarda la scène avant de s'en aller. Appuyée contre le mur, la jeune femme sanglotait.

La petite fille avait disparu.

Le cœur de Keller s'effondra dans sa poitrine. Il y avait, imprimée dans sa mémoire inconsciente, une image enregistrée il ne savait pas quand ni comment : une chevelure d'enfant déployée comme un dernier signe de détresse, un appel au secours, et une frêle silhouette tremblante que l'on entraînait vers la nuit, là-bas, au fond du couloir obscur.

Le sac en plastique, déchiré, taché par des tomates écrasées, flottait doucement dans un courant d'air.

Keller, au pas de course, s'activa et s'évanouit vers la ligne Pont de Sèvres. Toute l'affaire n'avait duré que quelques secondes.

2

Depuis quelques semaines, le commissaire principal Luc Mérigneux avait du souci. Tous les jours, en arrivant au bureau, dans le bâtiment de la PJ qui donnait sur les quais, il était accueilli par de nouveaux rapports, de nouvelles récriminations, des nouvelles plaintes. Il savait que les ennuis s'accumulaient, les nuages aussi. Sa hiérarchie l'avait déjà tancé, et les coups de téléphone pleuvaient. La maire de Paris menait la ville d'une main ferme : elle exigeait un haut niveau de sécurité minimale pour ses administrés, et chaque agression était suivie d'une dizaine de coups de fil. C'était sans fin. Mais c'était la règle du jeu, et Mérigneux l'acceptait.

Sur le trottoir, il venait de garer son scooter : c'était la seule façon de circuler. La place de l'Hôtel-de-Ville était déjà encombrée, à cette heure matinale, de touristes en goguette, de marchands africains, d'employés pressés, de mères de famille allant faire leurs courses, de gamins se rendant au lycée, de caissiers se dirigeant vers le BHV. La cohorte des voitures formait un mur compact : des petits marchands de souvenirs se faufilaient entre les véhicules, et, immobile, Mérigneux observait ce désordre bien parisien. Il repéra deux jeunes filles – des Roms – avec des journaux dans la main : les pickpockets étaient déjà en piste. Quelques Japonais n'allaient pas tarder à rappliquer au commissariat, les poches vides, la carte bleue envolée et le visage décomposé.

Il faisait encore froid, malgré le soleil. Le printemps était tardif. Il remonta le col de son blouson de cuir, enferma son casque intégral dans le coffre du scooter et, au lieu d'entrer dans le bâtiment, décida de changer de cap et de s'accorder un instant de paix avant de pénétrer dans la fourmilière qu'était la PJ. Tout y était étroit, les bureaux et les esprits. À la tête de l'Unité de répression de la délinquance violente (RDV), unité créée par le préfet huit ans plus tôt, Mérigneux n'ignorait rien des pièges politiques qui jalonnaient cette création. C'était à la faveur de l'émotion soulevée par le viol d'une policière dans un Abribus que le président de la République avait émis le souhait d'une unité spécialisée. Le Premier ministre avait engagé une réflexion sur la castration chimique des délinquants sexuels, et une commission avait renforcé les lois réprimant les délits commis en bande. Comme d'habitude, le Président avait réagi à chaud, et la création de la RDV n'avait servi qu'à endormir l'opinion publique. Le ministre de l'Intérieur et bras droit du Président s'était félicité de cette décision, appelée, selon lui, à un grand avenir. Il l'avait surnommée la « Delta Force » de la police parisienne, en comparaison avec les commandos de l'armée américaine. C'était une image osée : rien à voir avec un commando, malgré l'éventail d'armes disponibles, dont l'utilisation était autorisée. Mais tout était travail de surveillance, de renseignement, de patience. L'action venait plus tard, et elle était très limitée.

En 2007, Mérigneux avait quarante ans. Précédé d'une réputation de « grand flic » gagnée dans des opérations antibraquages à Lyon, il avait pris son poste avec réticence. Au début, tout avait été excitant : la formation, la stratégie, la manière de traiter les problèmes. Puis, après quelques coups d'éclat, la délinquance s'était modifiée, laissant place à l'ultraviolence. Les kalachnikovs qui traînaient dans les ruelles de la banlieue commençaient à faire leur apparition dans des opérations en centre-ville. La gangrène gagnait le cœur de Paris. La classe politique s'en était émue. Mérigneux savait que la création de l'Unité était un emplâtre sur une jambe de bois, au départ, et qu'elle ne servait qu'à satisfaire les électeurs. Mais, peu à peu, il avait transformé son équipe : il en avait fait un commando de types dévoués, échappant à la pression administrative. Delta Force ? Sûrement pas. Mais flics de terrain, ça oui.

Mérigneux passa la main dans son épaisse chevelure. Il traversa la rue, tournant le dos au quai de Gesvres, et se dirigea vers le coin, jetant un coup d'œil sur le square de la tour Saint-Jacques. Quelques clodos dormaient sur les bancs, emmitouflés dans des cartons. Mérigneux évita le café à marquise rouge qui attirait les touristes et remonta vers Le P'tit Bistrot dont le patron, un Ardéchois grognon, se vantait d'avoir le meilleur saucisson du monde. « Du monde ! », répétait-il en tapant du poing sur le comptoir.

À peine Mérigneux s'était-il accoudé pour boire son café qu'il entendit une voix :

– Alors, on bulle, patron ?

C'était Cazamec, son adjoint. Ce petit Polonais de troisième génération, qui vivait sur les nerfs et sur les nerfs des autres, ricana :

– T'es venu te taper du sifflard en douce au p'tit déj, Luc ?

Son rire, sec et grinçant, correspondait à son physique : il donnait l'impression de ne pas avoir été assez nourri dans son enfance, et semblait déshydraté. Ce qu'il compensait par une certaine absorption de Sauvignon et, dans les grandes occasions, de vodka. Il ne payait pas de mine, Casimir Cazamec. Mais on aurait eu tort de le sous-estimer : c'était un tireur d'élite. Dans l'armée, il avait été sniper. Avant ça, il avait été voleur de voitures. Depuis qu'il faisait partie de la RDV, nombreuses étaient les cailleras qui l'avaient mal considéré : elles pensaient l'écraser comme une mouche, et s'étaient retrouvées avec le canon d'un Heckler & Koch sous le nez, direction La Santé.

– T'as vu le journal, Luc ?

Cazamec tendit le quotidien. La une du *Parisien* annonçait : « Massacre dans le métro ». La manchette précisait : « La RATP, zone de guerre ? »

Mérigneux eut envie d'une cigarette. Mais c'était interdit, au bistrot. C'était la loi. Et la loi, il fallait la respecter. Il alluma une Marlboro.

Le téléphone sonnait furieusement. Mérigneux jeta son blouson sur une chaise et décrocha. C'était, évidemment, le patron qui voulait le voir immédiatement. Mérigneux sortit son arme de service, enleva le chargeur, l'enferma dans une boîte noire et mit le tout sous clé, dans son armoire blindée. La procédure. Il vérifia, d'un coup d'œil, que les deux autres boîtes noires, identiques, étaient bien là. Elles ne contenaient pas d'armes.

L'interphone gueula :

– Dans mon bureau, Mérigneux ! Tout de suite !

– J'arrive.

Il ressortit, croisa des inspecteurs pressés. L'un d'entre eux le heurta de l'épaule. C'était Vénissieux, un jeune qui avait de l'ambition.

– Alors, Mérigneux, on patauge ?

– Je t'emmerde, Vénissieux.

— Ooooh, c'est pas gentil, ça.

— Je t'emmerde quand même.

— Toujours aussi con, Mérigneux.

— Je vous emmerde, toi et ton chien.

— J'ai pas de chien, espèce de fion.

Il ne répondit pas. Il se dirigea vers l'escalier, où des tourbillons de poussière voletaient dans un rayon de soleil. La machine à café hoquetait. Deux gars de la Répression du trafic des êtres humains remplissaient laborieusement une grille de PMU. Jussiac, le plus âgé des deux, regarda Mérigneux, puis le salua d'un index paresseux et ajouta :

— Faudra qu'on se parle, bonhomme.

— Quand tu veux. Mais pas maintenant.

Jussiac replongea dans l'étude de la cinquième course à Longchamp. Son acolyte, en bras de chemise, pariait pour Navigateur des Prés.

— Non, je te dis. C'est Marzipan qu'il faut coter.

— Tu sais ce que ça veut dire, marzipan, en grec ?

— Non, comment je saurais un truc pareil, bouffi ? Et qu'est-ce que ça a à voir avec la choucroute ?

— Quelle choucroute ?

— C'est toi qui as parlé de choucroute.

— Non, j'ai parlé de marzipan. C'est de la pâte d'amandes. Rien à voir. Bon, on se met sur Navigateur des Prés, d'accord.

Mérigneux n'entendit pas la fin du débat. Il passa devant la secrétaire du patron, qui lui fit signe d'entrer directement.

Le Directeur des services actifs, Michel Rouah, était écarlate. C'était le seul indice qui trahissait sa colère. Pour le reste, il semblait calme, comme d'habitude. En apparence. D'origine libanaise, il avait fait son chemin dans l'administration de la police, lentement mais sûrement, en réglant certaines affaires délicates, en rendant service, en prenant soin des amis et, parfois, des ennemis. Toujours impeccablement mis, coiffé au millimètre malgré sa calvitie prononcée, il passait plus de temps dans les méandres des relations haut placées que dans les dossiers. S'il était parvenu à ce grade hiérarchique élevé, c'était en sachant de quel côté sa tartine était beurrée. Il n'allait pas rester sans réagir si les coups de téléphone pleuvaient.

Il attaqua, bille en tête, glacial :

– Alors, Mérigneux, vous êtes en vacances ?

– Non, monsieur.

– En congé, alors ?

– Non.

– Malade, peut-être ?

– Pas que je sache.

– Alors expliquez-moi ce qui se passe.

– Ce qui se passe ?

– Dans le métro, dans les rues, dans les cafés, dans les terrains vagues de notre bonne ville. Je veux parler de Paris, Mérigneux. Vous savez, cette ville dont vous avez la responsabilité.

– Vous faites allusion à l'agression dans le métro, monsieur ?

Mérigneux était resté debout. Il regarda Rouah ouvrir une boîte en acajou, cadeau d'un ancien président de la République, et se servir. Il prit une cigarette sans lui en offrir une, la regarda comme si elle allait lui porter conseil, l'alluma et reprit :

– Le métro, c'est ça. Trois morts, un blessé grave, deux victimes en sang – dont une petite fille disparue – et pas un témoin. Pas une vidéo. Pas une alarme. Rien.

– La RATP n'a rien ?

– Rien, Mérigneux.

– Un règlement de comptes, peut-être ?

– Vous savez que j'apprécie votre humour, Mérigneux. Si, si, je vous trouve assez drôle. Un règlement de comptes ?

Il souffla un nuage de fumée par les deux narines et reprit :

– Un règlement de comptes avec deux filles blessées, dont l'une a la main écrabouillée et l'autre a disparu, commissaire ? L'aînée est aide-soignante à l'hôpital Louis-Danvers et l'autre élève au Cours Montholon. Pas le profil de camées ou de dealeuses. Je crains que la maire ne soit pas aussi sensible que moi à votre humour, Mérigneux. Je vais vous dire ce qu'on va faire : c'est la cinquième agression de ce type en deux semaines. Des rumeurs inquiétantes remontent vers mon bureau.

– Des rumeurs ?

– Oui. Une sorte de Superman se serait mis en tête de nettoyer les bas-fonds de Paris ; c'est de la science-fiction, bien sûr, et je pense que nous allons découvrir une vérité plus triviale, genre clans rivaux ou bagarres de groupuscules politiques. Je ne serais même pas étonné si c'était des bagarres entre gauchistes énervés. Donc, je disais…

– Vous disiez… ?

– Je disais que vous allez mettre bon ordre à ce merdier. Pas question que les Américains viennent faire des reportages sur les no-go zones de Paris, n'est-ce pas ? La maire n'a pas du tout envie de voir les caméras de Fox TV débarquer, après le procès qu'elle est en train de leur faire. Je ne vous dis pas ce que ça va coûter en frais d'avocats… Donc, vous laissez tomber tous vos dossiers en cours et vous mettez votre équipe là-dessus. Et vous retrouvez la fillette enlevée. Fissa.

– Bien, monsieur le directeur.
– Nous sommes donc d'accord. Au travail. Sinon…
– Oui ?
Rouah regarda le mégot de sa cigarette et, du petit doigt, secoua la cendre qui tomba sur la moquette. Il l'écrasa du pied.

Cazamec passa la tête. Mérigneux, assis sur son tabouret fabriqué à partir d'un siège de tracteur, était accoudé au Bar de l'Escadrille. L'Unité avait récupéré un bout d'entrepôt, de l'autre côté du quai de Gesvres, dans une ancienne chocolaterie, et, en référence à la vieille bande dessinée de Buck Danny, avait baptisé l'endroit « le Bar de l'Escadrille ». Les murs lépreux n'avaient pas vu de chocolat depuis la guerre, et les briques apparentes laissaient suinter une humidité qui remontait. Quelques casiers métalliques, récupérés auprès d'un gymnase parisien, servaient d'armoires à provisions et de dépôt. Pastoureau, l'un des gars de l'équipe, avait trouvé ce local lors d'une saisie de came, et, pour le remercier, l'Association des confiseurs du quartier avait mis l'endroit à la disposition des flics de l'Unité. Le patron de l'association, un fabricant de dragées « pour mariage et baptêmes », avait même tenu à fournir des bonbons lors de l'installation informelle. On avait débouché quelques bouteilles et on avait chanté des refrains stupides avant de se mettre au travail. C'est là qu'avait eu lieu l'interrogatoire des frères Bouazala, gros trafiquants d'armes de la banlieue nord et du 9-4. Les frangins s'en étaient sortis avec quelques dents en moins, et un ou deux doigts de pied disparus : Pastoureau les avait travaillés à la masse de tailleur de pierre. Quand un voyou sent son petit orteil être écrasé par un maillet de fonte, en général il gueule. Puis il cause. À deux doigts de pied, il chante. À trois doigts de pied, il raconte la légende des siècles, l'arbre généalogique de sa famille et le détail de la recette secrète du bœuf en daube de tante Irma. La méthode est illégale, mais efficace. C'est la confession par le doigt de pied.

L'interrogatoire, en l'occurrence, n'avait donné lieu à aucun procès-verbal, mais le résultat était là. Le niveau d'agressivité dans le quartier Marx Dormoy à Paris était redescendu d'un cran. On avait retrouvé plus tard le cadavre de Samy Bouazala flottant dans le canal, vers La Villette. Il avait été victime d'un défaut de paiement. Le cash qu'il devait aux barbus qui lui vendaient des kalach avait disparu. Ce cash était dans l'une des armoires du Bar de l'Escadrille. Pour servir de fonds de roulement, car l'Administration était chiche pour les trombones, les agrafes, les imprimés. Le matériel de bureau, c'est cher. Très cher.

Pour combattre les voyous, il fallait des méthodes de voyou. C'était la devise de l'Escadrille.

Autour du bar récupéré dans un troquet du quartier, les gars étaient assis sur des chaises branlantes, des caisses de rhum Bacardi, des tabourets de piano. Les bières passaient de main en main, Cazamec faisait la distribution devant le frigo boiteux, mais qui avait l'avantage de fournir des glaçons à la demande. Confort moderne. Cazamec décapsulait les trappistes – on ne s'abaissait pas à picoler dans des canettes en alu, à la RDV – et essuyait la mousse qui coulait d'un revers de manche :

– T'es dégueulasse, fit remarquer Blondeau.

C'était le plus jeune de l'Unité. À peine vingt-six ans, les cheveux frisés sous le casque de moto, le blouson de cuir élimé aux coudes, comme il se doit, et heureux possesseur d'une Triumph Tiger 800 XCx finition semi-mate poudre de titane et pneus Pirelli Sorpion Trail. Étienne Blondeau, fils de dentiste, avait encore des illusions sur le reste de l'humanité : il pensait que les voyous avaient un code d'honneur, comme dans les films. Ce qui faisait marrer Pastoureau, le plus vieux de l'équipe. Travailler les loubards au marteau de charpentier, voire à la batte de base-ball, ne le contrariait guère. Accoudée au bar, le caban ouvert, Alix ne disait rien. Silencieuse, comme d'habitude, elle se risqua pourtant :

– Donc, on est là pour se faire engueuler ?

Du fond de la salle, monta le rire de Volterra. Ce géant chauve, de son vrai nom Volterra Peyrreroux, était baron, fils de baron, petit-fils de baron. Il avait rompu avec l'aristocratie en s'engageant dans la police. Il savait éplucher une poire avec une fourchette et un couteau, mais aussi mettre son poing dans la gueule d'un informateur réticent. Il habitait, avec sa femme et ses enfants, dans un ancien cinéma retapé, du côté de Saint-Leu-la-Forêt. Il avait même un potager.

Blondeau, Cazamec, Alix, Volterra et Mérigneux : l'équipe était presque au complet. Il ne manquait que Freiman, l'homme des ordinateurs. Mais il ne venait jamais aux réunions, trop occupé à bouffer des chips, des chips, des chips devant ses écrans, rue de la Convention. Volterra déposa sa bouteille :

– Ouais, on est là pour se faire engueuler.

C'était parti. Mérigneux avait la colère.

– Pour résumer : je viens de me faire passer un savon par Rouah, qui s'est fait passer un savon par Juillet, le porte-flingue de la maire de Paris.

– C'est pas la première fois, hein, patron ? rigola Blondeau en faisant cliqueter ses menottes, brandies comme un objet de collection.

– Non, c'est pas la première fois. Mais c'est la première fois qu'un animal bute des racailles dans le métro.

– Bon débarras, Luc.

– Oui, mais il y a la petite. Faut la retrouver. La presse et l'opinion vont devenir dingues.

– Faudrait balayer toutes ces raclures.

C'était Alix, qui fit le geste d'enlever les miettes sur le bar.

– Bien d'accord. N'empêche que notre boulot, c'est de faire tomber ce mec-là. Et on va le faire tomber.

– Il mérite une médaille, le gars, précisa Volterra d'une voix de basse profonde.

Il y avait d'autres affaires à arranger : une baston rue Championnet, au cours de laquelle deux ménagères qui faisaient leurs courses étaient mortes. Un règlement de comptes à Châtelet, avec des repris de justice qui balançaient des grenades dégoupillées dans les magasins rackettés. Et la bande des Grands-Moulins, vers la Porte de Châtillon, qui décollait au chalumeau les rotules de ses ennemis. Mérigneux mit tout le monde sur la même longueur d'onde.

– Faut secouer les indics.

– Faut du fric, pour ça, tu le sais, dit Cazamec.

– On en a.

– Il nous en reste ?

– Ouais. Quelques économies... De quoi s'acheter des BMW, si on veut.

– C'est le bordel qu'on a foutu chez les Bouazala ?

– Exact. Le pognon, il est resté dans l'armoire, au cas où.

– Oh, putain ! s'exclama Cazamec, ravi.

Mérigneux distribua les rôles :

— Toi, Alex, tu vas voir la fille qui s'est fait agresser. Tu la fais parler. Tout doux, hein. Je veux le signalement du gars, si possible. Toi, Cazamec, tu demandes à Freiman de piocher dans le passé des deux filles. Y a peut-être quelque chose. Dossier complet. Banque, Sécu, dettes, famille, tout. On sait jamais. Et Blondeau…

— Oui ?

— Tu vas voir sur place, dans le métro. Les caméras, le lieu, les témoins éventuels, les vigiles, tu ratisses large. Et vite.

— OK. Volterra vient avec moi ?

— Non, t'es assez grand pour te foutre dans la merde tout seul. Volterra, il va faire la tournée des indics. Avec moi. On va secouer le panier à mouches.

Tout le monde se leva. Mérigneux reposa sa bière :

— Eh, les gars ! Un détail : tout le monde ici, ce soir, à minuit. On fera le point. Je veux des résultats.

Dans l'une des voitures de service, une Clio pleine de bosses saisie dans un garage de la rue Vavin, Volterra demanda à Mérigneux :

— T'as une idée derrière la tête, toi.

— Tu crois ?

— Je te connais, Luc.

— Ouais, ouais. T'es psy, maintenant ?

— Non, mais quand tu bouffes ton filtre de cigarette, ça veut dire que t'as le citron qui carbure.

— Oh, dis donc, Volterra, t'as lu ça dans Freud ?

— Non, je lis que des recettes de cuisine, tu le sais.

— Et là, t'en es où ?

— Dans le délicat art de préparer l'aligot, recette aveyronnaise.

— C'est une purée, c'est ça ?

La voiture se faufilait poussivement vers la République. Un conducteur fit un doigt aux deux flics.

– Ouais, c'est une purée. Un tiers de patates, un tiers de crème fraîche, un tiers de tomme. Et une louche de beurre.

– C'est un truc pour monter des parpaings, ça. Les Allemands ont construit le mur de l'Atlantique avec ce béton-là.

– Non, je te jure, c'est vachement bon. Viens un soir avec Yuan, tu verras.

– Elle est plutôt branchée riz.

– Elle sera convertie, garanti.

Mérigneux doubla un autobus, freina, essaya de se faufiler, mais la circulation était dense. Il jeta son filtre de cigarette par la fenêtre.

– Tu sais quoi, Volterra ?

– T'aimes pas la purée.

– Non, c'est pas ça. Je crois que notre gars, s'il est seul, veut en découdre. Il a la rage. En plus, vu comment il a déglingué les cailleras, c'est soit un expert en arts martiaux, soit un ancien militaire, soit un champion de boxe, ou encore un type doué d'une force peu commune.

– Un X-Man ?

– Va savoir. Mais va falloir qu'on pioche.

– On n'a pas le moindre indice, ça va être vachement coton.

– Si, on a. Peut-être. Peut-être.

Volterra regarda son équipier.

– Y a un truc que je sais pas ?

Mérigneux coupa le contact. Ils allaient finir à pied. Il ouvrit la portière de la Clio, et, juste avant de sortir, dit :

– L'aînée des filles dit que le gars était pas seul. Il y avait un type avec une canne, aussi.

— Ils seraient deux ?

— Pas impossible. Ça cadre mal : qu'est-ce qu'un karatéka ferait d'un acolyte avec une canne, hein ? Mais faut examiner cette piste. En plus...

Il claqua la portière. Par-dessus le toit de la voiture, il regarda Volterra, qui se grattait la tête.

— En plus, on a peut-être un nom. La fille a mal entendu, mais...

— Elle a entendu quoi ?

— Le type s'est présenté. Mais elle est pas sûre...

— Il s'est présenté ? Il a dit : je suis monsieur Machin, genre « pour vous servir » ?

— Non. Il a donné son nom à un des gars qui est à Lariboisière, maintenant.

— Il souffre de quoi, ce salopard de mes deux ?

— Il a perdu ses couilles.

— La vache ! Comment il a fait ? Ça se perd pas comme ça, ces machins-là. C'est pas comme un porte-clés que tu oublies sur le bord du lavabo en te lavant les mains !

— Il a reçu un coup de canne. D'une extrême violence.

— Il ne sera plus jamais le même...

— Non. Il est pas content.

Ils avançaient sur le trottoir, à contre-courant de la foule. Parvenus au Café de la Régence, un rade crasseux où le premier indic avait ses habitudes, ils regardèrent à droite et à gauche, par prudence. Vieux réflexe... Volterra remonta le col de sa veste de cuir.

— Tu m'as pas dit comment il s'appelle, notre héros.

— Je suis pas sûr.

— Elle a entendu quoi, la fille ?

— Elle est pas sûre.

— Bon, OK. Il se nomme comment, selon elle ?

Mérigneux alluma une cigarette, tira deux bouffées et, haussant les épaules, dit :

– Le Juge.

Quelque part dans Paris ou dans la banlieue – les ravisseurs n'avaient pas eu le temps d'aller plus loin –, une petite fille terrifiée attendait qu'on la retrouve. Chaque minute comptait.

3

Keller se pencha pour ramasser ses vêtements. Les cheveux encore mouillés par la douche brûlante, les pieds nus, il était enveloppé dans un peignoir épais. Il avait pris les précautions habituelles : mini-caméras de surveillance, alarmes dispersées sous la moquette, lasers invisibles dont les rayons traversaient chaque pièce, poussière argentée répandue dans certains escaliers, cheveux collés en travers des portes... Il se dirigea vers la cuisine, étroite mais bien agencée. Il prit un couteau japonais en céramique, découpa une goyave mûre, laissa le jus couler dans une coupelle et se fit un café turc, noir et dense comme la nuit sur le Bosphore. Il jeta un coup d'œil sur le calendrier qui s'affichait sur un écran tactile. On était le 3 avril. Il toucha l'image, qui changea : rapidement, comme un kaléidoscope, défilèrent les images d'escaliers, de portes, de corridors sales, de murs mangés par l'humidité. Rien d'alarmant, sinon, au maximum, un clochard affalé contre une entrée bloquée par une porte de fer rouillée, qu'apparemment personne n'avait ouverte depuis longtemps. Il est vrai que son logement – sa tanière, plutôt – était quasiment indécelable.

Une dizaine d'années plus tôt, un truand qui brassait des affaires louches dans l'immobilier avait été blanchi grâce au travail du jeune avocat qui le conseillait. En récompense, le truand avait indiqué à son défenseur qu'une opération de rénovation allait avoir lieu dans le quartier de la gare de Lyon : tout le secteur de ruelles, entre l'avenue Daumesnil et le boulevard Diderot, allait être rasé. C'était le moment d'investir. En puisant dans l'héritage paternel, Keller – le jeune avocat en question – avait acquis quelques pâtés de maisons insalubres, revendus au prix fort lors de la rénovation du quartier. Mais, surtout, il avait eu l'œil attiré par la gare elle-même, avec ses dédales, ses voies abandonnées, ses coursives, ses hangars oubliés, ses structures de métal et ses recoins secrets. La tour de l'Horloge l'avait intéressé. Car celle-ci avait une position incroyable : elle dominait la ville, et personne ne pouvait s'attendre à ce qu'un habitant y prît ses quartiers. L'endroit était abandonné depuis cinquante ou soixante ans, et nul être sain d'esprit n'aurait cherché à s'installer là. Seuls les rats, les pigeons, les corbeaux et quelques chouettes rôdaient, dans une tranquillité parfaite. Keller avait acheté discrètement. Et tout le monde avait oublié la transaction. Keller avait fait exécuter des travaux, puis avait simplement laissé l'endroit tel quel, n'y venant jamais. C'était, pensait-il alors, un refuge en cas de catastrophe, de guerre ou de nécessité. Il n'en avait même jamais parlé à ses proches.

Il est vrai que, autrefois, il habitait avenue de Villiers, près de l'Étoile. Avec sa femme et sa fille.

Mais c'était *avant*.

Keller laissa sa pensée s'égarer sur les événements de la veille au soir. Il n'éprouvait ni haine ni remords, juste le sentiment d'un travail accompli. L'ennui, avec les racailles, c'est qu'il y en avait un nombre infini. Écrasez cinq cancrelats, il en revient dix. Avait-il eu raison de dévoiler son surnom ? Personne ne savait qu'il était le Juge.

Mais c'est un nom qui allait faire du bruit. Il lui fallait simplement un acolyte, un relais. Il avait une petite idée. Et il avait la rage. Une colère terrible le tenait : une petite fille avait disparu et ça, c'était intolérable. C'était une faute : il n'avait pas été assez attentif. Pendant qu'il se battait, l'un des survivants – le blondinet – avait disparu avec la fillette. Keller s'en voulait. D'une certaine façon, il se sentait coupable. D'y penser, l'incendie renaissait dans sa mémoire. Le visage douloureux de l'enfant du métro se superposait à celui, joyeux et à jamais évanoui, de sa propre fille, sa douleur, son tourment.

Les enfants n'étaient pas faits pour souffrir. Les familles non plus. Et là, pour la première fois depuis longtemps, il se mit à pleurer simplement, une douleur muette qui ferait à jamais partie de sa vie.

Aussi dure que soit la souffrance, aussi dure que soit la vie, il faut rester debout, avancer même comme une ombre, ne jamais baisser les bras, ne jamais laisser tomber. Il avait fait un choix, il n'était pas Dieu, qui lui-même n'avait pas le droit de vie ou de mort sur les êtres humains quels qu'ils soient. Mais il était dans une spirale de vengeance contre un système défaillant et laxiste, protecteur du nanti et méprisant du pauvre, et ça, il ne le supportait pas. La vengeance, dans toute sa bassesse, le ramenait peut-être au même niveau que ses victimes.

Pleurait-il à cause de ça, ou à cause de cette perte brutale et irrécupérable ? Il savait qu'il fallait qu'il se canalise. Il essuya ses larmes et regarda une photo devant lui… Elle le ramena loin en arrière, très loin.

Tout avait commencé dans une autre vie, quinze ans auparavant.

À cette époque-là, Keller s'ennuyait. Jeune avocat, il avait revêtu la robe de son père après des études brillantes. Sportif – grâce à ses dons en boxe et en escrime, avec quelques trophées en triathlon –, le jeune homme avait bénéficié de bourses importantes pour affiner ses études. Il avait été accepté dans une université de haut niveau, membre de l'Ivy League américaine, pour étudier le droit des sociétés. Là, faisant partie des équipes de boxe et d'escrime, il avait perfectionné concomitamment l'art de se battre contre les compagnies toutes-puissantes, celui de vaincre d'un direct au menton et celui de marquer des points au sabre. Bon élève, parfois rebelle, doué d'un fort sens de l'équité, il avait tenu tête à la hiérarchie universitaire quand on l'avait accusé d'avoir triché en copiant sur un autre élève. La vérité était plus triviale : c'est l'autre élève qui avait copié. Mais le père de cet élève, sénateur d'un État du Sud, ne pouvait se permettre d'avoir un fils délinquant, d'autant plus que les élections présidentielles se profilaient et que le sénateur bouillait d'envie de se présenter. L'affaire avait donc été étouffée, l'administration rejetant la faute sur Keller, l'étranger. Cette injustice avait été patente, mais Keller avait gardé la vérité pour lui, tout en se défendant pied à pied. Il n'avait pas gagné. Il avait été expulsé du campus.

Amer, il avait déjà fait ses bagages et buvait un dernier Coca dans la cantine de l'université quand un homme était venu s'installer face à lui, une bière à la main.

– Keller ?

– Oui, c'est moi.

– Je m'appelle Ricciarelli. Je suis professeur adjoint, chargé de cours en ethnologie. Ma spécialité, c'est l'Afrique centrale.

— Asseyez-vous. Mais je vous préviens : l'ethnologie, c'est pas mon rayon. La boxe, à la rigueur...

— Je vous ai vu, l'autre jour, pour les assauts finaux de sabre. Vous avez proprement étrillé McAvoy, qui, pourtant, passait pour une fine lame...

— Il n'était pas concentré. Et j'ai eu de la chance.

— La chance, mon cher Keller, est une question de talent. Il y a ceux qui en ont et ceux qui n'en ont pas. Je me suis laissé dire que le McAvoy en question n'est guère tolérant, sa réputation était en jeu.

— Chacun ses préoccupations, professeur.

La conversation avait duré une quinzaine de minutes. Ricciarelli était amical, ironique et intéressant. Des étudiants, en passant, le saluaient. Keller attendait son taxi, qui le mènerait à l'aéroport. Un sentiment diffus l'envahissait, fait de colère, de self-control, de violence et de quiétude, aussi. La boxe lui avait appris à respirer, l'escrime à attendre le bon moment. Tout dépendait d'un délicat équilibre. Il déchiffrait les motifs, encore imprécis, de Ricciarelli : ses gestes de la main gauche, sa façon de regarder autour de lui, cette sourde réticence qui se dégageait de lui, tout était décodé facilement par Keller.

— C'est dommage que vous ne restiez pas. Je le regrette, comme d'autres.

Ricciarelli penchait la tête à gauche. Il mentait.

— Vous avez des projets ?

Non, Keller n'en avait pas. Il vit le genou du professeur se déplacer, calmement. Il allait lancer un appât.

— Je vous accompagne au taxi. Rassurez-vous : je ne suis ni homosexuel ni intéressé. Juste déçu.

Il se frottait le menton en se levant. Encore un mensonge.

Non : deux.

Ils se dirigèrent vers le portique de l'université. Keller portait un sac en cuir, ses valises étaient déjà sur le trottoir. Au moment où ils traversèrent le long couloir humide qui menait au monde extérieur, une silhouette massive s'interposa. Ricciarelli leva la main :

– McAvoy ? Qu'est-ce que vous faites là ?

– J'ai des comptes à régler.

– Vous êtes fou. Laissez-nous passer.

– Pas question. On apure les dettes. Alors, Keller, tu te sens de taille ?

Derrière McAvoy, deux autres étudiants, l'un champion en lutte gréco-romaine et l'autre lanceur de disque, s'avançaient. Le professeur, pris de court, essayait de raisonner les trois costauds. Il semblait ridiculement désarmé, avec sa veste de velours et son nœud papillon.

Keller avait les yeux fixés sur les trois abrutis. Quatre, en fait. Car, en regardant Ricciarelli faire son pitoyable numéro, il voyait la fausseté des gestes : tout, dans le langage corporel du professeur, disait qu'il était au courant de cette agression. Peut-être l'avait-il même provoquée. Mais pour quel motif ?

McAvoy, ricanant et sûr de lui, s'avança, écartant Ricciarelli. Il prit appui sur le pied gauche, et, avant même que le crochet du droit ne parte, Keller lui avait lancé le sac de voyage dans les jambes et lui avait décoché un coup de pied latéral, de tout son poids, sur le genou. Il sentit la rotule céder, les ligaments s'arracher, le quadriceps se tordre, et la tête du fémur s'émietter. McAvoy ne ferait plus jamais d'escrime. Même au baby-foot, il aurait du mal. Prenant appui sur la jambe en train de céder, Keller, en une fraction de seconde, comprit les intentions des deux autres types. Il continua son mouvement de rotation, lança un coup de poing droit dans la tempe du numéro un – il sentit l'os temporal céder – et, retombant sur ses jambes, il se retrouva de dos devant le numéro trois. Au lieu d'avancer, il sauta et, prenant appui sur le mur du passage, rebondit. Simultanément, il lança son coude gauche en arrière. Il sentit, derrière lui, le nez du lanceur de disque s'écraser, les esquilles éclatant sous les yeux.

Le type s'effondra comme une méduse.

Keller s'assura que les trois guerriers étaient bien à terre – on ne sait jamais – et, ramassant son sac, demanda à Ricciarelli :

– Pourquoi m'avoir menti ?

Ils sortirent tous les deux. Le taxi était là. Tandis que Keller s'installait, il demanda :

– Alors ?

– C'était un test. La contribution de ces jeunes gens était totalement dénuée d'arrière-pensées de ma part. Il m'a suffi de leur dire que vous partiez.

– Un test de quoi ?

– Appelez ce numéro.

Ricciarelli glissa une carte de visite dans la main de Keller. Il y avait un numéro dessus et un nom : T. Batch.

Le taxi se mit en route.

Deux mois plus tard, Keller était à Tel-Aviv, recruté par le Mossad, puis par le commando Iota, organe de frappe créé par Moshe Dayan. Cinq ans après, il était prêt : il était spécialisé dans les questions militaires, qui avaient leurs règles légales précises. Chemin faisant, il s'était perfectionné : maniement des armes en tout genre, close-combat, stratégie et tactique, cours de droit militaire. On l'avait initié au karaté, au jiu-jitsu, au taekwondo, au krav maga. Il était devenu une machine de guerre. Durant ces années pendant lesquelles Keller avait vu du sang et des victimes de la raison d'État – ou plutôt de la déraison d'État –, il était entré dans son rôle : on faisait appel à lui pour régler certains litiges, désamorcer des tensions. C'est de là que lui était venu le surnom du « Juge ». Puis il était revenu en France.

Il installa son cabinet à Paris, avenue Victor-Hugo. Six mois plus tard, il rencontrait Patricia Segal, une interne en neurochirurgie. Elle était brune, avec des yeux verts et de hautes pommettes, l'une de ses grand-mères étant circassienne et l'autre créole. Le mélange était rare. Elle parlait cinq langues et croyait en un dieu de quiétude. Il tomba amoureux. Violemment.

– Patricia, veux-tu être mon épouse ? lui demanda-t-il.

Elle avait dit oui.

Il ne revit jamais Ricciarelli.

Keller s'habilla tout en parcourant les journaux. Il avait le temps avant de se rendre à son cabinet. Les dossiers juridiques en cours pouvaient attendre un peu. Seule l'affaire de la lanceuse d'alerte, Martina Paja, exigeait une attention soutenue. La justice militaire n'avait pas l'habitude de plaisanter avec les gens qui mettaient sur Internet des secrets-Défense…

Le Parisien était, en apparence, le mieux renseigné sur l'affaire du métro. Il était fait mention, dans l'article, de détails bien vus : la tringle à rideau abandonnée, la présence des deux femmes, les blessures des agresseurs, le lieu de la bagarre. La police, écrivait le journaliste, ne « négligeait aucune piste », c'est-à-dire n'en avait aucune. Les autres journaux se bornaient à évoquer l'incident en quelques lignes, notamment *20 minutes*, mince feuille qui était distribuée gratuitement dans le métro. Les usagers allaient être intéressés, se dit Keller.

Il avait commencé le travail de nettoyage. C'était comme une mission. On aurait pu lui demander : « Qui t'a fait roi ? », il n'aurait pas su quoi répondre. Seule une rage sourde, telle la lave d'un volcan, l'animait. Il se dirigea vers son petit bureau qui faisait face à l'est de Paris : on apercevait la Halle aux vins, avec ses grues, ses quais encombrés de voitures, et, en face, la silhouette bizarre de la Très Grande Bibliothèque, avec le nouveau quartier poussé à la va-vite sur ces berges de la Seine. Une péniche remontait lentement le fleuve, un panache de fumée noire derrière elle.

Il alluma son ordinateur. Tandis que l'écran s'animait, il vérifia que ses pare-feux étaient bien en place et que son filtre Anonymizer créait un paravent entre lui et le monde du Web. L'application permettait de gommer l'identité de son ordinateur, le rendant invisible. Il ouvrit le site de l'hôpital Lariboisière, qui était l'établissement le plus proche du lieu de l'agression. Keller n'était pas un expert en informatique : il avait quelques bases, prenait les précautions nécessaires, mais dès qu'il s'agissait d'entrer dans le monde des Black Hats – ces « chapeaux noirs » qui étaient la face sombre d'Internet, une sorte de contre-Web –, il ne savait plus comment se repérer.

Qui était Timberland ? Et dans quel état était-il arrivé à Lariboisière ? Il entra dans les dossiers de l'administration de l'hôpital. Dans le classeur « Entrées », il repéra une vingtaine d'arrivées dans la nuit du 3 avril. Il y avait de tout : un alcoolique avait tabassé un alcoolique et lui avait éclaté la rate sur le quai de la gare de l'Est ; deux hommes étaient tombés d'une échelle en tentant de cambrioler un appartement en étage, et s'étaient fracturé les jambes ; un adolescent avait fait exploser un mélange d'engrais et de salpêtre en fabriquant un « gros pétard », et s'était arraché la main… C'était le tout-venant de l'hôpital, avec sa misère nocturne et ses désespoirs infra-humains. Femmes battues, vieillards maltraités, passants poignardés... Le sang faisait la loi, la violence régnait.

Il repéra le dossier d'un homme de trente ans, que la gravité de ses blessures, notamment à l'entrejambe, désignait comme le fameux Timberland. Le chirurgien de garde avait fait des photos des blessures du patient : Keller reconnut instantanément son adversaire. Au moment où il allait prendre connaissance de l'identité et du détail des traumatismes, il nota que le coin gauche de son écran commençait à clignoter. Puis, une seconde plus tard, plus rien : l'ordinateur s'était éteint. Il reboota le tout, mais constata qu'il n'avait plus accès au dossier. Un système de sécurité avait fonctionné, préservant l'anonymat de Timberland.

– Dommage, murmura Keller.

Il n'avait pas les connaissances techniques nécessaires pour forcer le système. Il éteignit l'ordinateur et sortit. Avant d'aller à son cabinet, il allait faire un petit arrêt au bureau de renseignements, soit le bistrot au coin de la rue.

Au café, les conversations allaient bon train. À L'Européen, nom générique qui avait remplacé l'ancien Comptoir de Lyon, la terrasse était pleine, malgré l'heure matinale. Des touristes de passage, les valises aux pieds, attendaient leurs cars en buvant d'immenses cafés au lait, des jeunes cadres fumaient leur première cigarette de la journée en pianotant sur leurs tablettes dernier cri, et des voyageurs de commerce, en instance de départ, triaient leurs fiches clients avant d'aller vendre des médicaments, des parapluies ou des téléphones portables en province. Keller s'accouda au zinc, avec les ouvriers et les artisans du quartier. Bosco, le garçon, accourut :

– Ça va, m'sieur Keller ?

– Ça va, Bosco.

– On a du pâté de tête, ce midi, si vous voulez.

– Merci, mais non.

– Z'avez tort. Le chef met une pointe de genièvre, c'est comme qui dirait le p'tit bon Dieu qu'est dedans.

– Je peux avoir un café ?

– C'est parti, m'sieur Keller.

Le garçon s'élança, fit semblant de glisser sur le parquet derrière le comptoir, s'arrêta devant la machine Cimbali qui débitait des espressos au kilomètre, et s'exclama :

– Keller il est ?

– Il est l'heure du café, Bosco.

La plaisanterie était récurrente. Keller s'était habitué. Il se regarda dans le grand miroir derrière les bouteilles de Cinzano et de Clacquesin, et vit un jeune quadragénaire banal, qui était peut-être assistant dans une université ou chargé de recherche dans un laboratoire d'idées. Avec sa veste en velours, sa chemise à col ouvert, son jean et ses chaussures Mephisto, il n'accrochait pas l'attention. Il se servit en sucre et, pensif, ouvrit les oreilles. Un type, près de lui – probablement un peintre en bâtiment –, s'adressait à deux compères, dont les salopettes couvertes de plâtre dénotaient leur état de maçons.

– Alors tu sais ce que j'y dis ?

– Non.

– J'y dis t'es qu'un bel enfoiré. La peinture que tu m'as refilée était gurmeleuse.

– Grumeleuse.

– Ouais, pareil. J'y aurais bien mis ça dans la gueule, mais non, les clients, tu sais comment c'est.

– C'est des clients.

– Exactement ! Ils sont là pour critiquer. Faudrait les dresser.

– Comment tu fais ça ?

– Ben… Comme le gars dans le métro, là. Les racailles, t'as vu, il leur tord le cou, et il fait des nœuds avec.

– Il est fort, quand même.

– On m'ôtera pas de l'esprit qu'il est lié avec les flics. Ils le laissent faire.

– Noooon… Tu crois ?

– Forcément. Un mec comme ça, il peut pas se balader comme toi et moi. Il a du piston.

La théorie du complot avait bon dos. À chaque accident, à chaque événement grave, les complotistes voyaient une main organisée. Les avions des tours jumelles, à New York, avaient été dirigés par des banquiers américains ; la chute de DSK avait été provoquée par les socialistes français eux-mêmes ; la crise financière n'en était pas une, elle était menée de main de maître par Poutine ; et, très certainement, personne n'avait jamais mis le pied sur la Lune, tout avait été filmé en studio par la CIA et la NASA, complices. Bref, le monde entier était aux mains de sociétés secrètes, de docteurs Mabuse, de conspirateurs perpétuels.

Keller sourit.

Il but son café, écouta d'autres bavardages qui tournaient autour du sauvetage des deux femmes dans le métro, et posa quelques pièces de monnaie sur le comptoir. Il s'apprêtait à partir quand Bosco s'approcha, tout en versant des verres de muscadet à un groupe de cheminots. Des imprimeurs, déjà un peu alcoolisés grâce au Pernod matinal, discutaient du match PSG-Marseille, qui avait défrayé la chronique quelques jours plus tôt. Leurs arguments étaient bruyants, les esprits s'échauffaient. Keller s'éloigna un peu, ils faisaient trop de bruit.

– Z'en pensez quoi, m'sieur Keller ?

– Du pâté de tête ?

– Noooon ! Du Zorro du métro ?

– Je sais pas, Bosco. Je n'étais pas sur place, je peux pas dire ce qui s'est passé.

– D'accord, chef, mais quand même. Il leur a mis une belle pile, le gars.

– Sûrement.

– Paraît que le chef des cailleras, il pourra plus jamais pisser sans mettre des couches-culottes.

– Comment tu sais ça, Bosco ?

– Quand on a une licence de bistrot, on a une licence d'agence de presse, chef !

– Pas faux. Allez, à bientôt !

Il se fraya un chemin dans les groupes qui discutaient au bar. Alors qu'il se dirigeait vers la porte sur le boulevard Diderot, l'un des vociférateurs passionnés de football s'écarta brusquement. Le verre qu'il tenait dans la main déborda, mouillant l'écharpe affreuse marquée « PSG » qui pendait autour de son cou, comme un trophée pour abrutis. Le gars, qui faisait au bas mot cent vingt kilos et avait un visage comme une tranche de rosbif passée à l'attendrisseur, toisa Keller :

– Pouvez pas faire attention ?

Keller, surpris :

– Excusez-moi. Mais vous êtes maladroit.

Le quartier de bœuf se tourna vers ses copains :

– C'est qu'il m'accuserait d'être maladroit, l'oiseau !

– Je ne vous accuse pas. Vous êtes maladroit.

– Dis, tu veux que je te fasse la tête au carré, le bouffon ?

– Désolé, laissez tomber.

– T'as la trouille, ma chochotte ? On laissera tomber quand je dirai de laisser tomber.

L'autre éclata de rire. Le nez de Keller lui parvenait à hauteur de la pomme d'Adam. Dans la foule qui s'accumulait devant le comptoir, chacun essayait de se faire entendre. Les ordres partaient en cuisine – sandwichs, croque-monsieur –, et Bosco versait du rouge, du blanc, du calva ou, parfois, du café. L'altercation avec Keller restait noyée dans le brouhaha. Personne ne faisait attention. Le supporter du PSG reprit :

– Je vais te plier.

Au moment où il posait son verre sur le comptoir, Keller vit le geste qu'il s'apprêtait à faire : il allait profiter de son déhanchement pour revenir sur lui, rapidement, et balancer dans le mouvement un coup de poing qui viserait probablement son œil gauche. Les muscles de l'épaule se contractaient déjà.

Au moment où M. PSG lâchait son verre, son poing déjà armé, Keller s'avança d'un pas. Souriant, il lui saisit le poing, en douceur. Une légère torsion mit sous tension le nerf radial. En même temps, Keller posa son pied sur le cou-de-pied du gars, écrasant l'os cuboïde et poussant sur le nerf plantaire latéral. La douleur, instantanée et très violente, percuta le nerf poplité interne, paralysant la jambe d'appui de l'agresseur. Le nerf ischiatique répercuta le choc. Aucune violence n'avait été déployée. Mais lorsque le gars ouvrit la bouche, aucun son n'en sortit. Les yeux ronds, il semblait avoir découvert la théorie quantique des fluides magnétiques.

Grillé par la douleur, l'agresseur se raccrocha au bar. Personne n'avait vu ce qui s'était passé. Les copains de M. PSG avaient juste vu un type avancer pour se frayer un chemin vers la sortie.

La bagarre qui s'annonçait était stoppée. Avant même d'avoir commencé.

Keller se pencha, disant simplement :

– Je t'avais dit de laisser tomber.

Le gars s'éclipsa en boitant, vers les toilettes.

Sur le boulevard Diderot, Keller respira. Il y avait toujours des crétins pour se lancer dans des affrontements qu'ils ne pouvaient pas gagner. La question se posait, maintenant : que devait juger le Juge ? Il devait trouver une façon de trier les injustices, de repérer les cas les plus flagrants. La police était partout, la justice nulle part. Il fit quelques pas entre les touristes qui cherchaient des taxis et acheta la dernière édition des quotidiens. Déjà la bagarre du métro était reléguée en page quatre, près d'être oubliée. Tant mieux, au fond. Keller n'avait pas besoin que la police s'intéresse à lui. Le Juge devait rester dans l'ombre. La nuit était son royaume.

Il sentit son téléphone vibrer dans sa poche. Personne n'avait son numéro, sauf de rares confidents – un contact du Mossad, un détenu en prison à Fresnes et un mystérieux informateur. Peut-être était-ce une erreur.

Il décrocha :

– Allô ?

– Keller ?

– Qui le demande ?

– Mon nom ne vous dira rien. Mais il faudrait qu'on se voie.

– Ah, et en quel honneur ?

– Nous nous sommes déjà rencontrés, voyez-vous.

– Vous plaisantez.

– Pas du tout. Je suis l'homme à la canne, dans le métro. Vous me remettez ?

Keller se figea. Il le remettait bien.

Il poursuivit :

– Merci de votre intervention. Mais il y a urgence.

– Je sais. La fillette.
– Oui.
– Nous avons besoin de parler.
– De parler et d'agir.
– Exactement. Parler de justice et agir avec justice.
– Je suis d'accord.

L'autre raccrocha. Pensif, Keller héla un taxi pour se rendre à son cabinet.

4

Viviane entendait des bruits. La pièce était presque obscure. Un mince filet de lumière filtrait par la fenêtre mal obturée avec du contreplaqué. La petite fille, recroquevillée sur un lit de camp, se sentait mal. Son bras cassé, maintenu par un plâtre, la faisait cependant moins souffrir. Quand lui avait-on posé ce plâtre ? Elle n'en savait rien. Tout de suite après avoir été agressée avec sa sœur à la station Strasbourg-Saint-Denis, après sa leçon de piano, elle avait perdu le sens des choses : un chaos de violence l'avait engloutie, jusqu'à l'arrivée d'un homme qui avait frappé les méchants. Anna, sa sœur, avait bien essayé de la protéger, mais les agresseurs étaient plus forts. Quand l'autre homme, avec sa canne, était intervenu, Viviane s'était sentie agrippée, et quelqu'un l'avait prise, une main sur la bouche, et l'avait emportée dans les couloirs du métro. À partir de là, tout était devenu noir.

Elle essaya de se lever, tout tournait. Un goût de médicament persistait dans sa bouche. Elle pensa à la photo de sa mère et de son père. Ils avaient été victimes d'un accident d'auto, lui avait-on dit. C'était il y a longtemps, deux ans peut-être. Elle s'en souvenait mal. Elle posa les pieds sur le sol, assise sur le lit. Une petite lampe se trouvait près d'elle. Elle l'alluma. La pièce était vide. Une bouteille d'Évian, posée par terre, était à portée de main. Elle s'en empara et but une longue gorgée. Pourquoi les méchants la gardaient ici ?

Elle ne comprenait pas. Elle espérait simplement qu'on allait la délivrer. Elle se recoucha, la tête chancelante. Et se mit à chanter à voix basse une comptine que lui avait enseignée sa prof de piano.

La porte s'ouvrit, laissant entrer un flot de lumière. Une voix se fit entendre :

– Alors, la pucelle, tu vas bien ?

Elle ferma les yeux.

– Tu prends tes médocs ? Sagement ?

Si elle demeurait ainsi, les yeux fermés, tout cela disparaîtrait. On la força à avaler un cachet. Elle sombra dans un sommeil bienfaisant. C'était mieux.

Cazamec sortit de chez lui. Il vivait dans un pavillon de banlieue, une triste construction en meulière, avec un jardinet hirsute et deux arbres indéterminés qu'il n'avait jamais pris la peine d'identifier. L'un était une sorte de chêne dégénéré et l'autre peut-être un cerisier, mais, au fond, il s'en foutait. Sa femme traînait dans la cuisine, en pantoufles – il avait horreur des pantoufles –, et s'apprêtait à partir travailler. Elle était chargée des programmes sociaux Choisy-lès-Seine, et recevait, jour après jour, des visiteurs qui lui expliquaient toute la misère du monde. Peu à peu, elle avait été grignotée par tant de malheur. Leur mariage n'était plus qu'une triste façade. Chaque jour, elle rentrait pour retrouver un mari qui la regardait comme une étrangère en buvant du sauvignon et en écoutant Mozart au casque. Les Cazamec n'avaient pas d'enfant et guère de famille : le côté polonais avait été gazé, brûlé, fusillé pendant la guerre. Il n'en restait rien. Côté épouse, les ponts avaient simplement été coupés. Peut-être restait-il une ou deux tantes au Portugal ?

Cazamec cohabitait avec sa femme. En réalité, il vivait seul.

Il monta dans sa Twingo pourrie, jeta les journaux sur le siège passager, prit son portable. Blondeau lui avait laissé un message. Il écouta. Blondeau, bien qu'encore inexpérimenté – après tout, à vingt-six ans, on n'est pas aguerri –, avait été convoqué, cette nuit, sur deux affaires : deux types, à Châtelet, s'étaient mutuellement poignardés en sortant d'une boîte de nuit, ils étaient tous deux victimes et coupables, c'était bizarre ; un épicier à La Chapelle s'était fait égorger dans son magasin, et on avait agrafé un type au métro Stalingrad qui revendait des paquets de chewing-gum éclaboussés de sang. Cazamec rappellerait Blondeau plus tard. D'ailleurs, celui-ci devait dormir, à cette heure-ci. Cazamec composa le numéro d'Alix :

– Salut, Alix. Ça va ?

– Ça va. J'ai un marteau-piqueur dans la tête.

– Je t'avais dit de te méfier de la mirabelle.

– Ouais, mais la mirabelle me fait oublier que je dois me méfier. Putain, ma tête ! Attends, je vais prendre une tonne d'Alka-Seltzer. Reste en ligne.

– OK.

Il entendit Alix se diriger vers la salle de bains. D'habitude, dans son blouson en cuir, avec ses cheveux courts et son visage sans maquillage, elle donnait une impression de dureté. Les bottes de moto ajoutaient une touche de masculinité. Elle vivait seule. La dernière femme qui avait partagé sa vie, fatiguée par les absences constantes et la vie irrégulière d'Alix, avait jeté l'éponge. Depuis, Alix se consacrait totalement au Bar de l'Escadrille, le nom d'escadrille restant accolé à l'Unité de répression de la délinquance violente, par ironie. On disait le B.E., dans la maison. Dans le métier, les gars de l'Escadrille avaient la réputation d'être des cow-boys en délicatesse avec la hiérarchie héritée d'un ancien président de la République. En prise directe avec la mairie de Paris, les Escadrille Boys, sous la houlette de Mérigneux, n'en avaient rien à foutre des fonctionnaires mis en place par l'ancien ministre de l'Intérieur, qu'entre eux ils appelaient « la bavure ».

Il entendit le grésillement des Alka-Seltzer dans le verre d'eau et le rot que lâcha Alix. Elle reprit le téléphone :

– Tu voulais me dire quoi, Caza ?

– Faut qu'on s'occupe du Zorro du métro. T'as une idée ?

– Le mec qui s'appelle le Juge ? T'es dingue ? À cette heure-ci ? Putain, je sais même pas où j'ai laissé la moitié de mon cerveau, l'autre moitié est dans les chiottes.

– Bon, bon. Moi, j'ai une petite idée.

– Garde-la au chaud. Je suis au stade samu. Laisse-moi mourir. On se voit plus tard, hein, Caza ?

– Ça marche.

– Ah... Caza ?

– Ouais ?

– Jette les bouteilles de mirabelle, au Bar de l'Escadrille.

– C'est fait.

Elle raccrocha. La première chose, pensa-t-il en démarrant, c'était de rendre visite aux victimes. Timberland était à l'hôpital, réduit à l'état de demi-macho, l'entrejambe devenu une zone de guerre ; Kaddour avait survécu, l'os temporal gauche enfoncé, sujet à des spasmes douloureux ; Nespresso, le grand Black, était à la morgue, avec une tringle à rideau enfoncée dans la gorge, les rotules brisées – ce qui était le moindre de ses soucis ; Blondinet se terrait quelque part, terrifié, après avoir lâché la faucille qu'il tenait dans le métro, faisant ainsi acte de courtoisie envers les techniciens du labo de police qui avaient pu relever quelques empreintes digitales ; No Future avait eu le nez cassé, l'humérus déboîté, la clavicule brisée et, en définitive, la pomme d'Adam broyée, ce qui lui valait de reposer dans un tiroir en métal à la morgue de Paris, avec vue imprenable sur la Seine. Vu son état, il ne risquait pas de la prendre, la vue. Total : deux morts, trois survivants, dont l'un était sévèrement abîmé du côté de la plomberie reproductrice.

Cazamec avait conscience de la minceur des indices. Le seul angle d'attaque était d'aller interroger Timberland. Il passa en seconde, se glissa dans la circulation. Il avait une vague envie de coucher avec une fille, sa femme refusant tout service depuis des années. Il s'arrêta à un feu rouge et murmura :

– Qu'elle crève.

Puis il pensa à autre chose.

L'infirmière Rose Bonbon, à Lariboisière, savourait son café du matin. Les patients des urgences ne s'étaient pas encore manifestés : le plus agaçant était le marin qui avait fait une virée à Paris en débarquant de son aviso à Dunkerque et dont l'uniforme avait excité une bande de fils à papa qui sortaient d'une boîte de nuit. Ils l'avaient copieusement tabassé, le laissant saigner sur le trottoir en face des Bains Douches, sous un néon clignotant qui annonçait « Le tour du monde à crédit ». Six côtes cassées et un caractère de chien : le mataf gueulait depuis deux jours pour avoir un coup à boire et une clope à fumer. Et pourquoi pas une dinde aux marrons, aussi ? Il y avait également le clodo qui était tombé d'un muret de deux étages, soûl et endormi, et qui s'était fracassé la colonne vertébrale. Une jeune femme, dans la chambre du fond, avait eu la jambe sectionnée par une rame de RER : un type l'avait poussée sur les rails. Et encore : c'étaient les urgences les plus récentes.

Rose Bonbon, malgré la réputation d'indolence que lui valaient ses origines créoles, était vive et affûtée. Elle travaillait avec trois autres infirmières, une Népalaise, une Roumaine et une Alsacienne. Toutes les quatre fumaient dès que l'occasion se présentait. L'une d'entre elles – laquelle ? – piochait dans la réserve de tranquillisants et d'anxiolytiques, mais Rose Bonbon laissait courir. Si c'était le prix à payer pour supporter les épaves qui arrivaient ici et la saloperie du monde, alors le Xanax, le Paxil, le Marsilid ou le Zoloft étaient un moindre mal. Chacun son poison, se disait-elle. Elle soupçonnait sa propre fille de seize ans de fumer du shit, ce qui était nettement plus préoccupant.

Elle posa sa tasse, prit le dossier du patient entré cette nuit. Traumatisme cervical, main tranchée, émasculation. Le type ne pourrait pas écrire avant un certain temps. Quant à jouer du piano… Le dossier ne portait pas de nom : l'entrant était classé comme « An. », pour « Anonyme ». Il faut dire que, dans l'état où il était entré la nuit dernière, on comprenait qu'il n'avait pas eu envie de faire de confidences.

– Rose ?

Elle leva la tête. C'était Patata, la Népalaise, qui arrivait. Contrairement à ce que laissait supposer son nom, elle était menue. Silencieuse, efficace, elle travaillait avec entrain, sans rien laisser filtrer de sa vie privée. Elle posa son sac sur la table.

– Ah, bonjour, Patata. C'est toi qui t'es occupée du type de la chambre 14 ?

– Oui, Rose.

– Il était dans quel état ?

– Inconscient.

– Ah, OK.

Elle regarda les photos dans le dossier, tandis que Patata passait sa blouse blanche.

Visage face et profil, mains aux doigts cassés, dos avec des zébrures, poitrine intacte. Puis le photographe de service avait cadré l'assiette de charcuterie, après avoir enlevé le slip. C'était affreux, on avait mal rien qu'à regarder. Le pénis avait éclaté, et seul le prépuce tenait deux morceaux ensemble. Le gland ressemblait à une tomate écrasée, le corps caverneux était exposé à nu, les veines pendaient, vidées de leur sang ; le testicule gauche avait la taille d'une orange et la couleur d'une betterave, le testicule droit avait simplement disparu, laissant une enveloppe de peau vide. C'était barbare. Quand on aurait fini de soigner le type, il ne resterait qu'une gaufrette balafrée, inutile et pendante. Castré, le gars. Rose Bonbon fit la grimace et reposa le dossier. Celui-là, l'« An. », il n'était pas près de sortir. D'ailleurs, les flics n'allaient pas tarder à le cuisiner, c'était sûr.

Lakdar Bouhassa était légèrement en retard. Juillet, le bras droit de la maire de Paris, l'avait convoqué dans son bureau de la mairie de Paris pour le charger d'une mission de haute surveillance, suite aux récents événements. Bouhassa, sur son vélo électrique, tentait de se frayer un chemin rue de Rivoli, dans la jungle des taxis, des bus, des passants, des camions de livraison. L'air empestait. Les passants qui sortaient de la bouche de métro étaient visiblement tous pressés : c'était l'heure de l'ouverture des bureaux, des magasins, des cafés. Bouhassa jeta un coup d'œil à l'horloge au-dessus du fronton de la mairie et constata qu'il avait quinze minutes de retard. Il descendit de son vélo, passa devant les deux plantons, se fit contrôler par deux gendarmes armés de mitraillettes. Leurs gilets pare-balles les faisaient ressembler à des tanks humains. On était en alerte rouge, les attentats de *Charlie Hebdo* et du Bardo, à Tunis, avaient plombé l'atmosphère.

Il était conscient de sa chance : pour le petit-fils d'un harki, faire carrière dans l'Administration française n'était pas évident. Mais, quand même, le poids de l'origine familiale, en France, s'était modifié. Après tout, beaucoup de responsables politiques avaient un arbre généalogique multicolore. Il verrouilla son vélo, se précipita dans l'escalier et, hors d'haleine, se présenta à la secrétaire de Juillet. Celle-ci lui fit signe d'entrer.

Dans le grand bureau chargé de dorures, où la voix se perdait, il entendit Juillet crier :

— En retard ! En retard !

Les dossiers s'empilaient devant le premier adjoint du maire, un téléphone sonnait et, curieusement, un petit camion traînait devant un fauteuil, sans doute oublié par un enfant. Bouhassa contourna l'objet.

— Asseyez-vous, Lakdar !

Bruno Juillet, barbe de trois jours soigneusement taillée et veste posée sur le dossier de sa chaise, avait le même âge que Bouhassa : trente-quatre ans. Mais il était né au Puy-en-Velay, tandis que Lakdar avait vu le jour en Picardie. Celui-ci tenta de s'excuser :

— La circulation… monsieur Juillet…

— Je vous ai dit de m'appeler Bruno.

— Bruno…

– Bon, Lakdar, il faut contrôler ce merdier. L'opposition est déchaînée. Le successeur de ma mère à la tête de la mairie du Puy gueule comme un putois. À l'entendre, la ville est à feu et à sang ! Verdun, à côté, c'était une promenade au soleil ! Paris, un champ de mines, vous voyez l'aubaine pour la droite ? L'opposition se frotte les mains.

– Je sais.

– Donc : vous allez mettre en place une cellule, une unité, un clan, je sais pas moi, ou vous pouvez faire ça tout seul sans personne, comme vous voulez, mais il faut corriger le tir. Vous voyez ?

– Très bien, Bruno.

– Journaux, télé, radio, Web, *demerden zie* ! Que les ténors de la droite ne transforment pas tout ça en apocalypse. On a perdu les élections départementales, on n'a pas besoin, en plus, de passer pour des laxistes ! L'attentat de *Charlie Hebdo* a rendu tout le monde nerveux. Vous me suivez ?

– Oui.

– Lakdar, j'ai pas le temps. D'une part, il faut voir ce qui se passe du côté des flics ; de l'autre, ce qui ressort dans la presse. Et, surtout, il faut, comment dire, garder un œil sur…

– … sur Mérigneux, le flic chargé de l'enquête ?

– Je n'ai pas dit ça.

– Non.

– Mais je l'ai pensé.

– Oui.

– Je vous interdis d'intervenir dans le travail des policiers.

– Bien sûr.

En langue politique, la phrase voulait dire exactement le contraire. L'entretien était terminé. Lakdar Bouhassa se leva, renoua son lacet. Le premier adjoint avait déjà oublié sa présence. Penché, Lakdar disparaissait de la vue de son patron. Lequel avait déjà décroché le téléphone et expliquait à son correspondant que la voix la plus hystérique de l'opposition, la rouquine exaltée, allait être calmée. On allait remédier à ses vapeurs.

Lakdar Bouhassa sortit. Dans la cour, il croisa quelques secrétaires pressées. Il sortit sur la place, regarda la Seine. Il aimait ce coin : d'un seul coup d'œil, il avait la Sainte-Chapelle, Notre-Dame, et le cabinet de son dentiste dans le champ de vision.

Il avait compris le message. Il s'agissait, avant tout – avant tout ! –, de museler la voix la plus stridente de l'opposition municipale, Nathalie Kosciusko-Morizet.

Le Zorro du métro – le Juge ? Quel sobriquet ! – était foutrement agaçant.

Vivement la fin de la matinée. Lakdar Bouhassa sortit son téléphone de sa poche et, au milieu des touristes japonais, composa le numéro du Directeur des services actifs Rouah, pour établir le contact. Puis il composa un deuxième numéro, plus personnel.

La journée avait passé lentement. Mérigneux redoutait le soir : il voyait la lumière baisser, savait qu'il allait rentrer chez lui, qu'il restait deux ou trois heures de travail, mais, bon Dieu, ces heures-là étaient souvent le moment où une nouvelle affaire arrivait : un cadavre dans une ruelle, une agression à la batte de base-ball dans une pharmacie, un RER rançonné par une bande de tatoués. La nuit tombait, dans ces cas-là, et il était encore sur le lieu du crime, ne pouvant rentrer et s'occuper de son père.

Il avait fait la tournée des popotes. D'abord, il s'était rendu à l'Institut médico-légal, où les cadavres de deux des agresseurs du métro étaient déposés. Le médecin légiste, le docteur Nouzille, les lunettes sur le front, l'avait reçu. L'affaire avait la priorité absolue : Mérigneux était entré avec le médecin dans la salle d'autopsie, pour constater les dégâts. Les cadavres de No Future et de Nespresso gisaient côte à côte. Le géant à la pomme d'Adam écrasée et le Black qui avait essayé d'avaler une tringle à rideau gisaient, raides comme... comme la justice ? Il eut un sourire amer. Saisi par le froid qui régnait dans la salle, Mérigneux remonta le col de son blouson et eut envie d'une cigarette. Il se tourna vers Nouzille, qui avait passé son masque hygiénique, sa blouse et ses gants.

– Alors ?

– Alors, c'est trop tôt, Mérigneux. Vous savez bien. Les résultats dans trois jours, au mieux.

– Je sais, je sais, mais comme ça, à vue d'œil ?

– À vue d'œil, ce midi, je vais aller à la Taverne Benoît. Paraît qu'ils servent une excellente saucisse aux châtaignes.

– Je connais. Je préfère des trucs plus classiques. Comment pouvez-vous parler de bouffe, Nouzille ?

– C'est l'heure matinale qui vous dérange ?

– Non, plutôt la viande froide. Moi, je suis plutôt croissant-café-clope, le matin.

– Chacun son vice, hein. Mais c'est très classique, la saucisse aux châtaignes, Mérigneux. C'est ardéchois. On peut pas faire plus classique. C'est une nourriture de pauvres. Là-bas, dans les années 1900, les gens crevaient de faim. Ils mangeaient des racines, des feuilles, et vous savez quoi ? Ils survivaient. La saucisse aux châtaignes, c'est pas seulement un plat de fête, pour eux, c'est un symbole. Mais vous êtes pas un sensible, Mérigneux.

Vous êtes un rouleau compresseur, hein ? Un rouleau compresseur.

Mérigneux avait laissé l'autre délirer comme ça. La fréquentation de la mort avait ses inconvénients : Nouzille trouvait refuge dans la bouffe et dans le bavardage. Pourquoi pas ? C'était mieux que d'avaler du Zoloft ou du Valium par poignées ou de se shooter aux amphètes pour tenir le coup. Le métier carbonisait les gens. Nouzille fit le tour des deux cadavres et, tout en continuant son poème sur la saucisse aux châtaignes, fit quelques remarques dans son dictaphone :

– Homme de race blanche, cent quarante-huit kilos, tête rasée, entre vingt-cinq et trente ans, tatouages sur la poitrine, verrues sur les mains, ongles rongés, cicatrice d'une balle au niveau C5, état dentaire déplorable, traces de brûlures de cigarette sur les avant-bras, sans doute anciennes, pieds plats, non circoncis... Remarquez, il y a aussi la miettaille, c'est un plat comme les rillettes, on ramasse tous les restes du cochon, on fait bouillir le tout dans la graisse, bref... Pour l'instant : identité inconnue. Nous l'appellerons donc Jean Dupont 1. Jean Dupont 1 présente plusieurs traumatismes corporels. En examen superficiel : le nez cassé, écrasé serait plus juste, visiblement de haut en bas, avec hématome important au niveau des globes oculaires. Humérus brisé, clavicule brisée, blessures non mortelles. En revanche, la cause de la mort est la pomme d'Adam totalement écrasée... La miettaille, avec une patate, c'est très bon, Mérigneux. Parfois, on versait du lait caillé sur la patate...

Les conclusions de Nouzille avaient été formelles : l'autre gars, le Black, Jean Dupont 2, dont le surnom était tatoué autour du cou : « Nespresso », était mort douloureusement. La tringle à rideau avait détruit la glotte, la gorge, la trachée, et avait délogé la vertèbre C7, la moelle épinière avait été sectionnée, rendant tout mouvement impossible. La mort avait suivi de près la paralysie.

– Et... ?

– Et quoi, Mérigneux ?

– Vous avez une idée ?

– J'en ai plein, mon vieux.

– Non, je veux dire en dehors de vos histoires de saucisse ?

– Oui, j'avais compris.

Nouzille enleva ses lunettes et son masque.

– C'est informel, ce que je vais vous dire, Mérigneux, hein ?

– Informel, OK.

– Mon rapport suivra, d'accord ?

– Oui, oui, oui, d'accord !

– Bon, alors voilà. C'est évidemment l'œuvre d'un professionnel. En tout cas, un type qui sait frapper là où il faut. Je penche pour un entraînement commando, un spécialiste des arts martiaux, genre infanterie de marine ou champion de karaté. Mais c'est juste une hypothèse, rien de substantiel. Ça peut aussi bien être un gars du 9-4 qui a eu un coup de chance en sortant de sa cité, je sais pas.

– Merci, doc.

– À la Taverne Benoît, un de ces jours ?

– C'est moi qui invite.

– Je n'en attendais pas moins de vous, mon vieux. Je prends.

Dans la rue, Mérigneux avait allumé une cigarette. L'odeur de la mort lui collait aux narines. Il avait savouré le parfum de sa Marlboro, observé les bateaux à l'amarre dans le bassin de l'Arsenal. Un peu plus loin, la colonne de la Bastille. Puis il avait rejoint Freiman, le geek de l'Escadrille. C'est lui qui jonglait sur les claviers. Les ordinateurs n'avaient pas de secrets pour lui. Hacker surpris en plein délit, il avait troqué sa détention éventuelle contre une collaboration avec les services de police. À vingt-deux ans, il promettait. Mérigneux était heureux de l'avoir recruté : le type était capable d'ouvrir une boîte de thon à l'huile à mille kilomètres de distance, rien qu'en tapotant sur son clavier d'ordinateur. Il s'était établi dans une chambre de la rue de la Convention, avec ses écrans et ses joysticks.

Dans un café coincé entre un Bastille Moquette et un Service à domicile, Bernard Freiman, accoudé, avait commandé deux Coca – un seul ne lui suffisait pas – et, après avoir ébouriffé sa tignasse rousse, avait posé deux dossiers sur la table, devant Mérigneux. Lequel avait bu une petite bière, une Stella, tout en regardant les employés du quartier se presser pour déjeuner.

Freiman avait commencé :

– Nos deux gars, c'est des dombass. Que je te dis des tops de la mort, des clients pour nous comme on aime. Ils ont eu une life de sauterelle.

– Tu veux traduire ?

– Traduire quoi ?

– Ben, des dombass, c'est quoi ?

– Des *dumb ass* en anglais, Luc. Des crétins, quoi.

– Oui, bon, ça j'avais pas besoin de toi.

– Non, non, attends. Tout est là. Naissance, bulletins scolaires, Sécurité sociale, accidents, dossier judiciaire, tout le bouzingrin. Et y a une surprise.

– Comme dans une boîte de chocolats ?

– Ouais. En mieux.

Ils avaient commandé des sandwichs. Jambon-cornichons pour Mérigneux, végétarien pour Freiman, qui était juif, mais juif assez peu concerné par Dieu.

Son idole, c'était le Web. Tout en grignotant son pain tartiné d'une épaisse couche de moutarde, Mérigneux s'était emparé des dossiers. Tout était là, noir sur blanc. Rien de surprenant, à première vue : No Future était né dans les Hauts-de-Seine, père grec – Namiropoulos –, mère algérienne – Tifrane –, et avait été traîné de foyer en foyer par la DDASS. Premiers vols sur les marchés, premières bagarres, blessures, abandon de l'école, disparition, deux ans en prison, penchants sadiques, videur de boîte de nuit, homme de main de la bande du 9-6, deux meurtres probables, marié avec une Albanaise. Et entré depuis un an au service de Timberland, comme castagneur et garde du corps. Quant à Nespresso, de son vrai nom Camara Kebaba, il était né au Niger, avait fait ses classes dans tous les centres de redressement et toutes les prisons de France et de Navarre, n'avait jamais appris à lire ni à écrire. Les barbus avaient essayé de le recruter à la Centrale de Poissy, mais Nespresso n'avait qu'une seule envie : gagner du fric. Il avait accepté de transporter des armes pour les abrutis de Dieu, puis s'était simplement recyclé dans la violence, sous les ordres de Timberland.

– Et Timberland, t'as des trucs ?

– Pas encore. J'ai pas eu le temps. Mais Cazamec a été le voir, avec Alix.

– Je sais.

– J'ai eu du mal avec Nespresso. Les dossiers étaient sealed.

– Sealed ?

– Verrouillés.

– Par qui ?

– Je sais pas. Mais je suis passé par une back door.

– Tu veux dire…

– Une faille dans le système.

– Et t'as trouvé quoi ?
– C'est dans le dossier.
– C'est tout ce que tu peux me dire ?
– Non. Je peux te dire autre chose.
– Vas-y.
– Accroche-toi.
– Je suis accroché.
– Le dernier visiteur sur le dossier verrouillé de Nespresso, c'est un costard.
– Je le connais ?
– Je te crois que tu le connais. Michel Rouah, Directeur des services actifs. Notre vénéré patron.
– Oh, putain ! T'es sûr ?
– Et ton sandwich, il est au jambon ? Évidemment que je suis sûr. Il a laissé sa signature IP et sa griffe WTS. Le plus dur, c'était d'entrer dans la base de big data. Après, une balade au soleil…

La moutarde lui était montée au nez, à Mérigneux. Et pas seulement la Grey Poupon du sandwich. Il ne fallait pas qu'il y ait d'autres agressions du même genre. Et Rouah ? Qu'est-ce qu'il foutait, celui-là, dans ses plates-bandes ?

Tout en roulant sur son scooter, Mérigneux récapitulait la journée. Il gara l'engin devant son petit immeuble, aperçut son père assis devant la fenêtre, en train de lire les journaux. Et aussi, comme d'habitude, son recueil des « Poètes de la Commune ». Depuis son enfance, Luc Mérigneux avait écouté – et appris par cœur – les poèmes de 1871 : Eugène Pottier, Jean Baptiste Clément, Jules Jouy, Théodore Six, des gens oubliés ou presque auxquels son père vouait un culte de la mémoire. Le dimanche, le gamin récitait des poèmes :

« On chauffe à blanc votre colère / Peuples sans solidarité / Mis au régime cellulaire / De la nationalité. »

Rosa, la bonne, avait sans doute fait dîner le vieux et patiemment écouté ses exploits de policier au commissariat du Panthéon. Bernard Mérigneux avait déjà dételé depuis vingt ans, mais le métier lui restait dans la peau. Il avait été un bon père, un bon flic, un mari médiocre, et devenait un vieillard encombrant, mais sympathique. Son fils avait fait obstruer le canon de son Manurhin de service, que Bernard Mérigneux avait tenu à garder. Il avait aussi conservé sa carte de police, barrée de tricolore.

En entrant, Mérigneux fut accueilli par une question de son père :

– Alors, le Zorro du métro, le fameux Juge, c'est qui ?

– Papa, je sais pas. Je travaille dessus.

– Tu as des pistes.

– Oui, oui, t'inquiète pas.

– Raconte.

– Pour l'instant, non, je peux pas.

– Quand j'étais au Panthéon, j'ai eu une affaire semblable. Une sorte de justicier fou, qui se baladait après Mai 68 pour rectifier les torts que les manifestants avaient…

C'était parti. Mérigneux prit deux bières dans le frigo, en tendit une à son père et fit semblant de l'écouter.

Ce qui le préoccupait, c'était la « surprise » de Freiman.

Nespresso, en fait, c'était probablement un indic de police.

– … et il pensait que Mao était un héros. Il a fini chez les déséquilibrés à Charenton et s'est suicidé au Véronal. Il y a peut-être une justice, Luc. Les hommes de la Commune, Jules Vallès, Léo Fränkel, Édouard

Vaillant, Félix Pyat, ils avaient compris ça. D'ailleurs, le grand Ferré…

– Oui, oui, tu me l'as souvent répété, papa.

– Je serais toi, je chercherais du côté de la justice.

– Comment ça ?

– Ben… chez les juges, les vrais, quoi. Les gars qui travaillent dans les tribunaux, tu sais bien.

– Un juge qui ferait la loi comme une machine de guerre ?

– Et pourquoi pas ?

– Non, je ne crois pas, papa.

– Bon, c'est toi qui sais.

Le vieux Mérigneux reprit son journal.

Ce matin-là, Bouhassa obtint la réponse du deuxième numéro composé en sortant de la mairie. C'était Marylène Cagnard, une journaliste de *L'Obs*.

– On se voit où ?

– Près de ton journal, à la Bourse ?

– Non, non, surtout pas. On dit à Châtelet ?

– Si tu veux. À la Taverne Benoît ?

– Je vois où c'est. Treize heures ?

– Treize heures, on déjeune. Il paraît qu'ils ont de la saucisse aux châtaignes, c'est rare.

5

Le rendez-vous devait avoir lieu sur le Champ-de-Mars, devant le monument des Droits de l'homme, le long de l'allée Adrienne-Lecouvreur, à mi-chemin entre la Seine et l'École militaire. Keller était arrivé trois heures en avance. Histoire de repérer les lieux. Son cabinet d'avocat le laissait libre de ses journées et de son emploi du temps.

Le temps passait vite : où était la petite fille ? Entre les mains des dégénérés de Strasbourg-Saint-Denis, elle risquait le pire. La grande sœur, Anna Plurabelle, avait été longuement interrogée par la police, tout en étant soignée. Ses doigts se remettaient lentement ; elle retrouverait l'usage de sa main. Celle-ci ne serait pas très belle, mais le dommage ne serait qu'esthétique. Anna ne comprenait pas l'agression dont elle avait été victime. Les deux sœurs vivaient seules – les parents avaient été victimes d'un accident de la route deux ans plus tôt – et Viviane, la plus jeune, fréquentait un cours de piano le soir. C'est en revenant de l'école de musique de Mme Karsavina que les deux filles avaient été victimes de cette violence insensée. Les larmes aux yeux, Anna Plurabelle avait demandé qu'on mette tout en œuvre pour retrouver la petite. La presse s'était fait l'écho de cette terrible inquiétude, partagée par chaque mère.

Cet enlèvement avait rallumé la douleur intime de Keller, cette blessure qui ne guérirait jamais. Mais sa souffrance, aussi, était une arme.

Les touristes faisaient la queue, patiemment. Devant les quatre piliers de la tour Eiffel, la foule se pressait, formant des files d'attente, attendant l'arrivée des ascenseurs. Des marchands africains vendaient à la sauvette des vierges en plâtre, des Arc de triomphe en plastique, des effigies de Brigitte Bardot en sucre candi, et, bien sûr, des petites tour Eiffel en carton-pâte, en métal argenté, en bois ou en une matière indéterminée qui ressemblait à du chewing-gum durci. Tout était *made in China.* La police rôdait, chassant parfois ces vendeurs de souvenirs sans licence, mais gardant l'œil, surtout, sur les sacs. La possibilité d'un attentat était élevée. Le truc, c'est que les Maliens, répartis autour des pelouses, vendaient aussi autre chose que des souvenirs. Il suffisait de demander : GHB, Rohypnol, Zolpidem, Toiffies, Kétamine, héroïne, cocaïne, shit marocain, et aussi des produits soi-disant pour bander, Catuaba, Galanga, Yohimbe et, évidemment, poudre de corne de rhinocéros. C'était la foire aux paradis artificiels, le supermarché de la came. Pour un prix modique, on pouvait s'offrir une overdose d'enfer, avec arrêt cardiaque, détresse pulmonaire, vasodilatation max, AVC en prime, et étouffement par vomi. Les remontées gastriques bloquaient la trachée, et le corps de l'usager n'avait plus assez de ressources pour surmonter le choc. Il crevait la gueule ouverte, au sens propre du mot.

Keller était sur le qui-vive. Il repéra les guetteurs maliens et les racailles qui traînaient là, pour voir si l'un des dealers ne s'écartait pas pour aller pisser ou griller une cigarette. C'était comme une meute de loups : l'isolé était immédiatement dépouillé, voire égorgé. Keller, vêtu comme un touriste lambda, se dirigea vers le pont d'Iéna, face au Trocadéro, comme s'il était là en goguette. Apparemment, personne ne le suivait. Ses instructeurs à Tel-Aviv lui avaient enseigné les techniques de contre-surveillance, qui consistaient à utiliser les surfaces réfléchissantes, à revenir sur ses pas, à enregistrer les détails répétitifs, à noter les plaques d'immatriculation et à se fier à son instinct, surtout. Un homme, près du manège musical, lisait *L'Obs*, dont la couverture était consacrée à Xavier But, un type soupçonné d'avoir massacré ses parents, sa tante, son frère et sa sœur, et qui était retourné se coucher dans son lit juste après. Curieusement, tout le désignait, mais il n'y avait aucune preuve, ni témoignage ni empreinte. La police avait fait diligence, mais But avait simplement disparu, et, depuis quelques jours, l'enquête piétinait. Elle allait être enterrée. Marylène Cagnard, la journaliste de *L'Obs*, relevait l'injustice d'une pareille situation. Injuste, oui, bien sûr. Le juriste en Keller savait bien que la machine avait besoin de faits, qu'on ne pouvait condamner quelqu'un sur une simple certitude intime. Nombre de salauds échappaient ainsi habituellement à la prison. Et s'il fallait compter sur la justice divine, on n'était pas sorti…

– *You… Help for photo ?*

Dans un anglais hésitant, un touriste allemand tendait son appareil photo à Keller. Il désirait qu'on le prenne ainsi, avec sa femme, devant la tour de Herr Eiffel. Keller se fendit d'un sourire, nota le manque total de méfiance qui se dégageait du bonhomme, déchiffra son langage corporel (satisfaction), empoigna le Nikon digital, vérifia la mise au point automatique et regarda le couple se mettre en place devant la construction en métal. Il cadra à gauche le petit stand de gaufres et de glaces, à droite la chaussée avec les voitures – deux Volvo noires et une Twingo beige – se dirigeant vers le Trocadéro, et, en arrière-plan, se débrouilla pour avoir le pilier nord de la Tour.

Il traversa la Seine, arrivant au pied du palais de Chaillot, remonta vers la droite et plongea dans le souterrain creusé dans la butte, où se logeait un aquarium public, récemment transformé. L'endroit, sombre et éclairé par la lumière des spots sous l'eau, ressemblait à une caverne. Les enfants les plus bruyants se mettaient à chuchoter, les parents montraient du doigt les holothuries ou les poissons des mers du Sud, une température élevée soulignait la moiteur de l'atmosphère. Keller fit semblant de s'intéresser aux poulpes, rebroussa chemin, suivit le dédale de la visite, dévisagea les visiteurs de l'autre côté de certaines vitrines et sortit par la porte de secours, du côté du terre-plein central, face aux fontaines. Celles-ci venaient de se mettre en route, avec l'obscurité tombante. Ce mois d'avril était clément, et les badauds aimaient que Paris corresponde à leurs clichés intimes. Keller remarqua une blonde qui enlevait un caillou de sa chaussure, et continua vers le Théâtre national populaire. Puis il redescendit vers la Seine, se dirigeant vers l'avenue de Suffren. C'était un détour, mais un détour intéressant. Se débarrasser d'une filature, surtout si elle était multiple, était une affaire de marche à pied, lui avait répété son instructeur. C'était long, pénible, mais c'était la seule manière.

Chemin faisant, il se remémora le coup de téléphone. Qui était son interlocuteur ? Comment était-il parvenu à obtenir son numéro de téléphone ? Dans quel but ?

S'agissait-il d'un piège ? Questions, questions. Donc : prudence, prudence.

Keller remonta l'avenue de Suffren. Celle-ci était à moitié déserte : les touristes de la tour Eiffel ne venaient pas jusque-là, et les habitants du quartier commençaient à s'installer devant leurs télés, en ce début de soirée. Il passa devant un antiquaire qui tirait son rideau de fer, un café qui attendait le chaland avec des « big cafés au lait » tarifés deux fois le prix normal, passa le long d'une pharmacie éclairée *a giorno*. Arrivant devant la Boulangerie de la Tour, quelque chose lui revint en tête. Un détail, mais quoi ? Il s'arrêta au feu rouge, cherchant. Ah oui, la pharmacie. Vibration bizarre. Il n'y avait personne, malgré la lumière. Il rebroussa chemin. Parvenu sous la croix verte, il regarda à travers la devanture. D'abord, rien. Puis, à gauche du comptoir, il remarqua une boîte de pilules renversée.

Il entra.

La sonnerie – une clochette qui jouait « L'hymne à la joie » – ne sembla attirer personne. Les pilules, par terre, jonchaient le carrelage. Entre les rayons, d'autres boîtes étaient renversées, en vrac. Il se retourna : la caméra de surveillance était coiffée d'un sac-poubelle noir. Pas besoin de faire un dessin. Keller décontracta les épaules, respira. Il se mit en mode Uebashi, qui consistait à faire le vide, un vide d'attente, sans émotion, sans agressivité, sans idée préconçue. La force de l'ennemi devait se retourner contre lui-même.

Il passa derrière le comptoir. Deux seringues, une paire de ciseaux, une baguette qui servait à scanner les ordonnances et un mortier avec de la poudre écrasée. Une caisse enregistreuse. Un tourniquet avec ses shampooings.

Pas un bruit.

Il pénétra entre les rayons. À chaque pas, des médicaments renversés. Derrière une étagère, il aperçut une main étendue. Il s'approcha en silence : c'était la pharmacienne, visiblement inconsciente ou morte. Il se pencha, aux aguets. Une flaque de sang s'étalait sur le sol, dans la pénombre. La femme, d'un certain âge, avait le crâne enfoncé. On ne pouvait plus rien pour elle. Keller chercha l'arme, mais il n'y avait rien. Il contourna une table : le désordre était de plus en plus grand. Au fond, dans l'arrière-boutique, il vit un autre corps : c'était l'assistante, elle gémissait. Il s'approcha, s'agenouilla. Une trentaine d'années, queue-de-cheval, brune, les mains ensanglantées. Il tenta de lui soulever la tête, mais n'obtint que des gémissements. La mâchoire de la femme était démise, son nez fracturé. Était-elle touchée gravement ? Dans la pénombre, difficile de voir. Il palpa les bras, les côtes, puis les hanches. Sous la hanche droite, la plus éloignée de lui, il sentit quelque chose de chaud. Du sang ? Des linges imbibés ? Il retourna le corps et, ce faisant, lui arracha un hurlement violent. Et là, il vit.

Il vit le comble de l'horreur.

Le muscle de la taille, le grand oblique, avait été entaillé d'un coup de scalpel. L'intestin avait jailli, et le ou les agresseurs, sans doute après voir violé la femme, avaient cloué l'organe au sol. En retournant la victime, Keller avait déroulé l'intestin, faisant jaillir le côlon à travers la peau. Le sang coulait de plus en plus. Il sentit sous ses doigts le pouls ralentir, tenta le bouche-à-bouche, mais il constata que la vie s'échappait rapidement. Un dernier sursaut, et ce fut fini.

Il y avait un prénom brodé sur la blouse : Nathalie.

Le dégoût l'envahit. La rage le bouleversa. Il se releva, tremblant.

Il fit deux pas et remarqua que la porte de service était entrouverte. Les agresseurs étaient passés par là. Il n'y avait pas de temps à perdre.

Mais il fallait d'abord se mettre en condition. Keller s'arrêta. Il ferma les yeux, laissant ses mains pendre. Il fit le vide dans son esprit, instantanément. Sa tragédie intime, ses souvenirs de sang, sa famille, les événements de la rue de Sèvres, la prison, tout fut balayé, sauf le cœur de souffrance, devenu son arme. Il ne restait, dans sa tête, que l'image d'un gong, vibrant au soleil d'une note grave et prolongée. Il sentit ses muscles se relâcher. D'abord le front et les muscles de la nuque. Puis le visage, la bouche, les paupières, la langue. Le cou venait ensuite, suivi des épaules, de la poitrine, des avant-bras et, surtout, du ventre. C'était la clé de tout. L'abdomen commandait le reste. Pendant quelques secondes, il se liquéfia, sentit son corps se disperser dans l'air autour de lui, puis se rassembler, nourri d'une énergie nouvelle. Il poussa la porte de derrière.

C'était une ruelle qui ne servait qu'aux livraisons. Dans ce quartier bourgeois, où des immeubles sérieux et spacieux cloisonnaient la ville – ce qui n'empêchait pas l'établissement de bordels, comme celui qui existait encore récemment au 106, pour le plus grand plaisir des officiers allemands en 1943, juste avant que l'établissement soit dynamité par la Résistance –, rien ne devait détonner. Les bonnes et les gens de service devaient passer par-derrière et vivre hors de la vue des patrons. Quelques poubelles, soigneusement disposées, débordaient d'ordures. Celle de la pharmacie, qui était un véritable caisson, était pleine de bandages, d'emballages, de sparadraps, de cartons. Sur le dessus, quelques seringues traînaient, visiblement usagées. Une chaise en tube d'aluminium, cassée, gisait, deux de ses pieds à côté d'elle, comme des pompes à vélo oubliées. Des flacons étiquetés, dont certains étaient brisés, garnissaient l'un des cartons, entouré de bouteilles de champagne vides.

La nuit commençait à tomber.

Keller avançait avec précaution, les sens en alerte. Arrivé au coin de la ruelle, il constata que celle-ci s'élargissait, formant une petite cour aveugle, où, sans doute, on remisait autrefois les calèches. Deux passages, plus larges, débouchaient sur une ruelle en diagonale, pompeusement nommée avenue du général Tripier. Keller avait mémorisé le plan du quartier avant de venir, élémentaire disposition de prudence.

Il entendit une bouteille rouler. Trois hommes étaient assis sur le sol, fumant quelque chose. Un autre leur parlait dans une langue qu'il n'identifia pas tout de suite. En le voyant, les trois se levèrent. Qui était cet intrus ? Dans cette courette, aucune fenêtre n'était visible, sinon deux ou trois lucarnes dont la rouille scellait les joints. Une odeur de pourri, de brûlé et de produit pharmaceutique flottait.

– *Nou, kto ty ?*

C'était donc du russe. Ses yeux s'habituant à la semi-obscurité, Keller vit les tatouages sur les bras du meneur : des dessins crus, qu'on aurait dit réalisés au burin. L'homme était un zek, un évadé des camps russes. Il n'y avait pas plus dur. Cheveux coupés très court, visage balafré, nez épaté, mains de camionneur, Zek 1 répéta :

– T'es qui, toi ?

Et il s'avança.

C'était une erreur. Car, en avançant, il dévoilait ses intentions. Keller lisait en lui : l'homme n'avait pas envie de négocier, de palabrer, de discuter. Il allait attaquer, directement, dès qu'il serait à portée. Le halo, autour de lui, que seul Keller voyait, était celui d'une hostilité totale, d'une barbarie absolue. Cet homme-là pouvait se ronger le poignet pour faire sauter ses menottes, et supporter la douleur. Il n'avait rien d'humain.

Au moment où Zek 1 passait par-dessus une bouteille de champagne vide, levant le pied gauche, donc dans un léger déséquilibre, Keller attaqua. Il lança son pied droit en avant, genou levé, décuplant la force du coup en pivotant sur les hanches et en durcissant le ventre. Point d'impact : le plexus. Zek 1 reçut un coup de marteau-pilon qui aurait dû le mettre à terre. Il resta debout.

Keller comprit : le gars était plein de kétamine. Cette drogue destinée aux chevaux supprimait la douleur et les émotions. Mais sans doute avait-il contrebalancé l'effet avec des amphétamines, pour rester alerte. L'homme ramassa la bouteille et, l'utilisant comme une matraque, visa le crâne de Keller. Il était fort, il était lent. Le tout était de ne pas tomber entre ses pattes. Keller esquiva la bouteille, qui se fracassa sur le mur derrière lui. Zek 2 debout, arrivait par la gauche. Zek 3 par la droite. Le quatrième, défoncé, restait assis entre deux peaux de bananes moisies.

Il fallait sortir du cercle. Attaquer le maillon faible.

Keller annonça, calmement :

– Niveau 4.

Pas encore le niveau 5. Mais, déjà, un seuil de violence dangereux.

Keller fit semblant de se tourner vers la droite, attirant sur lui le zek de gauche et le chef. À l'instant où le premier sortait un couteau de boucher, attaquant en pointe, Keller se glissa sous son bras, le crocheta, pivota dans le dos de l'assaillant et, utilisant la force de propulsion du type, retourna le bras. Il entendit l'omoplate craquer, et le bras se délogea de son articulation. Zek 1, enragé, tenta un crochet du gauche mais ne rencontra que le couteau de boucher, encore tenu par Zek 2, que Keller contrôlait à partir du poignet. La lame entra entre deux côtes, saignant le poumon droit.

Il sentit un mouvement derrière lui. Zek 3 brandissait un marteau.

C'était un outil arrache-clou. Une extrémité de la tête était ronde et plate, l'autre crochue, avec deux langues. Le manche, rouge, était muni d'une poignée dont l'extrémité était gainée de caoutchouc. Pour un menuisier, c'était un instrument efficace. Pour un tueur aussi. Keller nota que du sang presque séché était visible. Zek 3, trapu et rapide, avançait. Keller recula d'un pas, heurtant quelque chose : Zek 1 qui, malgré sa blessure, s'était relevé. Il tenta d'immobiliser Keller par-derrière, mais celui-ci pivota en se baissant. Visiblement, la kétamine annulait la douleur. L'assaillant ne tomberait à terre que lorsqu'il serait saigné. Vu la masse du type, cela risquait de durer. Keller sentit, contre son dos, le caisson-poubelle de la pharmacie. Il se retourna et saisit deux seringues, une dans chaque main. Il vit Zek 1, furieux, sur le point de se jeter sur lui comme un demi de mêlée au rugby. Au moment où l'autre basculait de tout son corps vers l'avant, Keller lança une première seringue dans l'œil gauche du zek : un hurlement de rage lui répondit, mais l'action était déjà engagée. Keller se borna à esquiver, d'un transfert de poids sur le pied gauche, et planta la seconde seringue dans l'œil droit. Zek 1 était hors d'état de nuire. Restait Zek 4, toujours affalé par terre, et le type au marteau.

Ce dernier lança l'attaque. Au regard de Keller, c'était lent, très lent. Dangereux quand même, mais il voyait tout comme un film au ralenti. Le temps que le trapu fende l'air de haut en bas, Keller avait déjà saisi une bouteille de produit pharmaceutique, et, au lieu de la briser sur le rebord de la poubelle, la fracassa directement sur le visage de l'assassin. L'homme tomba. On entendait les hurlements du zek à l'omoplate cassée et les braillements de celui dont les yeux étaient crevés. Le Russe au marteau, la joue arrachée, la peau ballante, essaya de revenir sur Keller.

Mais c'était fini. Un pied de chaise en aluminium dans la main, Keller lui défonça les dents. L'homme tomba. Keller lui prit le marteau des mains :

– Niveau 3. J'ai surévalué en disant niveau 4.

Regardant le blessé au sol, il lui demanda, avec un regard d'une dureté totale :

– C'est toi qui aimes torturer les femmes ?

Le zek cracha du sang.

– Je répète : tu aimes torturer les femmes ?

Le type leva une main tatouée, pour faire un doigt d'honneur.

– Je vais t'apprendre les bonnes manières, zek.

Avec le marteau, Keller visa le poignet droit du gars. Il l'écrasa. Puis le poignet gauche. Pareil. Puis le coude gauche. Puis le coude droit. L'homme hurlait, hurlait. Puis les deux genoux. Une fois qu'il eut terminé, il refit le tour, avec la même force. Il n'y avait plus une seule articulation intacte. Elles étaient toutes en miettes, irréparables. Le zek avait perdu conscience.

Un aveugle, un blessé à l'omoplate, un criminel détruit. Keller essuya le manche du marteau. Il le jetterait dans la poubelle avant de partir. Il s'approcha du quatrième homme, que la drogue avait vidé de toute volonté, en apparence. Le type était étalé sur le sol, comme une serpillière, dans un coin sombre. Sauf que…

Sauf qu'il tenait un petit .38 dans la main, et visait Keller.

À quatre mètres, Keller vit le clignement des yeux, la légère contraction de la narine gauche, le spasme de la main. Le type allait tirer. Keller, sans réfléchir, lança le marteau à la vitesse d'un TGV. L'homme n'eut pas le temps de tirer, il essaya de tourner la tête, et le marteau toucha son nez de profil, l'arrachant. Un geyser de sang jaillit. Blessure non mortelle, mais terrible. L'homme pressa la gâchette, mais trop tard. La détonation, sourde, se perdit dans la courette, et la balle ne fit qu'effleurer Keller.

Keller prit l'arme, devenue inutile, à cet homme noyé de douleur, et s'agenouilla :

– Raconte.

Pour toute réponse, un gémissement et des bulles de sang.

– Raconte.

Gémissements.

Keller frappa le nez du type.

– Raconte.

L'autre raconta.

Finalement, la confrontation avait duré quelques secondes.

L'idée était simple. Les *zakonny vor* – les anciens déportés des camps de travail sibériens – s'étaient regroupés en bandes, dans diverses villes européennes. La mafia russe (la Mafiya), s'était installée à Paris et avait très vite repéré le gibier le plus facile : les femmes. Prenant la main sur le trafic de prostituées, les zeks avaient ensuite visé plus haut : la came. Les hauts lieux des deals d'héroïne avaient été repérés, les dealers exécutés au cutter, et les voyous beurs avaient vite compris. Ils payaient. Les Maliens, en revanche, renâclaient. La réponse était simple : on les laissait faire leurs petites affaires, au Champ-de-Mars, par exemple, et, à l'aube, quand les revendeurs se dispersaient, il suffisait de les attendre dans les rues adjacentes. Pas un ne s'en sortirait vivant.

C'était comme un jeu de go. On occupait le territoire. Et tout ce qui dépassait était annihilé. Tactique de la terre brûlée.

La police, pour l'instant, n'y voyait que du feu. Ou faisait semblant.

Keller avait compris. Mais pourquoi la pharmacie ?

– Elle… voulait… nous dénoncer…

Le sang avait cessé de couler sur le visage du type. Keller se redressa, et, avant de s'en aller, ajouta :

– *Ya sudya.*

Puis il murmura :

– *Molon Labe.*

L'autre n'entendit probablement pas. Il allait tourner de l'œil.

Keller répéta :

– Je suis le Juge.

Et, jetant le marteau dans la poubelle après l'avoir essuyé, il murmura :

– Souviens-t'en.

Puis il disparut dans l'avenue du Général-Tripier. Il avait rendez-vous. Il y avait beaucoup de monde. Des gens mangeaient des sandwichs sur les pelouses, des familles bavardaient, le nez levé vers le sommet de la tour Eiffel. Sur les bancs, des visiteurs à vélo se penchaient sur un plan. Un homme lisait le journal. Toutes les nationalités se mêlaient, on s'exclamait en tagalog, en allemand, en italien. Des nounous prenaient l'air avec des bambins criards. Keller disparut derrière les massifs de plantes, côté est. L'homme se leva, replia son journal. Nul ne fit attention au fait que ce journal était en russe.

6

Volterra était mauvais, ce matin-là. D'abord, le Bar de l'Escadrille manquait de bière, et ça, c'était terrible. De plus, l'un de ses indics, un habitué de la station de métro Stalingrad, s'était fait flinguer. Un indic mort n'est plus guère utile, se disait Volterra. S'absenter comme ça, c'était une mauvaise manière. Il posa son gros poing sur la table, prit le cendrier en alu et l'écrasa entre ses mains comme si c'était une cocotte en papier.

– Qu'est-ce qui te prend ? demanda Mérigneux.

– La scoumoune.

– C'est-à-dire ?

– Tu sais bien, la scoumoune, quoi. Ça vous prend comme ça, ça dure une heure ou dix jours, puis ça s'en va. On peut pas prévoir. J'ai un gosse qui est malade, un indic qui est mort, la réserve de bière qui est à zéro et ma femme me fait la gueule. Finalement, être flic, c'est ce qui me reste. C'est la *vida,* quoi. Tu nais avec, tu meurs avec, tu te démerdes avec. Je me souviens, le vieux Oltard, qui m'a formé, m'a emmené un jour voir un cadavre. C'était mon premier. J'en menais pas large, je peux te dire. Le gars était allongé dans une station-service pas loin de Roissy, avec deux bastos dans le buffet. On savait pas qui l'avait fumé. Il avait la tête dans la pissotière, tu sais, ces pissotières qui coulent tout le temps, comme il y en avait dans les jardins publics… Ça sentait le sang, je connaissais pas. J'avais quoi… vingt-trois ans peut-être. Les gars de l'identification sont arrivés, Oltard leur a demandé d'attendre, de toucher à rien. Puis il m'a dit : « Vas-y, c'est ton client. » Putain, j'étais glacé. J'ai retourné le mec, il avait eu mal. Il grimaçait. J'ai failli dégueuler. Mais j'ai tenu bon. J'ai fait les constatations, je me demande si j'ai pas prié un peu, je m'en souviens pas mais sûrement, puis j'ai été respirer un grand coup dehors. Et là, Oltard, il m'a dit : Tu vois, petit, la scoumoune, c'est ça.

– On n'en est pas là, hein, Volte.

– Non, mais je te jure, y a des fois, ça y ressemble.

Mérigneux activa la machine à café. Elle provenait d'un stock tombé du camion, à la Plaine Saint-Denis. De toute façon, le gars qui l'avait perdue, il en profiterait pas. Il était là-haut, avec les anges. Ou en bas, avec les diables. Ou entre les deux, dans la merde.

Le père Mérigneux, la veille au soir, avait eu un de ses moments de lucidité. Il caressait son labrador et commentait les événements de la journée, l'affaire Bygmalion, les conneries de certains élus. Il évitait d'aborder le cas de Xavier But, le gars qui avait assassiné toute sa famille avant de se recoucher. Il savait que chaque flic a son obsession, son cas non résolu, son injustice personnelle. Depuis cinq ans, Luc Mérigneux refusait de lâcher ce dossier, qui lui pesait. Le juge avait classé, la machine judiciaire avait classé, la police avait classé, tout cela était froid, glacé même. Mais Mérigneux avait vu les yeux de l'assassin, y avait déchiffré la moquerie et le mépris. Ce type avait assassiné de sang-froid, il recommencerait. Et là, Mérigneux serait prêt. Il lui tomberait dessus comme une tonne de briques. Il suffisait d'attendre.

Mérigneux père s'était endormi sur sa chaise, après le dîner. Son fils l'avait couché, gentiment. Le vieux avait alors ouvert les yeux, et avait simplement dit : « Le Juge, c'est le gars de la pharmacie du Champ-de-Mars, hein, c'est lui ? », puis il s'était rendormi.

Cazamec arriva avec un pack de bières, suivi d'Alix.

– Ça va, les gars ? On dirait que vous avez enterré quelqu'un.

– Non, on n'a enterré personne, mais on aimerait bien.

– Qui ça ?

– Bouhassa, pour commencer.

– Il vous a cassé les burnes ?

– C'est sa spécialité.

Alix enleva son blouson de cuir. Les cheveux courts, le casque de moto posé à terre, brusquement, elle semblait plus féminine. Pourtant, ses goûts personnels la faisaient pencher du côté de BMW, des bécanes Guzzi, des boîtes un peu glauques, des filles perdues et, de temps en temps, des mecs baraqués. Pastoureau avait eu droit à ses faveurs, il y a longtemps. Il en était resté un parfum de tendresse, entre les deux, qui sortait de l'ordinaire, à l'Escadrille. Surtout que Pastoureau, dont la manie était de chasser les chats, n'était pas le genre à faire tellement de sentiment. Il maniait mieux le marteau-piqueur que les baguettes du restau chinois. Mérigneux alluma une cigarette et s'assit sur l'un des tabourets de bar.

– Bon, on a du boulot. Les gars qui se sont fait fumer près du Champ-de-Mars sont des Russes, ça on le sait. L'un d'eux a parlé...

– Il a eu du mal, rigola Pastoureau.

– Oui, il a eu du mal. On lui avait défoncé les dents avec un pied de chaise en alu.

– Et les autres ? demanda Alix.

– Les autres, c'est simple, ils sont morts.

– On a retrouvé les armes ?

– Non. Ni balles ni armes. À première vue, pas de flingues, encore qu'on ne sait jamais. Ce qu'on sait, en revanche, c'est que c'est des zeks, des repris de justice de là-bas. Tatouages à la machette, noms de bandes gravés sur les bras – en cyrillique, s'il vous plaît – et pedigree d'enfer. La police allemande nous a refilé des dossiers, c'est du lourd. Freiman a été chercher sur le Net, et ça sent le pourri.

– L'idée, c'est quoi ? reprit Alix.

– L'idée, c'est que c'est des racailles qui en ont marre de Poutine qui leur rend la vie dure s'ils ne sont pas de son bord, et ils débarquent en France pour faire les poches de touristes et pour castagner les Maliens. Ils essaient de reprendre le trafic de drogue, ça va chier.

– OK, mais ça nous regarde pas, ça, si ? demanda Blondeau qui semblait encore intimidé par sa propre présence, vu sa jeunesse.

– Non, c'est les stups, c'est sûr. Mais ce qui nous intéresse, c'est que Juillet et Bouhassa sont aux ordres de la maire, qu'ils sont en train de me pourrir, et, par voie de conséquence, que je vais vous pourrir aussi. On peut pas accepter qu'une sorte de justicier se balade dans la ville et déglingue les méchants à notre place !

Volterra, jusqu'alors tranquille, sortit de sa torpeur. L'aristocrate du groupe fumait avec un porte-cigarettes, ce qui faisait rigoler les autres qui le trouvaient chichiteux. Il s'interposa :

– C'est pas une mauvaise idée, de fumer les truands.

– T'es quoi ? Le Baygon vert des cailleras ?

— Non, mais c'est quand même juste... ? Moi, je trouve.

— C'est pas l'avis des juges, ni de nos patrons. Ils veulent des résultats.

— Bon, bon.

Le silence retomba un instant. Volterra décapsula une bière, la passa à Alix, et on entendit la mousse se répandre par terre. Personne ne broncha, la cave de l'Escadrille n'était guère un modèle de propreté.

— Bon. Le Juge, le fameux Juge, comme le dit le zek sans nez, on va se le faire. Donc, plan de bataille. Toi, Pastoureau, tu remontes au nord, Belleville, Stalingrad, la Goutte d'Or, La Villette, avec Blondeau. Vous secouez vos indics – je sais, on vient d'en perdre un, mais bon – et vous pouvez vous servir dans la réserve de came. Ça leur éclaircira peut-être les idées, aux défoncés.

Il jeta son mégot.

— Ça, c'est primo. En deuzio, Caza et Alix, vous remontez la piste des mecs du métro. Surtout, vous cuisinez à mort Timberland.

— Il est dans les vapes.

— Vous l'attendez au pied du lit. Demandez à Freiman – il est resté au bureau – de pister tout ce qu'il peut sur Internet. Les caméras de l'hosto, les caméras du boulevard, tout ça. Il saura quoi faire.

— OK.

Mérigneux sortit la bouteille de whisky de derrière le bar, tendit la clé de la réserve de came à Volterra et expliqua :

— Moi et Volte, on va fouiner en banlieue. La plupart des mecs du métro venaient de Montfermeil. La télé américaine dit que c'est une zone de non-droit. On va fouiner là-dedans, on verra bien. Si ça se trouve, la petite Viviane, elle est détenue par là-bas.

– Vous allez vous faire foutre à poil, dit Cazamec.

– Je crois pas. On y va avec des chars Leclerc... OK, tout le monde a compris ? La cible, c'est l'allumé qui s'autoproclame le Juge. Et on cherche la petite, vite.

C'était fini. L'Escadrille prenait le départ. Volterra finissait son verre de whisky et remettait sa veste de tweed, Blondeau allait se servir dans la réserve de came – constituée de saisies, au fil des jours. Pastoureau sortait son Glock de la boîte blindée enfermée dans l'armoire. Chacun était intrigué. C'était qui, ce Juge de mouise ? Il sortait d'où ? Il voulait quoi ? On se posait la question.

Alix s'approcha de Mérigneux :

– Dis donc, Luc, et ton père, ça va ?

– Ça va. Enfin, couci-couça. Par moments, il croit qu'il est encore flic, et à d'autres, il reste là, à lire les journaux, et il a l'air dans la stratosphère. Je ne sais pas s'il comprend que ma mère est morte il y a cinq ans, déjà. Je sais pas. C'est...

– C'est quoi ?

– Bizarre. Il arrête pas d'apprendre par cœur des poésies de l'époque de la Commune...

– C'est quand, ça ?

– 1871.

– Merde, dis donc, c'est vieux.

– Ouais. Mais il aime ça. Il récite des poèmes, il fait des sudokus, il regarde la télé. Il a compris qu'il y avait un mec qui se balade dans Paris en dézinguant les voyous. Et il m'a dit de chercher dans le milieu des juges, des vrais.

– Et t'en penses quoi ?

– Rien, à vrai dire. Je suis plus emmerdé par l'état du vieux que par l'idée d'un juge devenu cinglé. Je vois pas le juge Bruguière étriper des zeks. Ou le juge Halphen transformer les mecs du métro en pâté de foie.

– T'as raison. Mais si je peux t'aider pour ton père, tu me dis.

– Je te dis. Mais les juges ? Non. Je le sens pas.

Son téléphone sonna dans sa poche. Il écouta. Fit la gueule. Tout le monde allait sortir, mais, pressentant le truc important, tous attendirent. Mérigneux raccrocha. Alix demanda :

– Alors ?

– Alors on est dans la merde, les gars.

– Mauvaise nouvelle ?

– Tu parles. Timberland n'est plus à l'hosto. Des mecs sont venus le sortir de là. Enfouraillés.

– Des victimes ?

– Une infirmière, une Népalaise. Elle a le bras cassé. Mais c'est tout.

Cazamec jura en polonais : « *Kourva !* » Alix reprit son casque et, lui faisant signe, dit :

– Allez, Caza, on y va.

Lakdar Bouhassa prit place sur la banquette du fond. La Taverne Benoît bruissait de conversations affairées. Il y avait là des petits patrons, des employés se faisant un plaisir, des couples illégitimes, des bandes de copains. Bobos et classicos se mêlaient, et les boiseries, les lampes de cuivre, le glissement des garçons enveloppés dans de grands tabliers, les miroirs qui reflétaient à l'infini les lustres d'époque, tout contribuait à l'éclat d'une période disparue ; on se serait cru dans une brasserie 1900, seuls les costumes et l'interdiction de fumer avaient changé. Nul doute que les plats étaient restés les mêmes. La poule au pot – rebaptisée « Henri IV » –, le soufflé aux écrevisses – nommé « Leopold de Rothschild » –, la tête de veau en ravigote – désignée comme « Tête de belle-mère » – et la langue de veau Lucullus restaient à l'honneur depuis une époque immémoriale. Sans oublier la saucisse aux châtaignes.

Bouhassa, en avance, était préoccupé. Démineur attitré de la mairie de Paris, il était là pour arrondir les angles, gommer les ennuis, forcer les portes, séduire, menacer, voire tuer (politiquement), les fâcheux. Quelques années auparavant, le dossier Xavier But lui avait échappé, et peu lui importait que l'assassin soit encore en liberté. En fait, l'affaire avait coûté cher au maire de l'époque et à la secrétaire d'État auprès du ministre de la Ville. Lakdar Bouhassa s'était juré que ce cas de figure ne se représenterait pas. Pour éviter cet embarras, il était prêt à tout.

C'est au cours de cette affaire qu'il avait rencontré Marylène Cagnard, qui, à l'époque, travaillait comme pigiste pour un site discret – mais qui aspirait à ne plus l'être – nommé « Rodo vous dit la vérité ». Rodo, c'était Rodolphe, un allumé de première catégorie qui voyait des complots partout : c'était Kennedy qui avait assassiné Marilyn, Giscard d'Estaing qui avait trucidé Boulin, l'armée américaine qui avait forcé les avions à s'écraser sur les tours de New York, Sarkozy qui avait déclenché la guerre en Irak et le parti communiste qui avait orchestré la sécheresse en Californie. Les ours blancs du pôle Nord n'avaient qu'à bien se tenir, Cécile Duflot allait leur faire la peau dans une éco-conspiration d'enfer. Marylène avait appris le métier – chercher la vérité derrière la vérité – dans ce fatras paranoïaque. Depuis qu'elle était à *L'Obs*, elle sortait régulièrement des affaires crapoteuses sur tel député qui léchait les pieds de ses collaboratrices ou tel sénateur qui piochait dans la caisse des amitiés franco-cubaines, dont il était le trésorier. Le mieux, c'est qu'elle s'amusait. Décoiffer le bourgeois, c'était le fun. Jeter des connards dans des culs-de-basse-fosse, c'était encore mieux. Rien ne la réjouissait plus que de voir un manitou comme DSK se faire emballer avec les menottes pour une affaire de cul, et aller se faire arranger par des baraqués lubriques dans un pénitencier en Arkansas, par exemple.

De loin, il la vit entrer. Elle ne changeait pas. Mince, dynamique, pas une grande beauté, mais chaleureuse et sexy – ce qui n'enlevait rien à sa dureté professionnelle. C'était le genre de fille à ne pas s'en laisser conter. Ils avaient eu une brève aventure cinq ans auparavant. Elle l'avait quitté, le laissant amoureux et déçu. Et un peu amer, aussi.

Elle prit une chaise, posa son sac qui contenait une invraisemblable cargaison en vrac, dont une poignée de contraventions, et demanda :

– T'es dans la merde, mon chou ?

Puis elle s'assit, rafla la carte, reprit :

– On mange quoi, aujourd'hui ?

– Bonjour quand même, Marylène.

– Ah oui, bonjour, bonjour, Lakdar. Alors, dans la merde ?

– Je te recommande les quenelles Nantua.

– T'es dingue ? Des quenelles ? C'est de la nourriture pour chats, ça. Et encore, chats de basse-cour, en Bretagne, chez les alcoolo-dépendants.

– Je vois que tu n'as pas perdu ton acuité.

– Tous des bourrins. Ils veulent du beurre, ils bouffent de la margarine et ils font la cuisine à l'huile de moteur.

– Non, mais…

– Si, si, Lakdar. Je te jure. C'est la crise, la super crise. Tu vas au supermarché, tu te fais flinguer. Tu vas au cinéma, t'as des cons qui mettent des bombes sous le fauteuil. Tu te promènes à la Concorde, t'as les abrutis de Civitas qui te jettent des sorts en priant le bon Dieu. Tu veux te pacser, on te traite de gouine ou de pédé. Tu veux payer des impôts, on te regarde comme un ovni. Le bon sens, c'est d'aller foutre son fric au Delaware ou au Luxembourg. Depardieu, il a bien fait. Il a foutu le camp. Moi, j'ai pas les moyens, sans ça… Même d'anciens politiques se font payer leurs conférences sur des comptes aux Caïmans ou je ne sais où… Putain, Lakdar, t'en as pas marre ?

– Si. Mais…

– Mais bon, tu vas pas te taper une saucisse, même aux châtaignes, tu vas te faire dépecer comme mauvais musulman !

– Je suis pas…

– Pas mauvais ?

– Non, pas musulman, Marylène.

– Ah, je croyais. Bon, on commande ?

– On commande.

La nourriture n'avait aucun intérêt. Ils étaient là pour autre chose. En attendant les plats, ils goûtèrent un jurançon sec choisi par Alain Ducasse lui-même, disait-on. Marylène fit claquer sa langue, et, posant le verre embué :

– C'est pour le Juge, hein ?

Bouhassa la regarda, intrigué. Elle avait tapé juste, comme d'habitude. Mais la façon abrupte dont elle avait lancé la question laissait supposer qu'elle avait besoin d'un scoop, en ce moment. La rédaction de *L'Obs*, en plein maelström depuis la vente de l'hebdo par son fondateur, exigeait une présence accrue. Marylène Cagnard, ma petite Marylène, se dit Bouhassa, tu as faim. Tu es à l'affût d'un bon coup journalistique. Le tout est de savoir ce que je peux te dire, ce que je vais garder pour moi, pour, éventuellement, être plus malin que toi.

– Oui, c'est pour le Juge.

– Ton pote Juillet est en train de t'emmerder ? J'imagine. Y en a qui se voient à l'Élysée en 2017, hein ? Et tu te chauffes une place dans un cabinet de ministre ?

– Oui et non. Y en a qui ont des chances, d'autres aucune avec toutes les affaires qu'ils trimballent. Y en a qui ne sont même pas sur la photo, d'autres qui sont des losers. Et, à gauche, rien de mieux... Écoute, Marylène, je ne suis pas venu te parler de ça.

Le garçon apportait la laitue à l'huile de noix pour « monsieur » et le pâté en croûte pour « madame ». En attendant que le garçon termine la mise en table, Bouhassa demanda :

– Ton fiancé, ça va ?

– Ça va, ça va. Marcello bosse toujours à l'Hôtel de Salm...

– C'est un trois étoiles ?

– Non, duchmol. C'est un hôtel particulier où se trouve le siège de la Légion d'honneur. Face à la Concorde, presque. Il bosse avec le général Roding de Biberox, qui a été...

– ... le chef d'état-major de l'armée française, je sais. Mais la Légion d'honneur ? Il doit s'emmerder.

– Un peu. Mais c'est bien comme ça. Marcello s'occupe de moi, du coup. Alors... Alors ?

Le garçon s'était éloigné.

– Tu me dis, Lakdar ? Il se passe quoi ?

– Tu gardes tout pour toi, hein, pas de scoop intempestif ?

– OK, off. Pour l'instant.

– Pour l'instant.

– Donc voilà.

Il décrivit l'attaque du métro, l'état des victimes, la situation des agresseurs, la disparition de la petite fille. Avec les détails qu'ignorait la presse : la tringle à rideau, la blessure de Kaddour, celle de Timberland. Il passa à la deuxième agression, dont la presse avait fait état. Mais le légiste n'avait pas communiqué sur les événements réels. Certains détails restaient dans l'ombre.

– L'une des pharmaciennes a été éviscérée et son intestin cloué au sol.

– La vache ! C'est des islamistes ?

– Non, des zeks.

– Ah, des Russes ? Et quel est le but ?

– Faire peur. Mais les Maliens vont pas se laisser faire.

– Oui, mais toi, tu t'en fous, de ces guerres à la con ?

– Exact. Ce dont je me fous pas, c'est de mes quenelles. Elles arrivent.

La suite du repas fut plus explicite. Oui, il y avait un malade mental qui faisait le ménage à Paris et qui se nommait le Juge. Oui, la maire était furieuse. Oui, c'était remonté au niveau du ministère. Et, oui, oui, oui, pas question de mettre en péril les élections de 2017 avec des conneries pareilles. Donc il fallait mettre ce Juge à l'ombre, et presto. Sa simple existence prouvait que la police ne faisait pas son job.

– Donc..., commença Marylène en enfournant une bouchée de selle d'agneau en cocotte.

– Donc, voici ce que je te propose. Je te donne deux infos ultra-confidentielles, et tu te démerdes. Tout ce que tu trouves, tu me le dis. Et moi, je te donne le feu vert ou pas pour publier.

– D'accord. Putain, c'est bon, l'agneau. Garçon, une autre bouteille ! C'est toi qui paies, hein...

– Ça va de soi.

– Donc, les deux infos ?

– J'ai ta parole ?

– Parole.

– Bon. La première info, c'est que l'un des gars déglingués dans le métro, Kaddour, vient de Montfermeil. Là-bas, c'est l'incendie. Plus personne ne contrôle rien. Tu peux y aller en RER, tu verras.

– Le RER, je connais, ça va. C'est la ligne qui a été attaquée par une bande, il y a six mois ?

– M'en souviens pas.

– Si, si, c'est des racailles de là-bas, ils se sont mis à cinquante pour dépouiller tous les passagers. Un vrai raid. On en avait parlé, à l'époque. C'est zone de guerre, Montfermeil. Tu veux m'envoyer au casse-pipe ? Montfermeil, c'est la Syrie…

– Oui, mais tu sauras leur faire du charme, Marylène.

– Lakdar, te fous pas de moi.

– OK. Bon, non seulement Kaddour vient de Montfermeil, mais en plus il travaille pour les flics.

– Un indic ?

– On dit un cousin.

– C'est tout comme. Waouh ! Tu sais ça comment ?

– Simple déduction. Rouah s'est intéressé à lui, et le dossier est bizarrement clean. Quelqu'un est passé dessus. Donc, forcément, Kaddour, il a rendu des services.

– J'enregistre. Et l'autre info ?

– L'autre info, c'est que Timberland, le sans-couilles, a disparu.

– Échappé ?

– Oui. Une infirmière blessée. Deux cailleras sont venues le tirer du lit, le gars.

– Armées ?

– Oui.

– Il est dans la nature, ton bonhomme ?
– Oui.
– Et t'as une idée ?
– Non. Mais Kaddour en a sûrement une.
– Je vois.

Ils finirent de déjeuner, Bouhassa paya, tout était dit. Le deal était simple. Chacun servait les intérêts de l'autre. Donnant-donnant. Le premier qui mettrait la main sur le Juge gagnait. Mais il fallait le faire avant les flics. Avant qu'il n'y ait d'autres cadavres.

Les emmerdements n'allaient pas tarder.

Bouhassa alla se laver les mains aux toilettes du restaurant. Là, seul devant la glace, il retira de la poche de sa veste le dictaphone qui tournait. Il trouvait la méthode du conseiller d'un ancien Président très recommandable. Non seulement elle permettait de garder une trace des saloperies qu'on lui demandait de faire, mais en plus elle autorisait de discrets chantages assez pratiques. La conversation avec Juillet était désormais immortelle, celle avec Marylène Cagnard aussi, et seules les pensées de Lakdar Bouhassa ne figuraient pas sur l'enregistrement. À vrai dire, en dehors d'Antoniechka, la craquante call-girl ukrainienne qu'il fréquentait parfois, Bouhassa n'éparpillait pas ses idées. Il pensait beaucoup à Antoniechka Maximoff, qui avait des tarifs prohibitifs, une clientèle choisie et qui officiait du côté de la Concorde. Il allait la rejoindre pour un après-midi de mutuelle satisfaction, là, tout de suite.

L'autre idée de Bouhassa, c'est que le Juge était une arme politique. Mieux qu'un fusil chargé. Il allait s'en servir.

7

Tout le gratin était là. Les grands officiers, ornés comme des sapins de Noël, arboraient leurs décorations. Les épouses, en robes de soirée, avaient l'air échappées d'un dessin animé de Tex Avery. Les édiles paradaient. Les politiciens serraient des mains. Le ministre était radieux. Les serveurs en spencer blanc se glissaient souplement entre les grumeaux d'invités, servant des pâtés de foie gras sur des petits pains bio et des animaux de la mer – langoustes, crabes, gambas – d'origine indéterminée sur des bâtonnets avec des pruneaux de Madagascar. La salle de réception de l'École militaire était somptueuse, et bien appropriée à la réception donnée par le ministre de la Défense en l'honneur de la Médaille militaire remise au colonel Roding, fils du général Roding de Biberox. Le rejeton s'était distingué sur le champ de bataille en Libye, le père avait passé sa vie à fréquenter les cabinets ministériels et terminait sa carrière à l'Hôtel de Salm, comme grand-croix de la Légion d'honneur. L'adjoint du général, Marcello Lisi, se dépensait pour créer des relations : c'était un garçon charmant, un peu fat, à la belle crinière de chef d'orchestre.

Keller, en costume noir, assistait aux réjouissances en sa qualité de conseil du chef d'état-major. Il était dans son rôle d'avocat-conseil spécialiste des questions militaires, attaché au haut commandement. On le considérait comme un expert de la justice en kaki, un bureaucrate tatillon et un peu effacé, et c'est exactement ce qu'il s'efforçait d'être. Nul ne savait qu'il avait acquis son savoir et son expertise… en prison.

Une coupe de champagne en cristal de Bohême – de la collection de Louis Napoléon Bonaparte – en main, il se fraya un chemin entre les dames emperlousées et les officiers galonnés. L'or des moulures du haut plafond luisait discrètement, donnant une touche supplémentaire d'apparat à toute l'affaire. C'était à la fois ridicule, charmant et impressionnant. Une femme partit d'un rire strident en lançant une œillade à Keller, qui était l'un des trois célibataires les plus présentables de la soirée. Des deux autres, l'un était un curé, l'autre un major homosexuel. Mme La Choux de La Farge, mal appariée à son général de mari, allait sur ses quarante ans à reculons : son époux avait trente ans de plus qu'elle, et le prestige de l'uniforme ne suffisait plus à redresser le sabre. Il restait le goupillon, et c'est ce qui, désormais, intéressait le mari qui était l'une des figures notables de la cathosphère versaillaise.

Keller baisa la main de Mme de La Farge :

– Mes hommages, madame…

– Voyons, appelez-moi Isabelle. Pas de manières entre nous, cher… maître.

Elle avait mis une intonation ironique dans ce « maître ». Le message sous-jacent passait bien… Keller poursuivit une conversation dénuée de sens avec elle et le curé Boudereau, puisque chaque mot, chaque phrase, chaque virgule ne servaient qu'à camoufler le désir d'Isabelle et sa volonté de se soumettre à la caresse d'une cravache, de préférence dans un lit de palace. Keller s'excusa pour aller féliciter le colonel Roding :

– Vous le méritiez depuis longtemps, cher ami, ce fameux bijou de la nation... Savez-vous que Jean Moulin, de Gaulle et Winston Churchill l'ont reçue, la médaille des braves ? Vous voilà leur égal.

– N'exagérons rien, maître. Mais j'avoue que l'honneur qui m'est fait retombe aussi sur mes hommes...

Fausse modestie, pensa Keller. Il se dirigea vers le buffet, alors que l'orchestre envoyait les premiers accords de la *Grande Valse brillante* de Chopin. Une femme, devant la coupe de fruits monumentale, bavardait avec le Directeur des services actifs de la police, Michel Rouah. Keller la regarda : elle était spectaculaire. Blonde, élancée, talons hauts Louboutin, smoking Saint Laurent, un sourire à faire fondre la banquise. Sexy en diable. Il alla saluer Rouah, qui lui présenta la créature : Antoniechka Maximoff, attachée de presse du groupe Malte-Combourg. Keller déchiffra le masque : c'était une call-girl. Mais, bon Dieu, qu'elle était belle... Elle lui glissa sa carte de visite, il s'excusa :

– Je dois aller continuer ma tournée, je suis au travail...

– Les avocats ne se reposent jamais, c'est connu, monsieur Keller.

Il laissa Antoniechka aux prises avec Rouah. Un peu plus loin, un homme mafflu, qui ressemblait un peu à J. Edgar Hoover, l'ancien patron du FBI, surveillait la scène. Keller le connaissait. C'était l'attaché militaire de la légation russe, Boris Lavrov, un proche de Poutine. Un homme dangereux. Il finalisait, à Paris, les dernières transactions de la vente de trois frégates furtives, que le Président hésitait à livrer suite à l'invasion de l'Ukraine par des troupes pro-russes. Visiblement, Lavrov était venu avec Antoniechka et avait payé ses services. Ils allaient repartir ensemble. C'était dans l'ordre des choses.

Les premiers couples se plaçaient sur la piste de danse. L'ambiance était à l'excitation, aux ragots de couloir, aux échanges de bons procédés et aux séductions faciles. Des jeunes femmes pépiantes se partageaient la salle en riant. Keller croisa quelques militaires qui lui avaient confié des dossiers, serra des mains et, las de cette ambiance guindée, alla se réfugier dans l'un des salons, où des généraux chenus et des commères essoufflées se reposaient déjà d'une soirée qui ne faisait que commencer. Devant une bibliothèque bien garnie de livres que personne n'avait lus depuis un siècle, il avisa un fauteuil crapaud. Il s'assit. Sur le guéridon, une boîte à cigares en acajou. Il demanda à un des serveurs de lui apporter un cognac, eut droit à un ballon de Voyage de Delamain aux arômes exceptionnels, et alluma un Cohiba Esplendido qui lui ferait bien une heure. La musique parvenait jusqu'à lui, étouffée mais entraînante. Il se laissa aller à ses pensées.

Après avoir laissé les zeks à leur douleur, il s'était rendu, comme prévu, devant le monument des Droits de l'homme, sur le Champ-de-Mars. Il faisait déjà nuit. La pyramide symbolique, intrigante, n'était guère fréquentée. Les statues qui l'ornaient étaient incompréhensibles à toute personne ne faisant pas partie d'une loge maçonnique, ainsi que les deux obélisques l'encadrant, couverts de signes cabalistiques. Des chaudrons en bronze marquaient les coins de la construction, et des noms de villes – Lisbonne, Paris, Bruxelles, Rome,

Bonn, Amsterdam – s'égrenaient au-dessus de la statue d'un homme en bronze. C'était sans doute pour cette raison – ainsi que l'espace de vue autour – que le rendez-vous avait été fixé là.

En arrivant, Keller ne vit personne. Une nourrice passait avec un bébé, les dealers maliens n'allaient pas jusque-là, ils préféraient rester non loin de la tour Eiffel où se concentraient les clients. À peine Keller avait-il longé la façade nord du bâtiment qu'un homme se matérialisa, comme sorti de nulle part. Il boitait légèrement, s'appuyant sur sa canne.

– Bonjour, monsieur Keller.

– Bonjour.

– Vous êtes sûr de ne pas avoir été suivi ?

– Certain.

– Vous avez eu du mal à venir ? Je vous vois errer dans le quartier depuis trois bonnes heures.

Un peu surpris, Keller regarda l'homme. Il était plus grand que dans son souvenir, portait le même pardessus noir, et son visage, marqué par les années, indiquait une soixantaine sportive. Ainsi cet homme l'avait vu arriver dans le quartier ? Il était donc là depuis plus de trois heures ? Décidément, on ne faisait jamais assez attention.

Ils se mirent à marcher doucement. Keller demanda :

– Comment m'avez-vous retrouvé ?

– Je vous le dirai plus tard. C'était simple.

– Pas pour la police.

– Non, pas pour la police. Mais je ne travaille pas avec ces messieurs. À vrai dire, je ne travaille plus. Je suis retraité, monsieur Keller.

– Mais pas retraité quand il s'agit de la canne... Merci encore du coup de main, l'autre soir, dans le métro.

– Oui, je crois que j'ai eu la canne heureuse. Cet individu ne violera plus personne.

– C'est justice.

– Oui, justice. Parlons-en, de la justice, monsieur Keller.

– Parlons-en, monsieur…

– … Zéev. Simon Zéev. Vous avez une tache de sang sur votre manche. Du sang russe, évidemment.

Mais… comment Zéev était-il au courant de la bagarre avec les zeks ? Décidément, cet homme réservait bien des surprises.

Ils firent quelques pas vers la place Joffre. Un brouillard léger commençait à tomber, rendant la lumière des réverbères cotonneuse. Zéev, que sa claudication gênait, s'arrêta près d'un banc. Des papiers gras s'envolaient.

– Je sais, monsieur Keller, je sais que vous vous interrogez. Je vais vous expliquer. Sous un nom d'emprunt, j'ai longtemps travaillé dans les arrière-cours, je veux dire dans la discrétion. Je ne vous révélerai pas l'organisation dans laquelle j'étais gradé, mais vous pourrez facilement vous en douter. Vous n'avez que l'embarras du choix…

– La Haganah, Tsahal, Ha-Shomer, le groupe Stern, l'Irgoun, les mista'arebim, le Shin Bet…

– Vous en oubliez quelques-unes. Dont l'Aman, le Mossad, l'Amram, le Palti Pedoute, le Qacheti, et… Bref, après avoir été blessé dans une confrontation peu amiable avec le Hamas quelque part en Afrique du Sud, je me suis retiré à Paris, où je rends quelques menus services grâce à mes contacts et à mon expertise informatique.

– La justice…

– La justice, oui, j'y viens, monsieur Keller. J'ai une opinion très ferme là-dessus. Elle se résume à ceci : la police est visible, la justice est invisible. Je pense que nous devons la rendre visible, donc efficace. Il ne s'agit pas de se substituer à elle, mais de la soutenir. De l'aider. Dans un monde fondamentalement injuste, où, comme vous le savez, la banalité du mal est la règle, des hommes comme nous doivent agir. Je passais par hasard à Strasbourg-Saint-Denis, je vous ai vu régler leur compte à ces voyous, et je me suis dit : « Voilà un homme qui est dans le droit chemin », le Gaddiel. En vous regardant, j'ai compris que la rencontre avec ces messieurs était fortuite. Je vous offre donc mon aide pour vous proposer des cibles justes. Le hasard n'a pas à se mêler de ces affaires-là.

– Pourtant, les Russes…

– Oui, je suis déjà au courant, j'ai mes sources. La police s'en occupe. Vous êtes passé devant cette pharmacie sans avoir l'intention de faire le ménage. Il y aura toujours des cas comme cela. Mais nous pouvons rationaliser l'opération de nettoyage. Qu'en pensez-vous ?

– Je ne vous connais pas, monsieur Zéev.

– Zéev, pour vous. Pas « monsieur ». Vous ne me connaissez pas ? C'est d'autant mieux. Nous ferons un bout de route ensemble, dans l'obscurité. Sans que personne sache rien. J'ai de l'expérience, et quelques contacts utiles. Vous verrez.

Ils débouchèrent sur le Village suisse. À cette heure tardive, tous les antiquaires étaient fermés, et dans les rues, quasiment désertes, ne retentissait que le grondement des rares scooters qui jaillissaient du brouillard.

Keller demanda :

– Comment m'avez-vous retrouvé ?

– Un jeu d'enfant. Je vous ai entendu murmurer « *Molon Labe* » après avoir appris à ces raclures les élémentaires leçons de politesse. À vrai dire, la seule politesse qu'ils peuvent nous faire, c'est de mourir le plus vite possible et le plus douloureusement possible. Nous pouvons leur rendre ce service. Bref, je sais de longue date que « *Molon Labe* » est la devise du commando Iota créé par Moshe Dayan lors de la guerre du Kippour en 1973. L'équivalent de l'équipe Delta en France, ou des Black Ops aux États-Unis, soit six à quinze personnes chargées des missions noires, hors système. Il m'a suffi de téléphoner à Ricciarelli, qui m'a mis en contact avec Théodore Batch, à Tel-Aviv. En vingt-quatre heures, je savais tout de vous.

— Ils vous ont fourni mon dossier ?

— Non. Juste votre nom de code. J'ai forcé quelques portes informatiques. En France, les sites sensibles sont très peu sécurisés, sur le Web. Les banques sont des gruyères, les grandes sociétés sont exposées, les banques de données de l'État sont les plus mal protégées. Ces messieurs en sont encore à l'ère du boulier et de la gravure au pic. Ils sont incapables de différencier une souris informatique d'un mulot champêtre. Or la guerre future sera invisible.

— Et c'est ainsi que vous savez tout sur moi ?

— Oui. C'est la raison pour laquelle vous serez mieux avec moi. Faisons route commune. Je sais tout, tout ce qu'il y a à savoir. Votre femme, votre fille, la prison. Je sais ce qui vous anime, quel feu vous consume. Je sais aussi qui est le flic à vos trousses : Luc Mérigneux, de l'URDV, l'Unité de Répression de la Délinquance Violente. Et je vous préviens que l'adjoint de la maire de Paris, Juillet, a lancé ses chiens sur vos traces. J'ajoute, pour votre gouverne, que je partage votre colère. Je la partage vraiment. Il y a des hommes qui rêvent de mettre le feu au monde et de regarder ce monde brûler. Je ne suis pas de ceux-là. Nous vivons une guerre silencieuse, nous sommes en première ligne. La justice, Keller, voilà mon réacteur atomique personnel. Mon cœur nucléaire. Quant à votre dossier...

Les faits étaient les faits. Ils étaient durs, impitoyables. Quatorze ans auparavant, Keller, jeune avocat marié avec une ravissante femme d'origine circassienne, Patricia, papa d'une petite fille de deux ans, Georgina, avait été invité à une conférence au palais des Congrès de Marseille. Le premier jour, il était descendu du trentième étage de l'hôtel où il logeait pour assister aux débats sur l'application de la législation sur les jeunes délinquants. Patricia et Georgina avaient été flâner sur le Vieux Port. Le soir, ils avaient tous dîné dans la chambre, en regardant des dessins animés. La petite s'était endormie devant son assiette de frites. Le lendemain, les débats avaient repris de plus belle. Le soir venu, Keller avait repris l'ascenseur qui l'amenait au trentième étage, chambre 3007. Et là, sa vie s'était écroulée.

Le spectacle qui l'attendait était terrible. Sa femme, violée à de multiples reprises, nue, agonisait, la gorge écrasée. Sa petite fille avait été lacérée de coups de couteau. Les secours étaient intervenus rapidement, mais c'était trop tard. Patricia avait sombré dans le coma, et, deux jours plus tard, Keller enterrait les deux êtres qu'il aimait le plus au monde. Passé le temps de deuil, il s'était mis en chasse. Là où la police avait échoué à trouver les coupables – ils étaient deux –, Keller, mû par une rage insensée, avait réussi. Il s'agissait de deux employés de l'hôtel, qui avaient consommé des amphétamines. Il les avait tués, méthodiquement, en les faisant souffrir. Puis s'était livré. Il avait écopé de huit ans de prison. Les gens de bon sens lui reconnaissaient sans peine des circonstances atténuantes, la presse et l'opinion le soutenaient, mais le juge avait quand même donné l'exemple.

À Fresnes, puis à la Centrale de Clairvaux, Keller avait repris des études juridiques, se spécialisant encore mieux dans la justice militaire, qui semblait la plus adaptée au milieu carcéral. Celui-ci fonctionnait selon les mêmes règles hiérarchiques que l'armée : il y avait un chef, une pyramide, des ordres, des meurtres. Très vite, comme vingt ans auparavant au temps de l'armée, les leaders de la prison avaient pris l'habitude de venir voir Keller pour trancher certains litiges, recourir à ses conseils pour diriger leur dossier ou se présenter devant la Commission des remises de peine, ou encore créer des business légaux ou illégaux qui leur permettraient de gagner de l'argent tout en restant sous les verrous. Il inventait des structures pour vendre de la came, des systèmes pour échapper à l'impôt, intervenait auprès du procureur pour alléger la peine de tel ou tel baron du milieu. Il avait gagné le respect des taulards. Mais il avait failli se suicider, de chagrin.

Quand il était sorti, au bout de cinq ans, sa rage était intacte. Sa douleur toujours là, cuisante, impitoyable. Et une soif inextinguible de justice le taraudait. Son expérience du commando Iota allait lui servir. Il n'avait plus sa femme, ni sa fille. Il avait juré de ne pas se laisser aller à la vengeance, mais à la justice. Il avait rouvert un bureau, et les affaires avaient repris. Son passé de taulard, désormais enterré, le rendait plus efficace. On l'avait accepté dans les milieux militaires, car il était compétent et direct. Il gagnait.

Mais la robe n'était là que pour dissimuler sa vraie vocation : l'équité. Keller était devenu le Juge, à jamais.

Et le Juge ne jugeait qu'une fois, seul, sans revenir sur sa décision.

Zéev savait. Pas moyen d'y échapper. Keller n'avait que deux solutions. Soit se débarrasser de ce témoin gênant, soit collaborer. Zéev continua :

– Je sais la douleur que peut provoquer la disparition d'un être proche. Je sais, Keller. C'est comme un incendie de forêt : tout est ravagé. Les sentiments, les impressions, la mémoire, tout. Pourquoi mon enfant ? se dit-on. C'est absurde. Il n'y a aucune raison logique. C'est comme si Dieu s'était trompé. On devient une machine à vengeance. On n'est plus un homme.

– J'ai lutté, pourtant, j'ai lutté. La vie a repris, Zéev. Mais le cœur est une boule de feu. Je voulais écraser ces crapules, les faire souffrir pour l'éternité. Ma femme et ma fille… Parties en même temps. Je n'avais plus assez de larmes…

– La souffrance est infinie. Elle est devenue votre raison de vivre. Mais c'est une vie étroite, celle d'un robot. Je vous offre l'occasion de revenir chez les humains.

– Comment ?

– Travaillons ensemble. Je vous guiderai. La justice passera avant tout. La vengeance s'effacera. Vous reviendrez parmi nous, parmi les survivants, parmi les hommes de combat.

– Vous vous attribuez un grand pouvoir.

– Oui, mais un grand pouvoir exige un grand sens des responsabilités. Il n'y a qu'une seule solution.

– Laquelle ?

– La Voie du Juste.

Keller, pensif, hésitait. Zéev reprit la parole :

– Ce que je ne comprends pas, c'est comment on vous a laissé redevenir avocat. La loi est formelle : un casier judiciaire comme le vôtre vous interdit d'exercer.

– Je n'exerce pas. Ou, du moins, à ma manière. Je ne plaide pas, je n'apparais pas dans les enceintes de justice. Je me borne à faire du conseil. Dans le domaine militaire, la discrétion est très appréciée, vous savez. Je reste en lisière…

– À la limite de la forêt ?

– Exactement.

– C'est la meilleure position, pour un traqueur.

Ils avaient suivi le métro aérien, marchant vers la station Bir-Hakeim, avant de revenir vers le Champ-de-Mars. De loin, ils virent que tout un pâté de maisons était encerclé par les forces de l'ordre. Un badaud les renseigna. La rumeur, déjà, multipliait les choses :

– On a retrouvé plein de cadavres de gangsters russes, derrière la pharmacie. Oh, là, là ! On dit qu'ils étaient trente ! Quarante ! Tous morts ! Un massacre à la mitraillette ! On n'a jamais vu ça ! À Paris ! Y a l'Unité de répression de je ne sais quoi qui enquête, c'est la voiture noire, là-bas. L'inspecteur Cazamec, tiens, il m'a donné sa carte tout à l'heure, mais j'ai rien vu, moi, rien. Je vends des journaux, je suis pas indic, merde !

Parvenus devant le monument de départ, Keller demanda encore :

– Vous m'attendiez depuis longtemps, ici ?

– Non.

– Vous êtes apparu dès que je suis arrivé.

– Simple. J'habite juste au-dessus. Je vous ai vu par la fenêtre…

Keller avait pris sa décision. Ils allaient collaborer. La justice, pas la vengeance. Le pouvoir sur la vie des injustes, mais aussi les responsabilités. Oui, cela lui convenait. Peut-être ainsi allait-il retrouver sa place chez les hommes, cette place qui lui avait été arrachée lors de la mort de sa femme et de sa fille. Il restait une solution, quand même : se débarrasser de Zéev. Facile. Mais c'était oblitérer son passeport pour revenir chez les humains. Zéev avait compris l'hésitation de son interlocuteur.

– Vous voulez me tuer ? Pas de témoin ? Vous n'avez pas l'étoffe, Keller. Vous tuez par justice, pas par lâcheté.

C'était vrai. Les deux hommes avaient mis au point un protocole de communication. Les mots « *Molon Labe* » – « Viens les prendre ! » – devaient précéder tout message. Cette formule vigoureuse, dans la plus pure tradition du laconisme hellène archaïque, avait été prononcée par Léonidas, roi de Sparte, sommé de rendre les armes par Xerxès, roi des Perses, alors à la tête de la plus formidable armée de son temps. Elle convenait très bien à ces hommes dont les seules armes étaient la puissance de leur esprit et l'ardeur de leur passion pour la justice. Les téléphones portables seraient systématiquement détruits après usage. Aucun dossier informatique. Aucune adresse. Mais le maximum de publicité dans les journaux. Le Juge allait faire parler de lui.

Keller se leva. Son verre de cognac était vide. Il défroissa sa veste et se dirigea vers la salle d'apparat. L'orchestre jouait à plein, et la générale La Choux de La Farge, resplendissante, valsait avec un cavalier asthmatique. Le voyant, elle lui adressa un petit signe. Elle allait fondre sur lui dès la première pause. Il essaya de se dissimuler derrière des dames patronnesses, mais rien à faire. Il allait devoir faire un tour de valse avec... Une voix se fit entendre à son côté :

– Vous dansez, monsieur Keller ?

Antoniechka n'attendit pas sa réponse. Elle lui prit la main, l'entraîna sur le parquet central, et ils attaquèrent le pas de valse. Il la regarda : dans son smoking, la chemise nid d'abeille entrouverte, les cheveux blonds en cascade sur les épaules, elle était sublime. Elle se mouvait avec grâce, et nombre de personnages – sans doute des clients – lui adressaient un petit sourire en passant. Discret, le sourire, malgré tout. Les dames étaient là, et surveillaient leurs époux. On était large d'esprit, dans la haute bourgeoisie, mais quand même...

– Vous êtes venu seul, monsieur Keller ?

– Les amis m'appellent Keller tout court.

– Je rectifie donc : vous êtes venu seul, Keller ?

– Oui.

– Donc nous pouvons repartir ensemble, tu ne crois pas ?

En une seconde, ils étaient passés de la formalité mondaine au tutoiement. La main sur le dos de cette femme, proche d'elle, il sentait son souffle sur sa joue, son parfum de tubéreuse aussi. Une call-girl ? Il ne jugeait pas : la morale, c'était autre chose. Il ne jugeait que les actes. La justice, c'était des faits. Antoniechka, c'était immatériel. D'ailleurs, tous deux étaient là en service commandé. Le colonel Roding ne les verrait pas s'éclipser. Madame La Farge non plus. Quant à Lavrov, il était en grande conversation avec le Grand Chancelier.

En dansant, ils s'approchèrent de l'office. Au moment où un serveur ouvrait la porte à double battant, ils se glissèrent vers la cuisine. Là, dans un désordre de casseroles, de plats entamés, de cris du chef, de marmitons débordés, d'assiettes sales, ils se frayèrent un chemin vers la sortie de secours. Tout était moderne, tables en acier poli, hottes ultra-puissantes, climatisation dernier cri, respect des normes d'hygiène européennes...

– Vous partez déjà ?

Lavrov faisait le tour du grand plan de travail, pour leur barrer le chemin. Il s'arrêta devant Antoniechka :

– Tu t'en vas ? Avec lui ? Chez nous, les putes ont un peu plus de respect pour le client. Quant à vous, monsieur Keller, je vous conseille d'exiger une douche avant de coucher avec cette... cette... Il y a une heure, elle était dans mon lit. Une passe à mille euros de l'heure. J'espère que vous avez les moyens...

Livide, Antoniechka leva la main pour le gifler. Lavrov lui attrapa le poignet et lui retourna une claque retentissante. Antoniechka tituba. Mais avant même que l'attaché russe ne termine son mouvement, Keller était sur lui. Attrapant une poêle grande comme une raquette de tennis, il la balança sur la pommette du russe. Le choc fut satisfaisant. Le visage fracassé, l'homme s'écroula dans les épluchures. Il n'allait plus dire de grossièretés pendant quelques semaines. Ses dents étaient sur le carrelage. Keller se pencha et retira un Makarov de la ceinture du « diplomate ». En soulevant le pan de la chemise pour atteindre le flingue, il nota que l'homme était tatoué sur le ventre. C'était rare, chez les diplomates. Keller, en sortant, jeta l'arme dans un bain de friture.

Parvenus sur le trottoir devant l'École militaire, ils cherchèrent un taxi. Mais, à cette heure, ils étaient rares. Antoniechka se frotta la joue :

– Merci.

– De quoi ? Un homme qui frappe une femme mérite de crever. Surtout si c'est une habitude.

– Lentement ?

– Ça dépend. Je n'aime pas la torture. J'aime l'efficacité.

Elle se pencha vers lui et lui caressa doucement la joue. Le geste était d'une tendresse infinie, la nuit était douce, les rues de Paris se couvraient d'une ombre complice, on entendait, au loin, des accords de violon. Elle lui posa la main sur la hanche.

Le téléphone, dans sa poche, vibra. Il décrocha, s'éloignant de deux pas d'Antoniechka.

Une voix se fit entendre :

– *Molon Labe*. Une nouvelle cible. Mais, cette fois-ci, on passe au niveau supérieur.

Keller comprit : il fallait être armé.

Il demanda :

– Quand ?

– Maintenant. La Voie du Juste, Keller.

La nuit était finie pour l'avocat Keller. La douleur revenait en maîtresse. Le Juge entrait en piste. Au nom de sa famille disparue.

8

On lui apportait à manger régulièrement. Des McDo, des frites, du Coca. À ces moments-là, l'homme qui venait la visiter ne faisait aucun effort pour rassurer Viviane. Elle dormait beaucoup. La nuit, le jour, plus rien n'avait d'importance, elle avait perdu la notion du temps. Parfois, elle se levait pour aller vers le cabinet de toilettes, puis se recouchait. Elle avait bien essayé de regarder par les interstices du contreplaqué qui bouchait les fenêtres, mais elle ne voyait rien, sinon un minuscule bout de ciel gris. Elle avait envie de changer de vêtements. De se laver. Où était sa sœur ? Elle commençait alors à pleurer, terrifiée, puis sombrait, les sanglots dans la gorge. Un type lui avait dit :

– On va te faire belle.

Cette affirmation l'avait terrifiée.

Marylène Cagnard regardait par la fenêtre du wagon. En milieu de matinée, la rame du RER était relativement vide. Les compartiments, sales et tagués, brinquebalaient. Le paysage était glauque : même en ce début du mois d'avril, les pavillons de meulière noyés de parpaings abandonnés, les terrains vagues où gisaient des carcasses de voitures, tout inspirait la déprime. Son métier de journaliste exigeait des plongées dans cette France que

Chirac avait nommé « La France d'en bas » et qu'il s'était appliqué à oublier dès son élection. Depuis, les gens des cités étaient devenus des « cas sociaux », des « sans-dents », des « RMIstes », des « hors caste ». Or, parmi cette population délaissée, il y avait des gens bien : ceux-ci se désolaient de la dérive violente des cités.

Au départ d'Haussmann-Saint-Lazare, déjà, on avait une vague impression de misère. Puis il y avait Pantin, avec ses structures industrielles en ruines, ses bâtiments qui faisaient place à des immeubles guère plus présentables. La rame avait traversé Noisy-le-Sec, où des voyous de banlieue montaient parfois, terrorisant les femmes de ménage, les petits employés et les techniciens qui se dirigeaient vers Bondy. La gare suivante regroupait trois communes, Le Raincy, Villemomble et Montfermeil. Rares étaient les passagers qui continuaient vers Chelles.

Marylène prit un bus et observa la ville : c'était hideux. Des barres d'immeubles se succédaient, et cette monotonie était ponctuée par des centres commerciaux – les Sept Îles, Les Coudreaux, Notre-Dame-des-Anges –, dont certains avaient été incendiés lors des émeutes de 2005. L'affaire avait laissé des traces : murs lépreux, parkings abandonnés, écoles non reconstruites. Ce n'était pas la première fois que Marylène Cagnard débarquait dans une zone de guerre. Elle avait été au Liban, puis dans la bande de Gaza, et avait enquêté sur les affrontements avec la police à Atlanta, en 2007. Mais elle avait rarement ressenti cette chape de tristesse : à l'arrêt du bus, elle repéra quelques adolescents en baskets, pantalon sur les genoux, tee-shirt taille XXXL, cheveux tressés en dreadlocks ou rasés sur les tempes. Ils semblaient désœuvrés et traînaient là pour prendre l'air, sans doute…

Elle consulta son GPS sur son portable, et, à pied, se dirigea vers le sud, dans l'avenue des Œillets, nom bien bucolique pour un coin qui ne l'était pas. On était à vingt kilomètres de Paris, mais dans un autre univers. Elle passa devant deux entreprises ouvertes : des Pompes Funèbres et un Intérim flash. Tout le reste était fermé. Derrière elle, des gamins semblaient se balader. Elle savait très bien qu'ils la suivaient, qu'elle était repérée. Elle parvint devant une barre immense, infiniment longue, qui se terminait en carré. On pénétrait ainsi dans un hectare de béton enclos par des immeubles, et c'était visiblement une « no-go zone ». Des scooters, des voitures rouillées côtoyaient des Porsche Panamera et des BMW X6.

C'était le royaume de la came. Dope street. Shit City.

À l'entrée de l'immeuble Gandhi – quel nom, se dit-elle, pour un blockhaus pourri ! –, un baraqué en blouson de cuir l'arrêta.

– Elle va où, elle ?

– Voir Mbossi.

– Qui c'est, ça, Mbossi ?

– Celui que je viens voir.

– Connais pas. Casse-toi, la meuf.

– Je viens de la part de Bouhassa.

– Ah, alors...

Le type sortit un portable de sa poche. S'éloigna. La cage d'escalier, derrière lui, était encombrée de Caddie, de cartons, personne ne pouvait monter sans passer par l'ascenseur. Or, celui-ci était gardé par deux Noirs, l'un à moitié allongé dans un canapé pisseux, l'autre assis sur un tabouret de piano.

Quand le baraqué l'invita à monter dans l'ascenseur, elle eut l'impression d'avoir obtenu son *ausweis* pour franchir la ligne de démarcation en 1940.

– Cinquième.

Dans l'ascenseur, l'odeur de chien mouillé était terrible.

Le cinquième était encore pire : des gravats obstruaient le couloir, des chaises cassées gisaient, et, tout au bout, une porte blindée neuve tranchait avec le délabrement général. Elle s'approcha, sonna, entra dans un sas où quatre Beurs la regardèrent, des kalachnikovs sur les genoux. L'un d'eux se leva, la fouilla.

– Sac, téléphone, poches.

Elle vida tout.

– Quand tu sors, tu reprends.

Puis il ouvrit la porte.

Elle aperçut un Noir gras, affalé dans un fauteuil, le ventre débordant de sa chemise hawaïenne. D'ailleurs, il débordait de partout. Il mangeait du poulet frit dans un baquet en carton, jetant les os par terre, sur une moquette façon tigre. Il la regarda :

– Tu es Marylène Cagnard ?

– Oui.

– Notre ami commun, ma fille, me dit du bien de toi.

– J'espère.

– On peut se faire du bien, tous les deux, ma fille, hein ?

– Peut-être.

À sa demande, elle expliqua ce qu'elle recherchait : Timberland, afin de l'interviewer. Le papier serait le point de vue de la victime, mais aussi refléterait les vicissitudes de la vie dans les quartiers chauds.

– Vicissitudes ? demanda Mbossi.

– Les emmerdements, quoi.

Dans son genre, Mbossi était un seigneur de guerre. Il pouvait soulever toute la banlieue nord, provoquer des casses et des évasions, foutre le feu à la moitié de

Montfermeil. Le député du coin, qui était un industriel célèbre, arrosait Mbossi à coups de mallettes pleines de billets pour avoir la paix sociale et être réélu. Chaque gramme de came qui passait dans le coin était décompté par Mbossi, qui possédait aussi des labos de fabrication d'amphètes et des réseaux de filles de l'Est et d'Afrique. Il n'avait pas hésité à faire attaquer le commissariat du coin par des sbires venus avec des manches de pioches. Les flics s'en étaient tirés avec des bosses et des bras cassés, mais la crainte était demeurée. Personne ne se mêlait des affaires de Mbossi. Il était réputé pour faire parler les récalcitrants au chalumeau, quand ils étaient suspendus à un croc de boucher. On racontait qu'il avait réglé son compte au curé du coin en violant sa filleule de quatorze ans sous ses yeux, puis en lui coupant les doigts. Le curé avait été forcé de manger ses propres doigts, avant d'être tué. On avait dispersé ses os dans le champ qui bordait le club des Hell's Angels du coin. Depuis, les motards étaient passés au service de Mbossi.

Il lança un os de poulet dans un coin de la pièce. Un grognement lui répondit. Une adolescente blonde, les yeux dans le vague, nue, souillée, se mit à quatre pattes, droguée jusqu'aux oreilles. Puis elle retomba dans le néant.

Mbossi demanda encore :

– Ma fille, qu'est-ce que je peux y gagner, dans ton biz ?

– Les remerciements de Lakdar Bouhassa.

– Et… ces remerciements… ils sont combien ?

– Faut voir ça avec lui. Ils ont plusieurs zéros, je crois.

– Ah, j'aime les zéros. Et les westerns, aussi. Ce que j'aime le plus, c'est les films avec des attaques de train. Ou de diligence. Ça, je kiffe vraiment. Tu sais que le premier western du cinéma, c'était une attaque de train ? J'ai maté ça sur YouTube, dingue ! Le bozo, il te fume à la fin ! Il flingue le spectateur ! Relou, le bozo. Hein, ma fille ?

– Arrête, Mbossi. Je ne suis pas ta fille.

– Mais si, mais si. Toutes les filles sont les filles de Mbossi. Mange avec moi.

Il lui tendit un pilon de poulet visqueux. Elle le prit, l'examina, le posa sur un rebord de fenêtre. Ce faisant, elle jeta un coup d'œil au-dehors. Une voiture – une Range Rover noire – arrivait.

– Ma fille, ce qui t'intéresse, c'est le Juge ?

– Oui.

– Nous aussi. Il débarque, il fout la merde. On va lui casser les dents et jouer au bowling avec sa tête.

– Il faut d'abord le retrouver. Par Timberland, peut-être.

– Peut-être. Mais peut-être pas.

Elle regagna le centre de la pièce. Mbossi lança un autre pilon sur la fille nue. Il se leva péniblement, la regarda se mettre à quatre pattes de nouveau, saisit une kalachnikov appuyée au mur et caressa les fesses de la fille avec le canon de l'arme. Suant, rigolard, luisant de graisse, Mbossi était répugnant. Il tourna la kalach vers Marylène.

– Pas de conneries, hein.

Il s'approchait, le doigt sur la gâchette. Elle répondit :

– Non, pas de conneries.

Il passa à côté d'elle, ouvrit la porte du fond, et un métis à cheveux crépus blonds entra. Il portait une minerve. Marylène Cagnard le reconnut instantanément, d'après les photos du dossier remis par Bouhassa.

– Kaddour.

– Présent.

– Je croyais que t'étais hors service. Le rapport des médecins disait que tu étais bon pour la casse.

– Ben, tu vois, je suis là. Le Juge, on va se le farcir.

Mbossi éclata d'un grand rire sonore :

– J'ai une surprise pour toi. Regarde.

Marylène Cagnard regarda. Derrière Kaddour, elle distingua une silhouette de petite fille, pitoyable, visiblement à moitié endormie. Droguée.

C'était la petite Viviane.

Luc Mérigneux priait pour que la vieille Peugeot ne tombe pas en panne. Le moteur hoquetait, les portes fermaient mal, les ceintures de sécurité étaient effilochées et la consommation d'huile hallucinante. Volterra, à côté de lui, était pensif. L'infirmière de l'hôpital, Patata Kukee, se remettait mal de son agression. Le bras cassé, peu importe. Mais la sauvagerie des visiteurs, leur brutalité – ils avaient frappé des malades alités –, voilà qui la perturbait. L'armoire à pharmacie dévastée, les fenêtres brisées, l'arrachement des goutte-à-goutte du bras de certains patients, c'était plus qu'elle ne pouvait supporter. Elle hésitait entre la dépression pure et la révolte amère :

– Quel genre de gens peuvent faire des choses pareilles ?

Mérigneux avait tenté de la raisonner et Volterra avait apporté des fleurs :

– Les fleurs, ça fait toujours plaisir.

Mais l'infirmière restait sombre et déprimée. Elle veillait de son mieux sur sa mère et ses deux enfants. Au Népal, son pays d'origine, elle avait eu à subir la peur latente que faisaient régner la Chine proche et l'Inde encore plus proche. Elle avait abandonné les montagnes de l'Asie extrême pour les rues de la grande ville.

Mérigneux n'avait rien pu tirer d'elle, sinon une description sommaire des deux – ou quatre ? – visiteurs qui étaient venus libérer Timberland, ou le kidnapper, on ne savait pas. Grands et méchants, c'était tout. Armés, aussi, « avec des pistolets, vous voyez ? ». Mérigneux voyait. Depuis la fin de la guerre en Serbie, les stocks d'armes abandonnés avaient submergé la banlieue. Dans chaque cave, on trouvait des balles ; dans chaque planque, des armes automatiques ; dans chaque parking, des explosifs. Les barbus avaient importé des trucs lourds, en général en provenance de l'ex-URSS ou des dépôts en Afghanistan, que les Américains, en se retirant, avaient laissé. C'était moins cher de les abandonner que de les rapatrier.

Au moins, Timberland pourrait leur donner une description du Juge. Un indice quelconque. Un bout de fil qu'ils pourraient rembobiner ensuite pour remonter à ce gusse. Mais rien. Dans l'état où il était, Timberland ne pouvait pas aller très loin. En remontant dans la voiture après cette entrevue décevante, Mérigneux avait allumé une cigarette, et, trouvant un message de Michel Rouah sur son répondeur (« Vous foutez quoi ? »), il avait décidé d'aller à Montfermeil. De Noisy-le-Grand à Montfermeil, c'était l'affaire d'un quart d'heure. En chemin, ils s'étaient arrêtés, et Volterra avait acheté les journaux. *Le Monde* titrait : « Une nouvelle affaire ébranle la majorité ». *Ouest France* annonçait une guerre civile possible. Le mieux renseigné, c'était *Le Parisien*, journal dans lequel l'édito, signé par la rédaction en chef, donnait des détails précis. Quant au *Figaro*, le ton du papier était résolument moqueur : « La police ridiculisée », pouvait-on lire, et la faute à qui ? Sous-entendu : à la gauche au pouvoir, au Président qui ne faisait rien, et au garde des Sceaux qui prenait toutes les mauvaises décisions. Quant à la fillette disparue, les éditos étaient venimeux : un mouvement populiste se faisait jour, rassemblant les associations familiales et les éducateurs. L'alerte à l'enlèvement avait été lancée. Chaque poste de télé déroulait un bandeau donnant le signalement de Viviane, huit ans, manteau bleu, queue-de-cheval, blonde.

Mais, pour l'instant, rien.

Ils commencèrent par rendre visite aux indics. Un cafetier, à Montfermeil, qui avait fait de la taule pour trafic de drogue, ne savait rien. La bande de Montfermeil ? Silence. Kaddour ? C'est qui ? Timberland ? Connais pas. Nespresso ? Une rigolade. Volterra suggéra de voir du côté des Grands Coteaux, ensemble d'immeubles où on avait démantelé un réseau de prostitution tenu par des Monténégrins. Le réseau était tombé, mais quelques rescapés s'étaient reconvertis dans le braquage, sous le nom générique de Tiny Toons. Une grande bijouterie du faubourg Saint-Honoré en avait fait les frais. Les Tiny Toons avaient attaqué à coups de masse.

Le gars des Grands Coteaux, un Marseillais qui avait écopé de dix ans pour avoir tué son concubin, était dans sa boutique de pressing. L'heure était creuse. Ils passèrent dans la chambre de stockage des produits, et les questions fusèrent. La bande de Montfermeil ? Connais pas. Kaddour ? C'est qui ? Timberland ? Connais pas.

Volterra regarda le visage maigre de l'indic, ses mains tavelées, et décida qu'il en avait marre.

– Tu sais quoi, connard ?

– Quoi, inspecteur ?

– Je suis mal disposé. J'ai envie d'avoir des réponses, et tu nous donnes que des merdes.

Il mit une sacrée baffe dans la gueule du gars, qui tituba et s'accrocha à un pardessus sur un cintre pour ne pas tomber. Volterra reprit :

– Tu vois, la vérité, c'est important. J'aime la vérité, Yazir.

Il lui remit une baffe géante. Toute la rangée de vêtements sur cintres s'effondra. Mérigneux faisait semblant de s'intéresser à la bimbo qui figurait sur le calendrier des postes.

– Le truc, c'est que quand tu mens, connard, t'as le nez qui bouge. Je vais te le remettre droit.

Une baffe colossale et le gars se mit à saigner du nez. Il couina.

– Un peu de correction esthétique te fera pas de mal. T'es moche comme tout. Bon, où en étais-je ? Ah oui, la vérité. Je reprends : ma famille, les Volterra Peyrreroux, elle a de la branche. Ça remonte aux croisades. Et, aux croisades, les mecs, ils partaient avec un casque, une épée, un cheval, un page – un genre de larbin, tu vois –, et ils allaient foutre le feu en Terre sainte, matraquer les mécréants. Bon. Tu suis ?

Une autre baffe. Le gars se mit à sangloter.

– L'ennui, évidemment, quand ils partaient comme ça, c'est que, vu les communications de l'époque – pas de train, pas de RER, pas de métro, rien, la zone ! –, ça durait vachement longtemps. Deux ans, trois ans, parfois dix ans. Alors la châtelaine… Tu sais ce que c'est, une châtelaine ?

– …

Baffe. Aller-retour.

– La châtelaine, c'était l'épouse du gars qui avait le château, et qui était désormais en Terre sainte. L'âme du châtelain était sauvée, mais pas celle de sa femme. Lui, il était aux croisades. Elle, à la maison, elle se tapait le palefrenier. Ou le jardinier. Ou, parfois, le curé. Bref, elle faisait les montagnes russes pendant que lui, il avait mal au cul sur son cheval. Donc, quand il revenait, le croisé, il avait envie de sauver l'âme de sa femme, pour qu'ils soient ensemble pour les siècles des siècles. Putain, Luc, il suit pas ! Je fais quoi, là ?

Mérigneux s'arracha à la contemplation de la bimbo en bikini sur le calendrier. Elle tenait une position que nul ne pouvait tenir, dans la vraie vie. Il regarda l'indic à terre, qui se relevait en épongeant son nez. Mérigneux répondit à Volterra :

– Il lui faut des cours supplémentaires. Mauvais élève.

Volterra passa à la vitesse supérieure. Deux allers-retours.

– … Z'êtes fous… Sais rien… Vous l'emporterez pas au paradis…

– T'entends ça, Mérigneux ? Il nous menace, ce con !

– Alors qu'on lui enseigne des choses historiques ! compléta Mérigneux.

– Bon, Yazir, Yazir, écoute-moi. Je reprends.

Volterra alluma son briquet et l'approcha du pardessus. Le tissu commença à fumer.

– Dis donc, ça sent bizarre, ici. Tu trouves pas, Mérigneux ?

– Si, si.

– Ça sent, je sais pas, moi, le perchloroéthylène, le machin qui est interdit pour nettoyer à sec. Ça bouffe les poumons, c'est cancérigène, c'est mauvais pour les reins, c'est toxique pour les poissons, et ça fait vachement saigner du nez. Tu utilises du perchlo, toi, dans ta boutique ?

Les flammèches montaient le long du manteau. Une chemise, à côté, commençait à s'enflammer.

– Arrêtez, arrêtez ça !

Le gars se dandinait, voulait se jeter sur l'extincteur que Mérigneux avait décroché. Une dentelle, au bas d'une robe, se mit à fondre.

– Oh, c'est dommage, ça. Le perchlo, ça flambe. C'est connu. Les copains de la protection de l'environnement nous l'ont dit. C'est super inflammable. Aux croisades, ils foutaient le feu avec de la poix ; c'était sale, lourd, lent et en plus, dur à trouver. Tandis que, chez toi, on peut se servir. Et tu sais quoi ? Le perchlo, ça peut servir à raffiner l'héro. Si, si.

Le patron du pressing le savait bien. Il couina :

– OK, OK. Je vais vous dire.

– Ah, tu vois, tu sais être raisonnable.

Deux chemises en coton venaient de s'émietter. Si les flammes atteignaient la réserve de bidons, tout partait en fumée. Le gars tenta d'éteindre les flammèches avec les mains, mais, étrangement, son front percuta l'extincteur que Mérigneux tenait d'une main hésitante.

– Oh, excuse-moi, c'est lourd, le Sicli.

Le front en sang, le gars se mit à supplier :

– Éteignez, éteignez. Je vous dis tout.

Un jet de Sicli, et le feu, terminé. Mérigneux :

– On t'écoute, Yazir.

– Ben… je sais pas grand-chose.

– Dis toujours.

– Il y a une meuf qu'est passée, une journaliste.

– Pour te voir toi ? Une punaise comme toi ?

– Non. Pour voir Mbossi.

– Elle voulait quoi ?

– Elle voulait retrouver Timberland.

– C'est bizarre, nous aussi. Elle l'a retrouvé ?

– Non. Mais elle travaille pour un mec de Paris. C'est ce mec qui a téléphoné à Mbossi, sans ça elle serait jamais arrivée à le voir.

– C'est qui, le mec de Paris ?
– Je peux pas vous dire.
– Tu veux encore une baffe ?
Volterra leva la main.
– Non, non ! Arrêtez !
– Ou encore un petit coup de feu ?
– Non, OK, ça va, je vous dis.
– Vas-y, dis.
– Bouhassa. Bouhassa. C'est lui, le mec de Paris.

Volterra regarda Mérigneux. Tous les deux pensaient la même chose : Rouah rêvait de supprimer l'Unité de répression de la délinquance violente ; pour lui, ces gars étaient des cow-boys. Insupportables. Il avait partie liée avec Juillet, qui avait partie liée avec Bouhassa. Et ce dernier, c'était le flingueur. Il n'avait pas d'armes, mais il flinguait avec des infos, des sous-entendus, de la bave. Il avait tué un certain nombre de gens, déjà. Toujours dans l'ombre. Bouhassa dans l'affaire du Juge, c'était mauvais.

– Ça pue, dit Mérigneux.

Une baffe supplémentaire amena un complément d'infos.

Volterra boucla l'entretien en faisant remarquer :

– Les croisades, c'est vachement instructif.

Le gars était allongé par terre, quasiment inconscient. Ils le traînèrent dans le réduit-cuisine, dont ils gardèrent la clé. Pour sortir, il se débrouillerait bien, l'indic. Impossible de le laisser en liberté immédiate. Il aurait prévenu ses copains, et les flics n'auraient jamais pu sortir de Montfermeil : ils auraient été caillassés à mort. Il valait mieux prendre ses précautions. Ils s'installèrent dans le magasin, sur le comptoir où s'empilaient les serviettes et les draps. Le gars leur avait donné un élément précieux. Assis sur le coin du comptoir, face à la caisse, Mérigneux composa un numéro de téléphone sur son portable :

– C'est toi, Freiman ? OK, écoute. Tu vas chercher, toutes affaires cessantes, tout ce que tu peux trouver sur Adiarato Hady Diop. Oui, Hady Diop. Tu fais tout ce que tu peux, fissa fissa. Razzia sur le ministère, la Défense et l'Intérieur, dossier militaire, associés, tout. Priorité absolue.

Il écouta, alluma une cigarette. Volterra examinait le carnet de commandes trouvé dans le tiroir-caisse. Il leva le pouce, pour signaler sa satisfaction, et dit à Mérigneux :

– Le perchlo, mille litres !

Mérigneux acquiesça. L'oreille collée à son iPhone en attendant les objections de Freiman, il se mit à réciter un poème de la Commune, que son père lui murmurait depuis son enfance :

Nous voulions, comme nos ancêtres,
Ne plus tomber à deux genoux
Devant le lâche orgueil des maîtres…

Il posa sa cigarette dans un cendrier Havana Club et s'interrompit pour écouter Freiman.

– Qui c'est, ce type ? Je vais te dire : Adiarato Hady Diop, c'est le vrai nom de Mbossi. On est à Montfermeil, on vient de discuter gentiment avec un gars. Un gars très sympa, qui a un pressing et dont la boutique sert de point de passage pour les produits de filtrage de l'héro base. Le gars nettoie trois pulls avec du perchlo, et en commande cent fois trop par rapport à son usage. Il fournit les labos de Mbossi. Tu penses bien que quand on a voulu foutre le feu à la baraque, il a flippé. C'est pas de perdre son business qui lui foutait la trouille, le pressing il s'en fout. C'est le labo. Mbossi, t'as pas envie de l'avoir devant toi. C'est un gros tas de merde qui aime flinguer les gens dans le cul. Je te jure, c'est vrai.

Il se baissa pour ramasser sa cigarette qui avait roulé par terre.

La vitrine du pressing éclata d'un seul coup.

9

Keller arrêta la moto. Il déplia la béquille, cala l'engin, et passa la main sur le réservoir noir : bonne bête, va. La Kawa Ninja H2R avait de quoi faire plaisir : 326 chevaux, 998 cm^3, 340 km/h en pointe, quatre cylindres en ligne, jantes en shuriken, une bombe atomique. Le bonus, c'était que la machine passait de 0 à 100 km/h en… deux secondes. La vitesse d'un missile sol-sol. Il ôta son casque, recala son sac à dos. Dans sa combinaison noire, il glissait dans la nuit, silencieusement. Il sentait, au fond de lui-même, l'excitation de la chasse, ce plaisir animal. Il le refoula. Un grand pouvoir exigeait de grandes responsabilités. Il n'était pas là pour céder à son instinct. Il était là pour faire justice. L'image de Patricia et de Georgina lui revint en tête. Il s'arrêta, leur adressa un petit mot silencieux, un signe : il vit les deux visages s'effacer. Il resta avec la nuit et cette souffrance, loin, loin, tapie, domestiquée. Son arme.

Dans cette partie du XVIe arrondissement, à cette heure de la nuit, le silence était quasiment total. À tout hasard, il sortit un imperméable de sa sacoche de moto, qu'il enfila. D'une part, un type en imper, à trois heures du matin, dans ce quartier, était moins singulier qu'un homme en combinaison de cuir noir. D'autre part, il pouvait ainsi dissimuler les objets dont il aurait l'usage. Il descendit l'avenue Mozart, passa devant une épicerie italienne réputée et hors de prix, et s'arrêta à l'angle. Un petit hôtel, pratique pour les couples illégitimes, marquait la limite au-delà de laquelle les choses devenaient dangereuses. Il jeta un coup d'œil, et vit ce qu'il cherchait : un mur d'enceinte.

La villa Jean-de-La-Fontaine était un ensemble de petites maisons plantées en plein Paris. Chaque maison avait son jardin, et le style des constructions reflétait l'époque de la conception. Il y avait là des manoirs d'opérette, de fausses auberges normandes, des presbytères factices, des villas Deauville, des cubes Modern Style. Le tout était entouré de hauts murs, enclos, et on entrait par la grille principale, qui ne s'ouvrait que si on était annoncé. Deux gendarmes en armes encadraient le concierge, un ancien commando. Des caméras balayaient chaque angle, et des patrouilles de policiers avec chiens circulaient dans cette mini-ville qui couvrait une centaine d'hectares. C'était le quartier le plus cher – et le plus sécurisé – de Paris. Un ancien Premier ministre y habitait avec une ex-actrice recyclée dans la haute galanterie, divers hommes d'affaires y avaient élu domicile, le président du Festival de Venise y finissait ses jours, et une chanteuse canadienne venait parfois vivre ici, entre deux tournées. On la rencontrait en toute simplicité, allant acheter une baguette à la boulangerie du coin. Les gardes du corps restaient en retrait.

Cette parcelle de Paris n'était pas donnée. Il fallait être riche – voire richissime – pour être accepté. La moralité des habitants n'avait rien à voir : l'ex-Premier ministre avait vidé les caisses de l'État, sa femme avait couché avec des équipes de foot entières, les hommes d'affaires avaient tous des comptes aux Caraïbes, et nul n'allait leur reprocher d'avoir vendu des armes à des dictateurs ou de la drogue à des grossistes hollandais. C'était business *as usual*, à la villa Jean-de-La-Fontaine.

Keller, qui avait déjà repéré les lieux, savait qu'il ne pouvait entrer ainsi. Il fallait millimétrer sa progression. Il vit deux hommes avec un berger allemand, au loin, et décida d'attendre. Les plantons passèrent lentement, visiblement ils n'étaient guère sur leurs gardes. En bavardant, ils longèrent le mur sud et disparurent derrière la maison d'un producteur marocain. Des rayons laser apparaissaient brièvement au ras du sol, quand l'eau de la pelouse mouillée s'évaporait en volutes d'une brume légère. Au moindre effleurement, l'ensemble du quartier serait mis en alerte.

Keller s'accroupit dans l'angle du mur d'enceinte et d'un immeuble moderne qui jouxtait la villa. Il savait que, entre trois et quatre heures du matin, les rondes de sécurité changeaient de personnel. C'est dans ces quelques minutes d'intervalle, au moment où les plantons de la salle vidéo serraient des mains, buvaient un café et échangeaient les dernières nouvelles de Zlatan et du PSG, que Keller pouvait passer à l'action.

En attendant, il prenait patience.

Cinq jours plus tôt, le coup de téléphone de Simon Zéev l'avait surpris. Le ton était pressant, et Keller avait immédiatement rejoint son complice boiteux. Il se trouvait à deux pas du monument des Droits de l'homme. S'étant excusé auprès d'Antoniechka et l'ayant déposée à la station de taxi devant le Café des Officiers, il avait traversé les pelouses et avait retrouvé Zéev. Celui-ci lui avait désigné une voiture noire.

— Allons-y, dit-il.

– Où ?

– Avenue Mozart.

Keller s'était installé au volant de la Mercedes-Maybach S600. Il démarra dans un silence absolu. La circulation était nulle, seuls quelques noctambules titubaient à la recherche d'un taxi, et de rares camions de livraison parcouraient les rues pour décharger leurs denrées. Keller passa sous le métro aérien. Il demanda :

– Alors ?

– Alors, je vais vous montrer.

En quelques minutes, ils furent en bas de l'avenue Mozart, en vue de la villa Jean-de-La-Fontaine. Comme tout le monde, Keller avait entendu parler de ce quartier clos, et avait même travaillé pour le conseiller militaire du Président, qui habitait l'une des maisons de ce village pour grands bourgeois. Il gara la voiture à l'angle de la rue, et, de là, se mit à observer l'endroit. Zéev ne disait rien. Silence.

Au bout de quelques minutes, une voiture était arrivée. Une limousine de sept mètres de long, avec des illuminations LED. Couleur : pourpre. Une couronne en or coiffait le capot, et la plaque d'immatriculation personnalisée indiquait : JE VS EMDE. La portière s'était ouverte, et un homme obèse à la peau rougeâtre, vêtu d'une djellaba, en était descendu dans un éclat de rire. Avec sa barbe de trois jours soigneusement taillée, ses longs cheveux frisés sur les épaules, il ressemblait à un gourou vicieux. Trois filles étaient également sorties, dans une bouffée de musique rap. Elles étaient en bikini de cuir noir, avec des capes de couleurs vives et des talons très hauts. Le petit groupe passa devant la guérite des surveillants ; le portail s'était ouvert, mais, vu la longueur de la limousine, celle-ci ne pouvait manœuvrer. L'homme obèse s'était effacé pour laisser entrer les filles, et, l'espace de quelques secondes, il s'était tourné vers la rue. Keller le dévisagea. L'homme concentrait dans son regard toute la bestialité du monde. Il émanait de lui quelque chose de mauvais, de pernicieux. La graisse lui donnait une certaine bonhomie, et les plis de son ventre, dissimulés par la djellaba multicolore, en faisaient un personnage de dessin animé : avec un homme pareil, on ne pouvait que s'amuser. Mais Keller avait vu autre chose. Il avait vu une cruauté absolue.

L'homme balaya la rue du regard, sans s'arrêter sur la Mercedes-Maybach aux vitres fumées. Puis il se retourna, suivant les trois filles, et la grille se referma.

– Je vous présente Ismail Dunda Fetch, dit Zéev. Votre prochaine cible, si vous le voulez bien. Cet homme a besoin de comprendre ce qu'est la Voie du Juste.

– Je vous écoute.

Ismail Dunda Fetch, surnommé « Attilaxxx », était né dans une famille nigériane de Meudon. Son père, arrivé en France dans l'espoir de devenir une star du football, avait été abandonné sur le quai de la gare du Nord par le passeur. Il avait quinze ans, ne connaissait personne, n'avait pas d'argent, et rien d'autre que de la bonne volonté. Il avait été recueilli par une veuve au grand cœur, au nom de la charité chrétienne. Dix ans plus tard, il était patron d'une petite société de maçonnerie et vivait dans un pavillon de banlieue, près de Fontenay-aux-Roses. Ses six enfants, dont Ismail, avaient suivi des chemins différents. L'un avait choisi la prêtrise, et chantait maintenant dans un groupe ecclésiastique nommé « Les Croyants », pour la plus grande gloire de Dieu. Les autres étaient infirmier, dealer, livreur et pizzaïolo. Seul Ismail était devenu riche, très riche, avant de couper les ponts avec la famille.

D'abord guetteur dans les diverses cités de la banlieue sud, il était entré dans les bonnes grâces d'un dealer en gros, puis avait fait rapidement ses classes dans la délinquance, en investissant dans les armes et la prostitution. Il avait ensuite fondé un label de rap qui servait de paravent avec une galaxie de sous-sociétés éclatées un peu partout. Dans son bureau, une moquette étincelante de propreté, changée toutes les semaines, affichait le logo de la société, un tigre la gueule béante, et la devise : « Je vous emmerde », traduite en langage tag par « JE VS EMDE ». Ismail Dunda Fetch régnait par la terreur. Les dealers, grands et petits, qui avaient l'honneur d'être reçus par leur sérénissime souverain dans le saint des saints devaient quitter cette pièce le front bas et à reculons.

Les filles, importées d'Afrique et d'Europe de l'Est par wagons, étaient la source de base des revenus d'Attilaxxx. Passeports confisqués, vêtements brûlés, elles étaient maintenues dans des caves pendant des semaines, sans autre nourriture que de la soupe pour animaux domestiques. Brisées, souvent droguées, elles étaient ensuite fouettées par les sbires de Fetch, avant d'être mises au tapin ou revendues à des clients orientaux qui aimaient faire saigner les femmes. L'argent était réinvesti dans le trafic d'armes, notamment à destination du Hamas et de la Coalition Whites Only en Afrique du Sud, puis canalisé dans l'une des maisons de disques de la galaxie JE VS EMDE.

Les filles qui se rebellaient – il y en avait – étaient soumises à un traitement simple : tendon d'Achille sectionné. Elles ne pouvaient plus marcher. Ou à un traitement plus musclé : avec un marteau, le bras droit d'Attilaxxx fracassait chaque articulation de la fille, coudes, poignets, genoux, chevilles, doigts, avant d'introduire une bombe lacrymogène dans le vagin et d'appuyer sur la languette. La fille, les articulations émiettées, ne pouvait pas retirer la bombe lacrymogène qui se vidait de ses gaz, brûlant totalement les tissus internes.

Zéev avait conclu :

– Je le recommande à votre sens de la justice, Keller.

Ils avaient observé les allers et retours du personnage, abject et obèse. Parfois, il avait des gardes du corps.

Sitôt les gardes passés, Keller se débarrassa de son imper et monta sur le toit d'une remise qui jouxtait la villa Jean-de-La-Fontaine. De là, il gagna le balcon de l'immeuble moderne, qui donnait sur la pelouse d'un footballeur amateur de jeunes garçons. Un filin lui permit de se glisser du balcon à l'intérieur de la Villa. Tout était silencieux. Avec une petite bombe de produit phytosanitaire, dont le contenu réagissait aux rayons laser, il localisa les points dangereux. Évitant soigneusement l'allée centrale, goudronnée, il se glissa, de jardin en jardin, vers la maison d'Attilaxx baptisée « Fléaudedieuxxx ». C'était la copie d'un petit palazzo romain, avec ses colonnades, ses alcôves, ses niches et ses salons. Keller localisa deux rottweilers, prêts à bondir. Des chiens entraînés à tuer. Il déchiffra le langage corporel du premier chien, et, avant même que celui-ci n'ait pu s'élancer, Keller vit le halo rouge, invisible pour le commun des mortels, qui entourait l'animal. C'était la couleur de sa rage : Keller dégaina un Sig Sauer équipé d'un silencieux et logea une balle dans la tête du chien alpha, puis dans celle du chien bêta. Il enjamba les deux cadavres, s'approcha d'un soupirail entrouvert, et pénétra dans la maison par le sous-sol.

Chaque porte était équipée d'une alarme. Systématiquement, il noya les sonneries avec une bombe de polystyrène liquide. Il traversa le salon de garde : personne. Deux kalachs, posées sur des fauteuils, indiquaient que les *bodyguards* n'étaient pas loin. Des fresques pseudo romaines ornaient les murs, grotesques imitations des peintures de Pompéi, représentant des scènes d'orgie. Chaque meuble était en métal, argent ou or, on ne savait pas.

Il monta un escalier – vingt-deux marches – couvert d'une moquette épaisse. La porte de la chambre à coucher était en face. Il l'ouvrit doucement, entra. Le lit était devant lui.

Il n'y avait rien.

Deux projecteurs s'allumèrent brutalement. Ébloui, Keller tenta d'échapper à ce flot de lumière. C'était impossible.

– Laisse tomber ton arme. Ton sac aussi, bouffon.

Cinq hommes armés se rapprochèrent.

– Je t'attendais.

Keller, les mains vides, resta immobile.

– Tu crois que je t'ai pas vu, bouffon ? Tu vas pleurer ta mère, connard.

Keller sentit qu'on s'approchait par-derrière. Un coup de crosse le mit à genoux.

– T'es qui, bouffon ?

L'obèse était devant lui.

– Tu salis ma moquette. Je kiffe pas. Tu vas fébou tes oreilles, pour commencer.

La menace était claire : l'un des sbires allait lui couper une oreille, puis la lui faire manger. Attilaxxx était réputé pour son esprit créatif.

– Alors, j'attends. Qui t'envoie ?

Ismail Fetch s'avança. Keller le vit de près pour la première fois. Il en éprouva un dégoût total. L'homme suait la cruauté par tous les pores.

La haine, le dégoût, le rejet étaient des handicaps. Keller purgea son esprit. Il vit le corps de son ennemi bouger, sut immédiatement que la colère allait guider ses actes. La façon dont Fetch bougeait son bras gauche ou posait ses pieds indiquait une fureur interne totale. Le type était un psychopathe. Il fallait trouver la faille chez cet esprit dévoyé. Keller fit le néant dans sa tête. Il était prêt à tout.

– Tu travailles pour qui ? T'es qui ?

Coup de crosse sur la joue. L'un des gorilles commenta :

– Il a une tête de razou.

– Non, une tête de bouffon.

Second coup de crosse. Il sentit le sang couler sur son cou. Le canon d'une arme se colla contra sa tempe.

– Tu veux rien dire ?

La voix de Fetch était menaçante, mais amusée, en même temps.

– On le descend à la cave.

L'escalier. Keller pensa : l'escalier. Les cinq hommes ne pouvaient être tous autour de lui, dans l'étroit passage. Il leur faudrait se mettre à deux devant, deux derrière, et, sans doute, un dernier en bas. Fetch serait le dernier, à coup sûr.

– Lève-toi.

Il se leva. On le poussa vers la porte, puis vers l'escalier, l'arme toujours vissée à la tempe. C'était un Beretta 92G Special Duty. Efficace, mortel, entre de bonnes mains. Keller fit le calcul : le temps d'exécution, entre la décision de presser la gâchette et le geste lui-même, était d'une seconde et demie. Le temps de déclenchement, pour le Beretta dont le pontet était relativement éloigné de l'amorce de la balle, était de deux dixièmes de seconde. La balle partait à 250 mètres/seconde. Pour un canon de 21,5 centimètres, l'impact arriverait deux millièmes de seconde plus tard. Négligeable, donc. Quasi instantané. En revanche, l'arme chargée pesait 1 015 grammes. C'était lourd. Tout mouvement de poignet qui dévierait la bouche du canon de la tempe serait rectifié, mais il faudrait une demi-seconde.

Au total, donc, disons deux secondes.

C'était plus, beaucoup plus qu'il n'en fallait.

Dès la première marche, l'équipe se réorganisa. Comme l'avait prévu Keller, deux types tentaient de l'encadrer, dont celui qui tenait le Beretta. Deux autres suivaient. Le chef s'était placé au pied de l'escalier. Seule variante : Fetch restait là-haut, les mains sur la rampe, à contempler le tableau général.

À la cinquième marche, M. Beretta regarda où il mettait les pieds. À la septième, le gars derrière trébucha. À la neuvième, le type en bas jeta un coup d'œil par-dessus son épaule. Keller tituba. Le Beretta s'écarta de quelques millimètres. Deux secondes. À la première seconde, le *bodyguard* avait le coude cassé. À la seconde, le sbire derrière avait les jambes fauchées et chutait. Simultanément, son acolyte avait le réflexe de le retenir. Mauvaise décision : il tendit le bras et se retrouva propulsé par-dessus la rambarde. Le chef, en bas, tira. Il toucha le sbire fauché, dans l'aine. Et n'eut pas le temps de rectifier. Une balle de Beretta 92G Special Duty dans l'œil gauche avait mis fin à ses responsabilités.

Keller se redressa, visa l'homme au coude cassé, puis l'homme tombé par-dessus la rambarde. Celui qui était blessé à l'aine gémissait.

Keller se tourna vers le balconnet. Fetch avait disparu. Il remonta en vitesse, ouvrit la porte de la chambre à coucher et aperçut le gros en train de saisir un Uzi. Il tira. Fetch s'effondra, blessé à l'épaule gauche.

Le remue-ménage allait-il attirer du monde ?

Il s'approcha de Fetch. Une deuxième balle, dans l'épaule droite, cloua le gros au sol.

Il était temps de s'éclipser.

Mais il restait une dernière chose à faire.

L'escalier de la cave était près de la cuisine. Fetch, en faisant construire cette maison, avait pris soin de créer un vaste espace échappant à tous les regards. Zéev, bien sûr, avait obtenu les plans.

Keller descendit. Le blessé, qui geignait, était allongé sur les dalles de pierre du rez-de-chaussée. Il ouvrit les yeux.

– Fetch… Tu l'as tué… ?

– Non. Il est vivant. Bouge pas. Les secours ne vont pas tarder.

Déjà, dehors, des lumières s'allumaient. Les coups de feu, même étouffés, avaient été entendus. On savait que, chez ce voisin turbulent, il y avait des fêtes bruyantes ou des séances de cinéma avec le son au maximum, mais quand même. L'alerte serait donnée dans quelques minutes. Keller ne disposait que d'un temps très court. Il trouva rapidement l'escalier du sous-sol. La porte blindée n'était pas fermée. Il alluma la lumière et descendit prudemment, le Beretta au poing. En bas, une première salle servait de dépôt. Des armes était empilées dans quelques caisses, des petits paquets abandonnés sur une table en acier. Keller s'approcha : des sachets d'amphétamines. Il aperçut une deuxième porte, blindée elle aussi. La clé était posée sur l'étagère à côté. Il ouvrit et alluma.

Un spectacle terrible l'attendait : quinze femmes, qui sans doute avaient été jolies, étaient recroquevillées, nues, sur le sol. Visiblement battues, affamées, leurs yeux agrandis manifestaient une terreur absolue. Deux d'entre elles étaient incapables de marcher, tendons d'Achille coupés.

On sonnait, là-haut. « Monsieur Fetch, ça va ? »

Keller se tourna vers les filles :

– Vous êtes libres. Fetch, là-haut, est blessé. Il est à vous.

– Qui es-tu ? demanda l'une des filles.

Elles se mirent à monter. De plus en plus vite. La haine, dans leurs yeux, était infinie. Attilaxxx n'avait plus que quelques minutes à vivre.

Quand les plantons, suivis des chiens, finirent par entrer, ils trouvèrent des cadavres, du sang, des femmes sales et nues, de la drogue, des armes. Le propriétaire du lieu, Ismail Dunda Fetch, était éparpillé en plusieurs morceaux. Il avait dû souffrir. La presse allait se régaler. Le Juge était en train de devenir une célébrité.

Personne ne remarqua, au loin, le son d'une moto Kawa Ninja H2R. De 0 à 100 km/h en deux secondes.

Plus tard, chez lui, Keller se laissa aller au doute. Avait-il pris la Voie du Juste ?

10

Les éclats de verre jonchaient le sol. La vitrine avait disparu. Les trois chemises blanches, soigneusement disposées pour attirer le chaland, ainsi que le panneau « Travail soigné » n'existaient plus. Le souffle avait brûlé les boiseries et criblé le comptoir. La caisse-enregistreuse, au fond, était tombée de son socle. La longue rangée de vêtements, pendus sur un rail mobile derrière le comptoir, était transformée en tas de chiffons. Le bruit avait rendu Mérigneux sourd, pendant une seconde. Volterra, lui, derrière une pile de cartons, avait entendu le grondement d'un moteur qui démarrait brutalement. Il se précipita : la rue était déserte.

La porte, arrachée de ses gonds, pendait. Volterra la regarda, nota que le carillon d'accueil était incrusté dans le placoplâtre du plafond, et se retourna :

– Luc, t'es où ? T'es où, nom de Dieu !

Mérigneux, que l'explosion avait cueilli alors qu'il était assis sur le comptoir, penché pour allumer une cigarette, se releva : il n'avait que quelques coupures, rien de grave. Volterra le regarda :

– T'as l'air de sortir d'un dépotoir municipal. Tu vas faire peur, si tu sors comme ça.

Mérigneux regarda sa cigarette, éteinte et brisée.

– C'était quoi, à ton avis ?

Volterra regarda autour de lui.

– Je sais pas. Une grenade ?

– Peut-être.

– Le Juge nous pourrit la vie, dis donc.

– Pas sûr que ça soit en rapport.

– Tu crois ?

– Je vois pas ce mec nous faisant un coup pareil. Pas son genre, si ? Il s'attaque aux racailles, pas à nous.

– Ouais, t'as raison.

On entendait une sirène approcher. Les secours étaient en route, et sans doute les pompiers, prévenus par des voisins. De toute façon, la fumée était visible de loin. Et la chaussée était couverte de morceaux de verre, d'éclats de bois, de détritus divers. Le pressing n'était pas près de rouvrir.

La première voiture de pompiers s'arrêta juste devant la boutique. Un homme casqué entra :

– Ça va ? Il y a des victimes ?

Mérigneux et Volterra se regardèrent :

– Bon sang, Yazir !

Ils se précipitèrent vers le réduit-cuisine, au fond. Mérigneux tourna la clé pour libérer le prisonnier. Il ouvrit la porte :

– La vache ! Il s'est tiré.

Et, en effet, la petite fenêtre était entrouverte. Yazir, qui avait joué la victime à bout de forces, avait réussi à s'échapper par la petite cour. Mérigneux fit signe à Volterra :

– On fait le tour. Faut aller voir.

Ils repassèrent par la réception dévastée. Quatre pompiers et un inspecteur contemplaient les dégâts.

– À mon avis, c'est un cocktail Molotov, disait le flic.

Le premier pompier, évaluant la casse et notant les traces d'explosion, n'était pas d'accord.

– Non. Je penche plutôt pour un pétard serbe.

– Un pétard serbe ? C'est quoi, ça ?

– Un mélange de salpêtre, d'engrais, de fulmonite, tout ça emballé dans des sacs-poubelle et scotché avec des bandeaux d'électricien, des trucs isolants. Pas fait pour tuer, mais pour souffler. Ça fait peur, et les gens, en Serbie, quand ils recevaient ça, fuyaient par-derrière pour s'éloigner de l'explosion. Et là, on les attendait.

– C'est un genre de repoussoir, alors ?

– Oui. Facile à faire, pas cher, efficace. Le premier quidam en est capable. Beaucoup utilisé maintenant au Mali, et dans je ne sais quels coins africains. Parfois, ils mettent des clous dans un sac autour. Comme les frères Tsarnaev à Boston…

Mérigneux intervint :

– Commissaire Mérigneux, de l'URDV. Je sors, je vais voir derrière, je reviens pour vous faire le rapport. OK ?

– OK. Et lui ?

– Il est avec moi.

Ils passèrent par la porte pendante. Les éclats de verre crissaient sous leurs pas. Les pompiers, déroulant à tout hasard des lances à incendie, étaient affairés. Les hommes transpiraient sous leurs casques, la radio du camion crépitait, les badauds commençaient à arriver. Mérigneux se fraya un chemin, écoutant au hasard les conversations :

– C'est un coup des barbus, tu crois ? demanda un concierge à son voisin.

– Non, tu rigoles, c'est du business. On est à Montfermeil, oublie pas.

Volterra, qui dépassait d'une tête Mérigneux, téléphonait à sa femme. Ils tournèrent le coin de la rue, où un bistrot vendait des sandwichs indéterminés, et arrivèrent à la petite cour qui jouxtait le pressing. Deux poubelles renversées et un scooter démonté encombraient le passage. La courette s'ouvrait sur une ruelle, qui zigzaguait entre des maisons délabrées, des squats, des immeubles en construction. L'endroit respirait l'abandon, on apercevait des restes de murs de ferme, probablement des traces du Montfermeil d'avant guerre, encore largement campagnard, à l'époque. En un demi-siècle, le village était devenu une ville, puis une cité. Aujourd'hui, c'était l'épicentre de l'incendie virtuel qui menaçait la banlieue nord. Les bandes s'agrégeaient et se désagrégeaient au fil des meurtres et des règlements de comptes. Le trafic de drogue pourrissait tout.

Ils remontèrent la ruelle, attentifs. Yazir était peut-être déjà loin… Volterra gardait la main sur la hanche, prêt à dégainer son Sig Sauer SP 2022 réglementaire. L'explosion l'avait agacé. Tout en gardant l'œil sur les portes et les arrière-cours, il demanda :

– T'en penses quoi, Luc, de ce mec, là, le Juge ? C'est un farceur ? Un dingue ? Un ratisseur du Bloc identitaire ?

Mérigneux, une cigarette à la bouche, contourna une carcasse de voiture.

– Je sais pas, Volte. Le mec tape dans le mille, en tout cas. Il se prend pour un justicier. Un dingue ? Il n'agit pas de façon irrationnelle. Un farceur ? Tu parles d'une blague. On en est quand même à un tas de morts. Un allumé d'extrême droite ? Il ne manquerait pas de le faire savoir, en condamnant l'anti-France et toutes ces conneries. Non, je pense plutôt à un type qui aurait des raisons personnelles de faire le justicier. Un déçu. Mais je me trompe peut-être. Un jour, si on le serre, on s'apercevra que c'est le papy de l'asile de vieux de Toulon qui s'est échappé ou un Martien qui n'aime pas les connards.

– Moi, je penche pour le dingue.

– Mon père m'a raconté un truc comme ça, un cas semblable, dans les années soixante. Ils l'ont chopé, le gars, parce qu'il avait une habitude : il laissait une carte de tarot sur les cadavres, en signature. Ils ont remonté le fabricant de cartes, il n'y en avait que trente à l'époque, ils ont enquêté sur les dizaines de clients, filoché les suspects, tout. En six mois, que dalle. Finalement, c'était le marchand de cartes lui-même.

– La vache !

– Oui, le pire, c'est qu'il se faisait aider par sa femme. Ils tuaient des gens au hasard, comme ça, par haine de la société.

– Ils l'ont serré ?

– Oui. Et, en prison, on lui a donné des raisons de détester les autres. Il est devenu le chbeb des taulards, à Fresnes.

– La pute, quoi.

– Exact. Il a fini par se mettre du rouge à lèvres. Quand ils l'ont relâché, en 1989, il est mort dans son lit. On l'a retrouvé en nuisette, t'imagine ?

– Ton père te raconte ça ?

– Oui. Par moments, il pense qu'il est encore en service. Il sort sa carte de police, son Manurhin et il patrouille.

– C'est dangereux, ça.

– Non. On a neutralisé l'arme, alors…

Un chien efflanqué passa devant eux, un foulard rouge autour du cou, et se dirigea vers un squat. La maison était lépreuse, les fenêtres comme des yeux morts, et une affiche déchirée assurait que « Le paradis est pour demain », avec une photo de Brad Pitt sur une plage. Des gravats obstruaient l'entrée. Mérigneux pénétra dans un hall obscur, visiblement une ancienne supérette abandonnée. L'odeur d'urine et de brûlé était prenante. Volterra se mit à gauche, contre le mur. Des journaux jonchaient le sol, ainsi que des restes de fast-food. À chaque pas, il fallait faire attention aux canettes et aux bouteilles vides. Une voix se fit entendre :

– Reza ? Reza ?

Un homme apparut. Les joues creuses, les yeux hagards, la barbe emmêlée, il portait un blouson de cuir, un bonnet phrygien sale et un jean effiloché. Ses santiags bâillaient. Il tenait à la main un sac en plastique frappé du sigle LIDL, marché discount. Des lacets, des bouts de lainages, des boîtes de plastique, des aiguilles à tricoter en dépassaient. De toute évidence, l'homme était un SDF, mais un SDF qui avait commencé comme rockeur, et qui avait vieilli dans la misère et était resté dans la marge. Il aperçut les deux policiers.

– Ah, des flics ! Vous voulez quoi ?

– On cherche quelqu'un.

– Moi, je cherche mon chien. Vous l'avez vu ? Reza, il s'appelle.

– Un labrador avec un foulard ? demanda Volterra.

– Ouais. L'avez vu ?

– Il est par là. Il arrive.

– Il se balade, ça lui arrive souvent. Devient vieux, on reste ensemble. Vous voulez quoi ?

– On cherche un gars, le type du pressing.

– Yazir ? Vous lui voulez quoi ?

– Savoir s'il est encore en bon état.

– Vous allez l'emmerder ?

– Non, on veut juste le voir.

– C'est sûr ?

– C'est sûr.

L'homme posa son sac LIDL, en tira un briquet à essence, demanda une cigarette à Mérigneux. Celui-ci lui donna son paquet, qui alla rejoindre le bordel dans le sac. Le SDF tira une bouffée et ajouta :

– De toute façon, c'est un peu tard.

Il montra le fond de la maison, qui disparaissait dans un monceau de ruines.

– Il est là. Mais il est pas là.

Ils trouvèrent Yazir. Il était mort. Deux balles dans le dos. Le pétard serbe avait servi à détourner l'attention. Le gibier s'était jeté dans la gueule du loup. Volterra fit la grimace.

– On rentre, hein.

– Oui, on rentre.

Ils revinrent vers le pressing. L'endroit était bourré de pompiers et de flics. Mérigneux donna sa carte à l'inspecteur arrivé sur le site et raconta brièvement les événements. L'autre haussa les épaules. Un règlement de comptes. Encore un. Et les journalistes qui arrivaient…

– Tenez, voilà la fille de *L'Obs*. Fait chier, celle-là.

Marylène Cagnard prenait des notes. Mérigneux donna un coup de coude à Volterra :

– Viens, on se tire.

En partant, ils croisèrent le premier pompier. Volterra se pencha :

– Je vous signale que vous risquez de trouver des bonbonnes de perchlo et d'autres produits vachement inflammables, dans la réserve. Faites gaffe. C'était pas seulement un pressing, ici…

Dans la voiture, derrière le volant, il observa une seconde la foule, dès fois que le criminel revienne sur les lieux du crime. Mais ça n'arrivait jamais. Il vit, plus loin, le SDF avec son sac LIDL. Il avait retrouvé son chien Reza. Pour une raison inconnue, cette nouvelle fit plaisir à Mérigneux. Il tourna la clé de contact, le moteur se mit à vrombir. Alors que le SDF disparaissait dans un terrain vague, Mérigneux coupa le contact.

– Bon sang, je suis con !

Volterra, inconfortable dans cette voiture trop petite pour lui, le regarda.

– C'est possible. Je suis content d'être prévenu.

– Non, non, Volte, je suis absolument con.

– Bon, si tu veux.

– Putain de putain de putain ! Le Juge, on va le retrouver !

Il décrocha son téléphone.

Assis devant ses trois ordinateurs, Freiman était en train de compiler un nouveau dossier : un violeur écumait la région parisienne. Une nouvelle victime, dans le Marais, avait déposé plainte. En rentrant chez elle, la jeune femme avait été attaquée par un agresseur caché derrière le portail, pourtant protégé par un code. Comment l'homme était-il entré dans l'immeuble ? Avait-il repéré sa victime ou bien frappait-il au hasard ? De nouveau, la presse commençait à s'agiter. Freiman piocha dans le paquet de chips à côté de lui et pianota sur son clavier. Ces viols s'accompagnaient parfois de meurtres, pas toujours, comme si le violeur était, au fond, indifférent. La fille pouvait vivre ou mourir, peu importait. Les descriptions faisaient état d'un « homme aux yeux morts », ce qui n'aidait guère les policiers.

Freiman remonta les cheveux qui lui tombaient dans les yeux, essuya sa main grasse de chips sur son tee-shirt et piocha encore pour voir si le dossier permanent, l'obsession de Mérigneux, était ouvert. Et, en effet, le dossier de Xavier But, assassin de sa famille, était toujours actif.

Il but une gorgée de Coca grenadine, sa boisson favorite, et s'amusa à regarder les cours de l'héroïne sur un site du Net.2, le réseau de l'ombre. C'était comme la Bourse : les valeurs de la came montaient ou descendaient. Le serveur se trouvait à Saint-Pétersbourg, mais les utilisateurs, les « Black Hats », les Chapeaux noirs comme ils se nommaient eux-mêmes, étaient répartis un peu partout. Ils communiquaient entre eux en prenant possession d'ordinateurs de tiers, qui ne s'apercevaient de rien. Ces ordinateurs prisonniers devenaient des « bots » (des robots, donc) au service des hackers.

CosmoPoli134, un voyou spécialisé dans les cartes bancaires, proposait un lot d'American Express à un prix raisonnable. Freiman, qui signait « WaltBisneyFuck », déclina l'offre. Il ajouta : « Fuck you ». C'était sa signature de geek, et personne ne s'en émouvait. C'était juste une manière de causer, sur le Web black.

Le téléphone sonna. Mérigneux.

– T'es libre, là, Freiman ?

– Si t'as besoin, oui. Sinon, je peux finir mon paquet de chips en regardant des trucs pornos, tu permets ?

– Pas d'insolence, Frem. Tu es trop jeune pour ça.

– Justement, Luc. Le jeune est insolent, c'est sa nature.

– Ouais, mais le vieux est râleur, et c'est ma main dans la gueule. Ça te va comme ça ?

– OK, OK. Tu veux quoi ?

Mérigneux expliqua. En regardant le vieux rebelle dans le squat, il avait remarqué que celui-ci se déplaçait avec son sac LIDL. Un vulgaire sac en plastique. Il continua :

– Tu as les photos de l'agression dans le métro, là où le Juge a fait un carton sur les mecs de Montfermeil ?

— Oui.

— Ouvre-les.

Freiman fit apparaître le dossier de la police scientifique. Il fit défiler les photos prises par le capitaine Van Zandt.

— Voilà, je les ai.

— Regarde au sol, autour des victimes.

Freiman cliqua. Les cadavres des sbires de Timberland gisaient dans des positions qui ne laissaient aucun doute sur leurs souffrances. Nespresso, édenté et avec sa tringle à rideau dans la gorge, No Future avec sa pomme d'Adam enfoncée, et Timberland lui-même, l'entrejambe en sang, soigné par deux infirmiers.

— Tu veux quoi ?

— Les objets. Dis-moi ce que tu vois.

— Un sac à main, un bracelet.

— Oui, c'est aux victimes, les deux filles. Continue.

— La tringle à rideau…

— Sans empreintes, évidemment.

— Évidemment. Un cercle métallique de lampe.

— Non.

— Une chaîne, une basket noire…

— C'est No Future qui portait ça.

— Une faucille…

— Ils n'ont pas eu le temps de s'en servir.

— Non. Des papiers gras, une canette de bière…

— Garde ça. Agrandis, pixellise, corrige la définition, OK. On continue.

— Des oranges sur le sol, et, à côté, un sac en plastique…

— C'est ça ! C'est ça !

— C'est ça quoi ?

— Tu zoomes. Tu lis quoi sur le sac ? Il y a quelque chose d'écrit ?

– C'est pas net, Luc. Il y a cinq photos, sous divers angles.

Il sentit le ton de Mérigneux monter. Il l'imagina en train d'allumer une cigarette.

– Fais ce qu'il faut. Je raccroche et j'attends.

La communication fut coupée.

Freiman se mit à taper furieusement sur ses claviers. Avec le logiciel de haute définition, il parvint à corriger le grain de la première photo. Même travail sur les quatre autres clichés. Il augmenta le contraste, monta la luminosité, superposa les photos. C'était un travail minutieux, qui exigeait de la patience et du doigté. Le moindre écart se traduisait par un flou insupportable. Peu à peu, entre deux gorgées de Coca grenadine, les plis du sac en plastique apparurent, et quelques lettres. En injectant une application 3D, Freiman parvint à sortir le sac de l'image et à le faire tourner dans l'espace vide, comme une planète solitaire. Il figea l'image, enfin. Elle était nette.

Il rappela Mérigneux. Qui décrocha dès la première sonnerie.

– Alors ?

– Alors je lis… Mais c'est pas clair, il y a des lettres que je devine.

– M'emmerde pas. Lis.

– Donc : Salle des ventes Drouot. Antiquités Dulac. Mais l'adresse est en trop petits caractères.

– La salle Drouot ? T'inquiète ! On sait où c'est. Merci. Salut.

Il avait déjà raccroché.

Tout en roulant, Mérigneux se tourna vers Volterra :

– Appelle Caza.

Il mit la sirène et, tout en conduisant d'une main, expliqua à Cazamec et à Alix, qui étaient sur haut-parleur, de quoi il s'agissait. Parmi les objets retrouvés sur le lieu de l'agression, à Strasbourg-Saint-Denis, il y avait un sac en plastique. Celui-ci appartenait sans doute à l'individu mystérieux qui avait vu – ou aidé, on ne savait pas – le Juge. En remontant à l'adresse qui figurait sur le sac, on pourrait peut-être identifier ce témoin et, à partir de là, trouver le Juge.

Mais il fallait agir vite. Les ventes, à l'Hôtel Drouot, tournaient vite, et les empreintes de cartes bleues, par exemple, n'étaient conservées que deux mois. Si l'inconnu avait fait le moindre achat auprès des antiquités Dulac, on saurait qui c'était.

Il entendit Alix dire :

– On y va !

La chasse commençait. Les embouteillages, Porte de la Chapelle, étaient infernaux. Quand ils arrivèrent au bureau, un message les attendait : « Le directeur Rouah veut vous voir. Tout de suite. »

Il ne manquait plus que ça.

Quelque part, une fillette, droguée jusqu'aux os, geignait faiblement et, dans son brouillard, attendait qu'on la délivre.

Le temps comptait.

11

Xavier But reposa sa tasse de thé au jasmin. La journée s'annonçait bien. Dans son bureau de trader à La Défense, il avait noté, la veille, que les cours du blé et de certaines matières premières, comme le fer et le zinc, montaient. Dans la pile de journaux à côté de lui, il choisit *L'Obs*. Entre l'édito de Jean Daniel sur la crise au Moyen-Orient et l'interview de Michel Onfray sur la perte du goût du bonheur en France, il y avait un grand reportage de Marylène Cagnard sur l'affaire du Juge.

La police était désarmée et piétinait. Les milieux de la drogue, à Montfermeil, s'agitaient. Les élections approchant, la classe politique commençait à s'emparer de l'affaire. L'homme fort de la droite, en piste pour un nouveau mandat présidentiel, estimait que la gauche ne protégeait pas les Français, qu'elle avait failli. Le leader du centre, plus modéré, s'inquiétait de la dérive des milices privées, qui risquaient de prendre le pas sur la justice d'État. L'extrême droite conspuait les immigrés, porteurs de toutes les tares. Quant aux autres, ils ne disaient rien mais confiaient, en off, que la situation les inquiétait. Certains politiques clamaient même qu'il fallait « dix mille hommes comme le Juge » pour abattre le capitalisme. Aucune de ces prises de position n'était inattendue. But reposa le magazine et tartina un morceau de pain de confiture de roses.

Ce qui rendait la situation piquante, c'est que l'enquête était confiée à Luc Mérigneux, le flic qui l'avait cuisiné, il y avait tant d'années. Mais Xavier But n'avait rien avoué, malgré sa jeunesse. Oui, bien sûr, il avait égorgé sa sœur, son frère, et brisé la boîte crânienne de son père avec un maillet de croquet. Même chose pour sa mère. Il avait contemplé les têtes éclatées en souriant, puis s'était rendu dans le cabinet de toilette de sa mère et s'était mis du rouge à lèvres, pour s'amuser. Il avait bien pris la précaution de ne laisser aucune trace. Puis il s'était rendu à l'étage supérieur de la maison et avait planté un couteau de boucher dans la poitrine de sa tante. Tous ces gens ne l'embêteraient plus. La solitude, c'était parfait. Il était descendu se coucher dans sa chambre, et avait dormi comme un loir.

La police, Mérigneux en tête, l'avait interrogé, interrogé, interrogé. Mais il n'y avait aucune preuve. Il avait dormi, après avoir pris un somnifère, disait-il. Aucun indice, aucune trace. Au bout de quatre-vingt-seize heures, ils l'avaient laissé partir. Mérigneux était vert de colère.

C'était il y a dix ans.

Rien qu'à ce souvenir, Xavier But eut un moment plaisant. De temps en temps, Mérigneux passait devant son immeuble, il le voyait bien, et l'affaire était incrustée dans sa mémoire. Mais il n'y arriverait jamais. « Je suis trop malin, ils sont trop cons », dit-il. Il but une dernière tasse de thé au jasmin et se mit en route pour La Défense. Dans la voiture, il écouta les dernières nouvelles : un violeur en série terrorisait les femmes, le soir. Le Pakistan menaçait de déclarer la guerre. *Cinquante nuances de Grey* était un triomphe. Un curé pédophile était viré de sa paroisse. Un fou, surnommé le Juge, tuait des voyous.

Rien de neuf, en somme.

À la fin de la journée, s'il faisait beau, Xavier But allait faire un tour aux jardins de Bagatelle. Il y avait des amateurs de croquet. C'était son jeu favori.

Zéev claudiquait dans la rue. Sa jambe lui faisait mal. L'opération Attilaxxx avait été un succès. Une crapule de plus avait été éliminée de la surface de la Terre. On avait retrouvé son cadavre dépecé par les femmes de sa cave. La police, stupéfaite, avait découvert que dans le quartier le plus *select* de Paris, la villa Jean-de-La-Fontaine, on pouvait mener des activités scandaleuses. La richesse ne protégeait personne de la justice du Juge.

Les candidats ne manquaient pas. Le problème était de les trier et de les mettre dans un ordre de priorité. Les actions du Juge devaient être exemplaires, et l'équité totale. Un sac en plastique contenant quelques denrées en main, Zéev réfléchissait en marchant. Évidemment, il était crucial d'égarer les flics. Ainsi, la Mercedes-Maybach était déjà exportée dans un pays du tiers-monde, et le seul témoin survivant de la tuerie de la villa Jean-de-La-Fontaine était incapable de fournir la moindre description du visiteur.

L'important était de se tenir au courant : lire les journaux, écouter la radio, filtrer les nouvelles sur le Web, écouter dans la rue. L'injustice pervertissait le monde. Certes la justice existait, les peines étaient prononcées, mais elles étaient rarement exécutées. Un an de prison ? On ne l'accomplissait pas, les prisons étant pleines. Vingt ans incompressibles ? Au bout de sept ans, le gars était dehors pour « bonne conduite ». Le pire meurtre, la plus atroce barbarie ? Des condamnations symboliques. La plupart des nazis s'étaient reconvertis en bons citoyens. Les terroristes palestiniens, trente ans plus tard, étaient devenus de respectables commerçants. Les égorgeurs, comme Xavier But, avaient le champ libre. C'est comme si on leur disait : « Allez-y, servez-vous. »

Zéev allait aider le Juge à remettre le monde debout. En attendant, il avait une exposition d'art de l'époque Xing à visiter. Et un client à fournir à Keller. Un type haut placé, qui avait été relâché récemment. Et qui recommençait à tripoter les petits garçons.

Keller expédiait les affaires courantes. De la fenêtre de son cabinet de l'avenue Victor-Hugo, il apercevait le restaurant Scossa, où se retrouvaient mannequins, photographes, hipsters. La serveuse bavardait souvent avec lui et, la veille, elle avait évoqué sa terreur de rentrer seule le soir. Le violeur en série avait pollué la nuit. Tout en lui apportant son saumon cuit à la vapeur, elle désigna, d'un mouvement de menton, les gens autour d'elle :

– Et si c'était lui ? Ou lui ? Ou lui ?

– Ou moi ?

– Ah non, monsieur Keller. Vous n'avez pas le profil !

Les voitures, sur la place, tournaient, cherchant à se garer. Des bourgeoises botoxées faisaient du shopping. Des galeristes pressés attendaient à la station de taxis. La bouche de métro dégorgeait un flot continu de passagers. Sa conversation téléphonique avec Zéev – sur un portable aussitôt jeté – l'avait survolté. Il reprit son dossier, une affaire de rétrocommissions sur une vente d'armes à l'Inde, mal gérée par un ancien ministre de la Défense et un ancien Premier ministre, pour l'étudier de plus près. Mais son cœur n'y était pas. Les procès de cette nature, qui aboutissaient rarement, duraient des années. Les affaires militaires étaient complexes et touchaient à la haute et la basse politique. Il leva les yeux sur une photo encadrée de sa femme, Patricia, avec leur petite fille.

Assassinées…

Il posa son front dans ses mains. Vider ses émotions. Purger la colère. Chercher le maillon le plus faible. Trouver Viviane, la fillette enlevée. La Voie du Juste exigeait l'examen des hésitations, des doutes. La nuit dernière, Keller avait repassé les arguments : avait-il le droit d'administrer la justice ? De passer un jugement ? Il avait vu tellement de cas où les tribunaux avaient fait fausse route. Il revint à ses valeurs essentielles : pas de vengeance, mais l'équité. Il ne s'agissait pas de s'en prendre aveuglément aux canailles. Le projet était plus ambitieux : il fallait rendre à l'univers une forme d'équilibre. Cette délicate balance était la Voie. Sa femme et sa fille avaient payé pour qu'il comprenne cela.

Il évacua ses doutes. Par où devait-il poursuivre ?

Il y avait peut-être un moyen. Il allait à Fresnes, voir une vieille connaissance.

Marylène Cagnard attendait. Sur le quai, les touristes admiraient la Seine, fouinaient dans les boîtes des bouquinistes ou se promenaient le long de la rive. La maire avait fait fermer la voie express, rendant aux piétons le droit de profiter de ce petit coin de Paris. Le musée d'Orsay déversait son trop-plein de visiteurs, en ce début de mois d'avril, et quelques skaters se glissaient entre les couples. C'était le printemps, une brise douce balayait le fleuve. L'hôtel de Salm, récemment rénové, était entouré, désormais, de plaques de verre qui protégeaient le jardin. Le grand chancelier de la Légion d'honneur vivait là, entouré de ses collaborateurs, et l'institution fonctionnait avec toute la rigueur d'une institution militaire. Marylène Cagnard acheta une bouteille d'eau minérale à l'un des innombrables marchands blacks – des Maliens ? – qui se déplaçaient sans cesse pour échapper aux contrôles de police.

L'atmosphère était à la légèreté, au plaisir, à la décontraction. Les grands peupliers qui bordaient la Seine faisaient pleuvoir une neige de coton.

Assise sur le rebord du quai, Marylène Cagnard ordonnait les événements. Devant Mbossi, elle avait pu parler à Kaddour. Celui-ci, rescapé de l'affrontement avec le Juge, manifestait une haine totale. Oui, il savait où se trouvait Timberland. Oui, ce dernier était caché. Oui, il se remettait de sa blessure. Oui, le jour de la vengeance allait venir, et l'arrogance de la grande Babylone allait causer sa perte.

Un peu surprise par ce ton d'allumé biblique, Marylène Cagnard avait négocié pied à pied. Elle voulait remonter la piste, interviewer Timberland, rendre aux cités la voix dont personne ne les gratifiait. La violence était-elle la seule façon de se faire entendre ? Elle allait leur proposer une autre voie. Mais, pour cela, il fallait se voir face à face. Le deal n'avait pas été conclu, mais elle avait senti que les arguments faisaient mouche. Il n'y a rien de plus aigre qu'un injuste qui se sent victime d'une injustice, et c'était le cas de Timberland.

Kaddour ne pardonnait pas la mort de ses potes. Surtout, il ne pardonnait pas la perte de leur suprématie. Depuis des mois, la bande de Timberland faisait régner la peur, sans qu'aucun flic vienne perturber cette domination. Il avait suffi qu'un abruti, juge ou pas, se manifeste pour que tout soit réduit à néant. Si les petits commerçants ne payaient plus leur « protection », de quoi pouvait-on vivre ? L'intervention du Juge avait tout détruit.

Mais Timberland allait s'occuper de ce type. Encore fallait-il le retrouver, souligna Marylène Cagnard.

C'est là que Kaddour, mal à l'aise dans sa minerve, avait pris une ligne de coke fournie par Mbossi et avait dit :

– On a un moyen.

Mbossi, assis sur son trône, entouré d'os de poulets, avait ricané :

– On a un moyen, fillette.

Marcello Lisi arrivait. Les cheveux coiffés avec du gel, le sourire éclatant, il était l'image même de l'Italien charmant, mais sans densité. Ses chaussures et son pli de pantalon lui importaient plus que sa relation avec Marylène. Il était inconsistant, mais plaisant. Ses parents étaient arrivés en France dans les années soixante, et il était né à Paris sans connaître la Sicile où avaient vécu ses grands-parents. Il avait rencontré Marylène Cagnard lors d'un cocktail pour une remise de médaille, et leur histoire avait démarré simplement, sans que l'un ou l'autre exige quoi que ce soit. Ils se voyaient souvent, un peu au hasard. Marcello trouvait Marylène peu élégante mais intéressante, et Marylène estimait que Marcello était un bon amant, mais un homme transparent. Il avait fait carrière dans l'administration militaire sans jamais porter l'uniforme, et l'ambiance de l'hôtel de Salm lui convenait : parquets cirés, fresques datant de la IIIe République, salons un peu désuets, travail bien cadré. Il n'espérait rien d'autre qu'une vie tranquille, assuré de son charme et de ses bonnes grâces. Il avait été l'amant de nombre de ces dames, car la vie militaire éloignait ces messieurs de leurs épouses et, mon

Dieu, elles s'ennuyaient un peu. Mme La Choux de La Farge avait testé le garçon et en avait fait profiter ses amies. Dans ce milieu, on avait de bonnes manières. Curieusement, dans son bureau d'attaché militaire à la Légion d'honneur, Marcello Lisi avait accès à des données qui n'étaient pas forcément de son ressort. De plus, les confidences sur l'oreiller de la générale ou de la colonelle du moment étaient amusantes. Sans y prendre garde, Marcello était une sorte de bureau de renseignements. Il n'attachait aucune importance à ces bribes, qu'il traitait comme des cravates usées. Il les distribuait.

– Ah, chérie, j'ai un peu de retard, excuse-moi.

– Pas de problème, Marcello. Assieds-toi.

Ils s'embrassèrent devant une péniche qui passait. Un touriste fit une photo pittoresque, *so... so Paris !*

– Tu as l'air soucieuse, ma Marylène.

– Non, non. Comment va ton général ?

– Mon chef ? Il va bien. Il gueule, comme d'habitude, mais c'est pour la galerie. On prépare la réception de donateurs américains. Ils vont financer la rénovation du grand salon. Deux millions d'euros.

– Vous sortez les petits plats et les verres en cristal ?

– C'est de rigueur, tu penses bien.

Il rectifia le pli de son pantalon, passa un bras sur les épaules de Marylène. Pendant un instant, ils regardèrent l'eau couler. Des mouettes agaçantes planaient du côté du Louvre.

– Tu as l'air bien loin, Marylène. C'est cette histoire de Juge ?

– Oui, je ne sais pas comment suivre tout ça.

– Tout ça quoi ?

– Tout ça.

– Dis-moi.

— Pas intéressant. Parle-moi plutôt de tes Américains…

— Non, non, dis-moi ce qui te tracasse.

— Bon.

Elle raconta sa visite à Montfermeil. Une explosion avait eu lieu dans un pressing, on avait retrouvé un cadavre. Le seul vague témoin, un vieux hippie avec son chien Reza, n'avait rien pu dire, trop envapé, trop disjoint. En revanche, son entrevue avec Mbossi avait été fructueuse.

— C'est qui, ton Mbossi ?

— C'est le capo de Montfermeil. Drogue, armes, prostitution, il a tout le package. Une ordure, tu vois, Marcello ?

Marcello voyait, mais, franchement, il s'en désintéressait. Il avait rendez-vous le soir même avec la femme du ministre de la Défense, une quinquagénaire qui portait beau et qui aimait les bas noirs. Ce qui tombait bien, il les aimait aussi.

Marylène continua : elle avait rencontré, aussi, Kaddour. Il pouvait la mettre en contact avec Timberland.

— Timberland ? Mais pourquoi veux-tu le voir ?

— Parce qu'il peut me mettre sur la piste du Juge, je pense.

— Mais comment ?

— Je ne sais pas. Il a un tuyau. Il veut se venger. T'imagines, si je ramenais au journal un papier sur le Juge, une exclu ?

— Il y a peut-être un moyen plus simple.

— Plus simple ?

— Ben, oui.

Tout en caressant l'épaule de Marylène, Marcello résuma. Le général Delynx, qui était le grand chancelier, avait été dans le passé le chef du service de renseignements de l'armée. Il ne l'était plus, mais tout ce qui concernait la sécurité de la République passait sur son bureau. Or, dans le flux de messages et d'e-mails « hautement confidentiels », voire « top secret », qui encombrait tous les jours l'ordinateur de Marcello, il y en avait un qui avait retenu son attention : l'URDV avait sorti le dossier Timberland. Et un geek nommé WaltBisneyFuck avait concentré ses recherches sur les objets trouvés sur place, plus particulièrement sur un sac plastique venant de l'hôtel des ventes du IXe.

— Tu sais pourquoi ? demanda Marylène.

— Non, et je m'en tape. Mais ça peut t'intéresser.

— On ne sait jamais, je vais voir. C'est quoi, l'adresse sur le sac ?

Il sortit un crayon en argent à mine grasse, très chic, et lui donna l'adresse des antiquités Dulac. Puis, discrètement, doucement, il lui caressa les seins sans se donner en spectacle. Marcello Lisi était un homme de l'art.

À Fresnes, Roméo Darmon attendait son visiteur. L'avocat, ponctuel d'habitude, avait du retard. Dans le parloir, les mains sous la table, assis sur un tabouret en acier, Roméo Darmon patientait. À vrai dire, la patience, on apprenait ça en taule. Il avait été un lanceur d'alertes performant, avait livré des tonnes de dépêches diplomatiques sur le Rwanda à WikiLeaks, informations qui avaient fait grand bruit dans la presse mais qui lui avaient valu sept ans de prison pour haute trahison. À Fresnes, il avait envisagé de changer de vie, même de changer de sexe, mais lui ne changeait pas. C'est son environnement qui le faisait pour lui. On avait beau le rudoyer, abuser de lui, il restait persuadé d'avoir fait ce qu'il fallait. Il avait le sens de la justice. Peut-être en mourrait-il, d'ailleurs.

Finalement, la prison, c'était bien l'enfer. Le pire, c'était les matons. Enfin... certains matons. Drogue, téléphones portables, femmes, tout était possible si on avait du fric. Ce qui était dans l'ordre des choses. Mais le surveillant-chef Pérez était d'une classe à part. Non seulement il violait tous les petits nouveaux, mais en plus il les prostituait dans la prison. Maquereau à Fresnes, un métier d'avenir. Un jeune gars s'était suicidé la semaine précédente. Roméo Darmon lui-même, en arrivant, avait été violé, son allure d'intellectuel lui donnant un côté « dadame » aux yeux de Pérez, l'ordure.

Keller posa sa serviette, aperçut le chef Pérez et un autre maton. Ce dernier s'approcha :

– Vous avez vingt minutes, maître.

– Merci.

Le maton s'éloigna, sans perdre de vue ses « clients ». Pérez, une matraque à la main, faisait semblant de s'intéresser au tableau de l'emploi du temps du personnel.

– Bonjour, Roméo. Vous allez bien ?

– Aussi bien que possible, maître Keller.

– J'ai besoin de vos lumières.

– Dites.

– Vous vous souvenez de votre séjour à Roanne, dans le quartier de haute sécurité ?

– Oui, bien sûr. C'est des trucs qu'on n'oublie pas.

– Vous étiez en cellule avec un nommé Debrageot.

– L'ancien directeur de GazEuropa ?

– Oui. Vous pouvez m'en dire plus ?

– Ça dépend.

– Ça dépend de quoi ?

Roméo Darmon se gratta l'oreille. Il avait un bleu sur le cou, comme si on l'avait frappé.

– Ça dépend de ce que vous avez à offrir.

– De l'argent ?

— Ce n'est pas le plus important.

— Alors quoi ?

— Je ne vous demande pas l'impossible, la liberté. Mais je vous demande la tête de Pérez. Qu'il soit déplacé, viré ou muté, voilà. Qu'il ne soit plus dans mon champ de vision.

— Je vais voir ce que je peux faire.

— Je vous fais confiance, maître.

— Bon. J'ai besoin de précisions sur Debrageot. Faites-moi une fiche signalétique.

Elle était simple. Un an passé dans la même cellule avait fourni à Roméo suffisamment de détails pour écrire un livre. Émile Debrageot était issu d'une famille de grands bourgeois. Valeurs : anti-francs-maçons, anti-communistes, anti-Juifs, anti-avocats. Le père Debrageot, tous les ans, se rendait sur la tombe du maréchal Pétain, et, dès son enfance, Émile Debrageot avait absorbé les relents de la « vraie France ». Il avait fait carrière dans la haute administration, pour aboutir à la tête du consortium européen d'énergie GazEuropa, et sa tête de bon père aux cheveux roux avait fait la une de tous les magazines. Malheureusement pour lui, il avait un goût certain pour les petits garçons, goût qui s'était affiné au fil des ans. Lorsqu'il était tombé pour viol sur un nourrisson de six mois, l'affaire était restée discrète. Il avait été condamné en silence, puis relâché en silence. Depuis deux ans, il avait trouvé une place comme directeur d'une école catholique.

— Il a des habitudes ?

— Il va à la messe tous les jours et se confesse toutes les semaines.

— Où ça ?

— À l'église Notre-Dame-de-l'Assomption-de-Passy.

— Merci. On fait affaire ?

– On fait affaire.

Keller serra la main de Darmon. L'autre plissa les yeux, comme s'il avait mal. Les coups qu'il recevait quotidiennement le marquaient.

Pérez arriva presque en courant.

– Les contacts sont interdits, maître, vous le savez !

– Désolé. On se disait au revoir.

– Et toi, Darmon, tu sais que c'est interdit ! Une semaine de cachot !

Comme Darmon se levait, il reçut un coup de matraque derrière les genoux. Il retomba sur son tabouret, la mâchoire serrée.

– Debout !

Keller intervint.

– Ce que vous faites n'est pas utile.

– Je ne vous demande pas votre avis, maître. Vous faites vos affaires, je fais les miennes. Ne venez pas m'emmerder.

– Ah, si vous le prenez comme ça…

– Je le prends comme ça. Je vous raccompagne, cher maaaaaître.

Pérez tapotait sa matraque sur sa paume gauche. Keller reprit son attaché-case, eut le temps de voir que le maton écrasait les doigts de Darmon, et sortit dans le dédale de couloirs qui menait vers la sortie. Il y avait deux grilles à franchir, quatre portes blindées, un sas encombré de vêtements divers, puis on passait devant un surveillant dans une cage de verre avant d'arriver à un autre sas encadré par deux portes coulissantes électriques. La dernière porte était double, avec un espace de vingt-cinq centimètres entre les deux panneaux en fer boulonné.

Keller était déjà loin quand on retrouva le corps de Pérez entre les deux portes hors du champ des caméras.

La force de pression électrique lui avait fait éclater la mâchoire puis les tempes. Sans doute avait-il eu un malaise et s'était laissé prendre par le verrouillage automatique. C'était le premier accident de ce genre. Les matons décidèrent de se mettre en grève la semaine suivante, pour protester contre des conditions de travail aussi dangereuses.

Keller, lui, était déjà concentré sur son but : les hommes qui maltraitaient les enfants n'avaient pas le droit de respirer. Le sort de Debrageot était décidé, gravé dans le marbre : il serait effacé de la surface de la Terre.

Quant à la disparition de Viviane, Keller avait une idée. L'instinct du chasseur le guidait.

12

La porte s'ouvrit brusquement. Kaddour entra, accompagné d'une femme mal coiffée. Viviane s'appuya sur son bras gauche, celui qui n'était pas plâtré. Kaddour démonta les plaques de contreplaqué sur les fenêtres. La lumière du jour, sale et intense, inonda la pièce. Viviane aperçut le linoléum par terre, la table au fond, la chaise. Dehors, des toits d'immeubles barraient le ciel. Elle était dans une cité.

La femme posa une trousse de toilette sur la table et s'approcha de la petite fille :

– Tu te sens vaseuse ? C'est normal. Viens, tu vas prendre une douche.

Kaddour intervint :

– Que ça prenne pas deux jours, hein ! On a autre chose à foutre !

Elle sentit que la femme la déshabillait. Dans une petite salle de bains, elle fit couler la douche.

– Garde bien ton bras plâtré hors de l'eau, hein !

Elle se savonna, comme sa grande sœur lui avait appris. Puis sentit qu'on la séchait. De nouveaux vêtements, jolis, l'habillèrent. Quand la femme la ramena dans la chambre, Viviane vit que Kaddour avait un appareil photo dans la main. Il lui indiqua la chaise :

– Pose-toi là.

Elle s'assit. Kaddour s'adressa à la femme :

– Bon, vas-y. Tu la maquilles comme une star.

Viviane sentit le pinceau de maquillage sur son visage.

– Tu vas être super belle.

Kaddour ajouta, en riant :

– Quand on va mettre les photos sur Internet, la vache ! Les prix vont grimper en flèche ! Tu vas rapporter un max !

Viviane pensa au Grand Méchant Loup.

Au bar du Crillon, Antoniechka buvait un mojito, mixé d'une main experte par José, le barman. Les fauteuils étaient confortables, l'atmosphère ouatée, l'argent facile. Ses clients savaient où la trouver, et, ici, dans cet endroit qui ressemblait à un club, ils prenaient garde de ne pas l'aborder de front, sinon pour lui faire un signe de tête discret ou lui proposer un verre avec style. Dans la rue, on la draguait. Dans les réceptions, on lui faisait des propositions. Au cinéma, il n'y avait pas moyen d'être tranquille. Même dans sa Mini Cooper Cabrio S bleu roi, elle attirait l'attention. Élégante, parfumée, elle fréquentait les meilleurs couturiers, avait un compte ouvert au Carré des Feuillants, la meilleure table de Paris, rue de Castiglione.

Lakdar Bouhassa entra. Barbe de six jours soigneusement taillée, écharpe de soie rouge vif, veste Dolce & Gabbana, chaussures Lobb, incontestablement, il avait de l'allure. Il rejoignit Antoniechka au bar.

– Mojito ? Tu fais dans l'exotique, maintenant ?

– J'ai toujours aimé ça.

– C'est pour ça que tu m'acceptes ? Parce que je suis… exotique ?

– J'ai l'âme Benetton, mon cher Lakdar.

Ils allèrent s'asseoir un peu plus loin. À cette heure-ci, l'endroit était presque désert. Un couple, au fond de la salle, semblait discuter d'un divorce en route : leurs gestes étaient agressifs. Bouhassa, souriant, appréciait Antoniechka, mais savait aussi qu'elle était farouchement indépendante. Il ne devait pas desserrer l'étau, elle devait continuer à le renseigner.

– Alors, dit-il, quelles nouvelles du front ?

– Aucune, monsieur Bouhassa.

– Lakdar. Depuis le temps…

– Aucune, Lakdar.

– Dans tous tes cocktails, tes clients, tes soirées, rien ?

– Pas grand-chose.

– Mmm. Jolies chaussures, Louboutin ? Talons de douze centimètres ? Modèle Beltega ? C'est cher…

– En effet.

– Tu es une femme de luxe, Antoniechka. Mais si tu veux continuer à profiter de ce luxe… Tout a un prix.

– Je sais.

– Si tu peux boire ce mojito, ici, au Crillon, c'est parce que je le permets. Les putes n'ont pas le droit de se balader en Louboutin comme elles veulent. Un coup de fil, et tu te retrouves en cellule. C'est ça que tu veux ?

– Vous avez une façon de présenter les choses… Irrésistible.

– Alors raconte-moi.

Elle but une gorgée de son mojito. Bouhassa la tenait. Elle avait besoin de sa « protection » pour que la police la laisse tranquille. Quant aux prétendants qui voulaient la tenir en laisse, maquereaux, dominateurs ou admirateurs, elle s'en chargeait. Dans son sac à main, elle avait de quoi se défendre. Bouhassa, lui, il ne demandait rien d'autre que des informations. De temps en temps, il la convoquait, écoutait les rumeurs et les ragots du Tout-Paris, et repartait. Il couchait parfois avec elle et la traitait comme un indic. Elle détestait ce rôle, mais comprenait qu'il fallait faire certaines concessions quand on se faisait payer mille euros la passe et cinq mille euros la nuit. Les Louboutin étaient chères.

En fond sonore, le barman mit un enregistrement de Sinatra.

– Écoutez, Lakdar, je ne sais pas, moi. J'ai vu El-Mansouri…

– Le magnat des télécoms à Alexandrie ?

– Oui. Il est passé par Paris. Il prévoit une extension du réseau vers le sud.

– Donc, il va s'ouvrir sur l'Arabie Saoudite aussi ?

– Oui.

– Intéressant. Quoi d'autre ?

– Le général Roding de Biberox aime… certaines fantaisies.

– Ah ?

– Oui, il aime qu'on le contraigne un peu.

– Un peu comment ?

– Un peu beaucoup. Il exige maintenant qu'on le traite comme une fille au bois de Boulogne, et reçoit l'hommage des camionneurs sous mon autorité.

– J'ai toujours su que cet homme avait une faiblesse. Et dans les soirées ?

– Les mêmes crétins. Le directeur Rouah, Mme La Choux, le général Chatin, le ministre et sa femme, enfin, le casting habituel.

– J'ai entendu dire que tu avais eu des ennuis avec Boris Lavrov. Sujet sensible…

– J'y ai mis bon ordre. L'un des invités m'a protégée. Lavrov a eu tort d'insister.

– Oui, ces Russes sont parfois pénibles…

Ils bavardèrent un moment, le temps de commander deux autres mojitos. Bouhassa leva le menton, écoutant la musique.

— Sinatra, c'est formidable. Tu entends « Blue Moon » ? Je ne m'en lasse pas.

Il regarda la chaussure d'Antoniechka, qui pendait au bout de son pied. Elle était à moitié déchaussée, et le spectacle de cette cambrure était charmant. Il se sentit en verve.

— Que dit-on, dans tes milieux, de cette affaire du Juge ?

— On en parle beaucoup. Mais sans rien savoir. Pour certains, c'est un homme admirable. Pour d'autres, une crapule.

— Et toi, qu'en penses-tu ?

— Rien. Je m'en fous, Lakdar.

— Bien ton genre. D'autres rencontres ?

— Un homme d'affaires brésilien, un sous-traitant du pétrole ukrainien, un avocat militaire…

— Ah, c'est qui ?

— Un type charmant. Keller, mais il ne figure pas dans la liste de mes clients.

— Pas encore ?

— Pas encore.

Il ne serait jamais un de ses clients, pensa-t-elle. Il y avait quelque chose, chez cet homme, qui l'accrochait. Un mélange de colère et de quiétude, une séduction souterraine. Elle aurait bien aimé le revoir, mais elle n'avait pas apprécié la façon cavalière dont il l'avait quittée, l'autre soir. Il s'était excusé, bien sûr, mais quand même… Peut-être se recroiseraient-ils dans une soirée, qui sait ?

— Bon, puisque tu ne m'as rien dit d'intéressant, je propose qu'on passe à autre chose.

Il se pencha dans la pénombre du bar et caressa le cou-de-pied d'Antoniechka. Quand ils montèrent, il ne pensait plus au Juge. Il pensait aux talons de douze centimètres. Louboutin l'excitait.

Keller éteignit son ordinateur. Sa dernière conversation avec Zéev l'avait rendu perplexe. Comment un homme condamné pour le viol d'un enfant pouvait-il être remis en circulation ? Et comment l'empêcher de nuire de nouveau ? Il se leva, écarta les rideaux et regarda la foule, en bas, devant la gare. Les gens se pressaient, se bousculaient, se croisaient : autant d'anonymes dont les enfants étaient menacés par une crapule, un homme qui ne méritait pas le nom d'homme. Zéev s'était bien renseigné. Et la conviction de Keller n'avait pas changé : des hommes comme Fetch ou Debrageot ne méritaient pas de vivre. Vivre donnait des responsabilités. Envers les autres et envers soi-même. Si on n'était pas capable de se comporter en homme, on était destiné à disparaître. Le plus vite, le mieux. Au fond, Keller était juste l'instrument du destin.

C'était par un jour comme celui-ci que Patricia avait été violée et sa fille assassinée. Quand il était entré, immédiatement le silence l'avait surpris. Il avait trouvé sa femme agonisante et le monde s'était écroulé. Le trajet vers l'hôpital avait été cauchemardesque. Les questions des policiers aussi. Il avait compris, rapidement, qu'on le soupçonnait : dans soixante-cinq pour cent des cas, l'auteur de ce type de meurtre était un proche, un parent. Sa formation légale lui avait servi. Il avait fallu un moment pour que les flics se détournent de lui. Leur enquête s'était enlisée assez vite, faute de moyens. Ils n'avaient pas le temps. L'inspecteur chargé de l'affaire, une femme nommée Gérardeau, accompagnée par un policier silencieux, Pastoureau, avait pourtant travaillé avec assiduité. Mais les indices étaient trop minces, le temps trop court.

Keller avait enquêté de son côté. Poussé par le sentiment d'une perte irréparable, hanté par un désespoir sans bornes, il s'était mis en chasse comme un loup blessé et il avait retrouvé les deux auteurs de ce crime. Des employés de l'hôtel. Ils avaient payé. Lui aussi, il avait payé en faisant de la prison. Mais son sentiment de la justice s'était forgé dans cette douleur.

Obscurément, cependant, il lui restait une frustration. Car les deux assassins avaient avoué, mais avaient fait référence à un troisième complice, resté chez lui. Keller n'avait pas cru, de prime abord, à ce manipulateur qui aurait envoyé les deux employés de l'hôtel jusqu'à son appartement. Puis il s'était dit que Charles Manson, autrefois, avait bien manipulé les assassins de Sharon Tate, sans être présent sur les lieux. Pourtant, il était aussi coupable que ceux qui avaient tenu la lame. Il avait pensé, sur le coup, que les deux types se déchargeaient sur un marionnettiste invisible. Mais il existait peut-être, ce tireur de ficelles…

Parfois, il voyait une petite fille dans la rue. Il distinguait mal sa silhouette, et jamais son visage. Elle était toujours trop loin, toujours insaisissable. Il l'avait vue un soir sur un balcon, puis une nuit sur une plage. Quand il s'approchait, elle disparaissait. Il n'avait aucun doute : c'était sa fille, il avait même essayé de l'appeler, mais elle se fondait dans l'air, légère comme un souffle. Pourquoi sentait-il qu'elle avait le visage de sa propre mère ? Quelque chose se transmettait, c'était imperceptible. Il eut le sentiment de la distinguer, pendant une seconde, dans la foule de la gare, puis l'illusion se dissipa.

Il n'arrivait pas à dire au revoir à sa femme et à sa fille. Chaque jour elles étaient là, avec lui. Et la petite Viviane était avec elles, désormais.

Le téléphone sonna. Zéev avait des informations sur la nouvelle cible.

Il s'approcha du bar, à L'Européen. Bosco, le garçon, lui servit un café sans bavarder. Il y avait du monde. Sans doute un départ de grand week-end. Les gens étaient encombrés de sacs, de valises, de paquets. Des enfants couraient entre les tables. L'énervement, une fébrilité joyeuse, était perceptible. Des couples mal réveillés piochaient dans la corbeille à croissants, et les habituels cheminots étaient moins bruyants que d'habitude. Keller jeta un coup d'œil sur les journaux qui traînaient sur le comptoir. La couverture de *L'Obs,* barrée d'un gros point d'interrogation, posait la question : « Qui est le Juge ? » Et, en dessous, en plus petites lettres : « Un mystificateur ? Un fou ? Un fasciste ? Ou un vrai juge ? » L'article de Marylène Cagnard ne dévoilait rien, mais indiquait des pistes. Notamment celle de Montfermeil. Quant au *Parisien,* il avait fait sa une sur le violeur de Paris, qui écumait les beaux quartiers. Sa dernière victime, dans le Marais, avait été agressée dans un escalier, une fois franchie la porte cochère. La victime était à l'hôpital. Il tourna la page. Un petit article rappelait les « dossiers froids », les affaires classées non résolues. Dont celles de Xavier But, de l'enfant de la Vologne et de l'empoisonneuse de Rouen.

Il reposa les journaux. Il était temps de se mettre en route. La messe, à Notre-Dame-de-l'Assomption-de-Passy, était à onze heures.

L'homme aimait bien cette petite église, à la fois charmante et surannée. On avait beau dire qu'elle datait de l'époque de Louis XIV, on voyait bien que c'était de la fiction. Tout désignait un style jésuitique du XIXe siècle. Le dôme classique au lieu d'un clocher, les quatre colonnes majestueuses qui donnaient au bâtiment l'allure d'une petite réplique du Panthéon, le jardinet, où jouaient des enfants parmi les arbres bourgeonnants, la statue de la Vierge…

Depuis qu'il était sorti de prison, discrètement, l'homme avait pris grand soin de se justifier auprès de son dieu. Il y avait des valeurs qu'on ne niait pas. Il savait qu'il était sous l'œil du Très-Haut, et que celui-ci pardonnait tout. S'il avait été capable de sacrifier son Fils, il était capable de donner l'absolution à toutes ses créatures. Depuis son adolescence, l'homme était tiraillé entre la morale vétilleuse qu'on lui avait inculquée et les désirs sombres qui l'agitaient. Sa carrière dans la haute administration s'était effectuée naturellement, sans anicroche. Jusqu'au jour où…

Depuis qu'il avait été libéré sous condition, il respectait l'image qu'il avait donnée aux inspecteurs pénitentiaires. En prison, malgré la mauvaise influence de ses codétenus, il avait maintenu le cap. Il avait manifesté de la contrition, avait écouté les conseils du chapelain, s'était rendu à la messe aussi souvent que possible. Ce qui ne le changeait guère : l'Évangile ne quittait jamais sa table de chevet. Chaque jour, il lisait quelques pages, en s'émerveillant de voir qu'un tel livre, plein de sang et de colère, était la référence spirituelle de millions de chrétiens. Il avait ainsi fait coup double : non seulement l'administration pénitentiaire était satisfaite de voir qu'il prenait le bon chemin, mais en plus il confortait ses propres convictions. À un moment, il avait fait partie de Civitas, mouvement d'un catholicisme fervent, qui prônait l'observance des rites en latin.

Il était persuadé d'être un homme bon. Avec quelques défauts, bien sûr, mais qui n'en avait pas ? Ce qui ne l'empêchait pas d'être sur ses gardes.

Il entra dans l'église au son de l'orgue. Ce matin, il y avait peu de monde. Quelques fidèles clairsemés aux cheveux blancs. Il choisit un prie-Dieu au fond, près du confessionnal, et ouvrit son missel. Il ne communierait pas cette fois, mais se confesserait tout de suite après, auprès du curé Viollet. Il prenait un plaisir mauvais à expliquer comment, cette semaine-ci, il avait résisté à l'appel du Malin, et n'avait pas violé de nourrisson. Chaque jour de pureté était un jour de victoire. Le secret de la confession garantissait sa tranquillité. On pouvait tout lui dire, au curé Viollet. Il donnerait dix Ave Maria et cinq Actes de Contrition à réciter. Ce qu'il ferait devant l'autel, la tête basse. Dieu était grand.

Keller gara sa moto dans la rue du Docteur-Blanche. C'est là que le bon docteur, plus de cent ans auparavant, avait soigné la folie de Maupassant, puis de Nerval et de Gounod. La Kawa Ninja détonnait dans cet arrondissement : des bonnes et des vieilles dames passaient pour aller chercher du pain ou du détergent, et tout respirait le calme, la sérénité des beaux quartiers. Il y avait une plaque commémorative qui rendait hommage au bon docteur Blanche. Keller nota que le prénom du toubib était « Esprit ». C'était tout indiqué pour un aliéniste.

Il enleva son casque et ses gants, qu'il fourra dans la sacoche. En veste grise, cravate bordeaux, vêtu comme un notaire de province, il se dirigea vers l'église en se souvenant des instructions de Zéev et des indications de Roméo Darmon. Il en ressortait que la cible, en dehors de ses habitudes très calées, était affligée d'une méfiance paranoïaque.

Keller observa la rue de l'Assomption dans les deux sens. La circulation était réduite au minimum. À une extrémité, un camion de livraison obstruait tout. À en juger par l'échelle électrique déployée, les déménageurs en avaient pour un moment. Des murs continus bordaient les trottoirs, et les quelques immeubles bas avaient l'air inhabités. Keller partirait tout à l'heure en direction du boulevard des Maréchaux, en passant par la rue du Docteur-Blanche, Esprit Blanche. Il sourit.

La messe touchait à sa fin. Il entra, mouilla le bout des doigts dans l'eau bénite, fit le signe de croix et alla s'installer sur une chaise empaillée. L'odeur d'encens était prenante, mêlée à un vague relent de moisi. Le triangle, au-dessus de l'autel, portait une inscription en hébreu. On aurait dit un triangle maçonnique mais, évidemment, c'était impossible.

Keller avait peu de relations avec Dieu. Dieu avait son rayon d'action, Keller le sien. Dieu pardonnait tout, Keller ne pardonnait rien. Le Juge suprême était laxiste, le Juge ne l'était pas.

Il repéra la cible, agenouillée sur un prie-Dieu. L'homme, vêtu d'un imperméable de bonne tenue, récitait les répons, concentré sur son missel. L'orgue accompagnait les chants, écrasant de sa majesté les voix aigrelettes des paroissiennes. En voyant les enfants de chœur, Keller repensa à l'innocence des petits. Il aurait bien prié pour sa fille, mais il ne savait pas comment. La religion catholique lui avait toujours paru pleine de mystères sournois, de promesses non tenues. Ses parents étaient juifs, mais agnostiques. Chacun se débrouillait comme il pouvait.

Il se leva et s'approcha de la statue d'un saint quelconque. Des messages de remerciements y étaient accolés, et le tronc, où l'on pouvait déposer les offrandes, était mis bien en évidence. Des roses en plastique et des orchidées en tissu garnissaient les pieds du saint. Il se tourna vers le fond, là où l'ombre de l'orgue noircissait les bancs, et vit de nouveaux venus. En passant près d'eux, il les entendit prier en russe. Les oligarques de Moscou s'installaient donc dans le XVIe arrondissement de Paris ? Les frontières n'existaient plus. L'argent abolissait tout, douanes et moralité. Il repensa brièvement aux zeks du Champ-de-Mars.

L'encens qui montait de l'autel engluait tout, comme une brume collante. Keller se signa. Comment les gens pouvaient-ils croire à une divinité quelconque, bonne ou mauvaise ? S'il y en avait une, elle était forcément indifférente… Les fidèles se levèrent, dans un rituel bien ordonné. Ils entonnèrent une nouvelle série de répons, qui les confortaient sans doute dans l'idée qu'ils iraient au paradis. L'orgue se mit à jouer. Keller contourna un pilier et…

L'homme n'était plus là.

Keller le chercha des yeux. Il n'était pas question de laisser s'échapper un type pareil. La cible avait été choisie, soupesée, déterminée. Cet homme n'était pas un homme.

Keller ne s'était pas attendu à pareille esquive. Sans doute Debrageot avait-il passé sa vie à se dissimuler, à se cacher. Il avait développé un sixième sens, un flair de haute qualité. Il sentait le danger. Là, il avait disparu.

Keller remonta l'aile de l'église. Il essayait de ne pas alarmer les paroissiens, de ne pas se faire remarquer. Qu'est-ce qui avait bien pu donner l'alarme ? Il aperçut une porte dérasée, à gauche. Il la poussa. Elle donnait sur une ruelle. Le passage, étroit, ouvrait sur la rue de Passy, au bout de quelques centaines de mètres. Keller s'avança, cherchant le moindre indice par terre, au milieu des poubelles renversées. L'une d'entre elles avait répandu au sol des cendres de chauffage qui formaient un tapis. Une chatte, à côté, couvait ses petits, et se mit à siffler et à grogner. Keller vit qu'il faisait fausse route : il n'y avait pas d'empreintes, et la chatte n'avait pas été dérangée. Il revint sur ses pas. Parvenu près de l'autel, il baissa la tête et, silencieusement, chercha la cible parmi l'assistance. Rien. Il remonta le chemin de croix, s'arrêtant brièvement à chaque station. Rien.

Il parvint au portail, qui était fermé. La sacristie ? Non, nul ne pouvait s'introduire là sans passer par l'autel. Il nota, à gauche, deux confessionnaux dans un renfoncement. Il s'approcha. Le premier était une sorte de grosse armoire en bois, avec une partie fermée, pour le prêtre, et une partie ouverte, où on pouvait voir les fidèles à genoux. Personne. Le second était plus ancien, orné de sculptures élaborées, avec des angelots et des lauriers. Dans le grondement de l'orgue, qui donnait à fond, il était impossible d'entendre quoi que ce soit.

Il s'agenouilla dans la partie réservée aux confessants, et ferma le demi-rideau derrière lui. On ne voyait plus que ses genoux et ses chaussures. Il murmura :

– Pardonnez-moi, mon père, parce que j'ai péché.

– *In nomine Patris, et Filii, et Spiritus Sancti.* Je vous écoute, mon fils.

L'obscurité était totale. Derrière la grille, on ne distinguait qu'une forme. Le confesseur était assis, de profil.

– Je suis le Juge.

Keller sortit son Heckler & Koch muni d'un silencieux, et tira une première balle à hauteur de tabouret. L'organiste se déchaînait, signalant la fin de la messe avec l'« Ode à la Joie ». Les notes déferlaient dans un tonnerre, roulant depuis le transept vers l'autel, faisant vibrer les vitraux, rebondissant sur les murs, secouant les cœurs et les âmes. Keller n'entendit pas le soupir de l'homme blessé au niveau de l'aine. Il demanda :

– Tu comprends pourquoi ?

– Je... Putain, ça fait mal...

– Les enfants ont eu mal, aussi. Tu as annulé ton permis de vivre.

– Ne...

– Ne quoi ?

– Ne... me tue pas. J'ai...

– Tu as quoi ?

– Un médecin, il me faut un médecin. Ça saigne... !

– Tu as quoi ?

– Négocier, on peut négocier...

– Vas-y, essaie.

– Le réseau. Le réseau...

Il allait tourner de l'œil. Keller fit glisser le panneau de bois, entre eux, et regarda le visage de l'ordure :

– Vas-y. On est dans un confessionnal.

– Le réseau... On est sur Internet... On communique...

– Et alors ?

– La petite Viviane... Je sais où elle est.

Keller senti le sang battre à ses tempes. Il tira une seconde balle, qui arracha l'oreille du pédophile. Celui-ci tenta d'étancher le flot de sang avec sa main.

– Elle est...

– Elle est où ?

– À Montfermeil. Ils veulent la vendre... Enchères... Pucelle. Ils vont mettre sa photo en ligne... Les prix montent.

– Un nom, je veux un nom.

– Qu'est-ce qui...

– Un nom.

– Je...

– Un nom.

– ... Mbossi.

L'homme tenta de s'enfuir et souleva le rideau qui le séparait de l'église. Il ouvrit la bouche pour hurler. Keller avait déjà déchiffré ses gestes : il tira une troisième balle, un peu plus bas. C'était une dum-dum, elle allait exploser le genou de la cible. Une quatrième balle acheva l'autre genou. L'homme ne pourrait plus jamais marcher, ses jambes étaient pratiquement arrachées. Quant à son bas-ventre...

Keller se releva, repoussa le petit rideau et sortit avec les fidèles, au son de la musique de Beethoven. Dieu était grand, sans doute. S'Il existait.

Il remonta sur sa Kawa Ninja et démarra. Il s'arrêta au premier feu rouge. Il remarqua une voiture noire, derrière lui. Elle prit le premier carrefour, comme lui. Puis elle bifurqua vers la Seine. Comme lui. Elle accéléra. Comme lui.

Il était suivi.

On retrouva Émile Debrageot dans le confessionnal, encore vivant. Une balle avait pénétré dans l'aine, deux autres avaient réduit ses jambes à l'état de pilons. Tandis que les secours le ligaturaient, il murmura :

– Le Juge, le Juge...

L'infirmier pensa qu'il s'agissait du Père suprême. Le policier qui était là, lui, ne s'y trompa pas. Il téléphona immédiatement à Mérigneux.

Émile Debrageot mourut en arrivant à l'hôpital. Il alla directement en enfer.

Pour Keller, désormais, la priorité absolue était d'arracher la petite Viviane aux mains de Mbossi. S'il y avait un enfer sur Terre, c'était bien celui-là.

13

Un homme avait apporté des projecteurs et un tabouret de bar. La femme, la maquilleuse, avait posé un paquet de biscuits au chocolat sur la table et avait demandé :

– Tu en veux, petite ?

Terrifiée, Viviane avait secoué la tête pour dire non. La femme avait eu un sourire bizarre :

– Tu as raison. Ça risquerait de foutre en l'air ton maquillage. Le rouge à lèvres et le chocolat, ça va pas ensemble.

Vêtue d'un petit top à bretelles et d'une jupe écossaise, Viviane remonta ses socquettes blanches. Ces gens étaient méchants. Sa grande sœur lui manquait. L'homme, un type brun qui sentait mauvais, alluma les deux projecteurs et fit signe à la femme :

– Fais-la asseoir sur le tabouret.

Viviane était au bord des larmes. La femme la prit par le poignet et l'amena, sans rudesse mais avec autorité, vers le tabouret. La petite s'assit. L'homme ouvrit un sac en cuir et en retira un appareil photo.

– Maintenant, on est gentille.

La seule fois où Viviane avait été ainsi photographiée, elle s'en souvenait, c'était pour son passeport, quand elle avait été chez le photographe en vue d'un voyage avec

Anna. C'était il y a longtemps. Ces gens-là voulaient-ils lui faire un nouveau passeport ? Elle sentit la peur lui contracter le ventre. Les larmes lui montèrent aux yeux.

— Ah non ! Tu vas pas te mettre à pleurer ! On te fait pas mal, sois gentille, bon sang !

Le ton de la femme était agacé. Viviane ravala ses larmes. Le flash crépita. Une fois, deux fois, trois fois. L'homme demanda :

— La bretelle, à gauche, baisse-la.

La femme s'avança, rabattit la bretelle du top, laissant la petite épaule à nu.

— Voilà.

L'homme fit une dizaine de photos. Puis il éteignit les projecteurs.

— Les socquettes, ça va les faire craquer, les mecs. Et l'air malheureux, ça paie. Les vicelards, ils adorent. Mbo va être content.

Quand la porte se ferma, Viviane resta seule. Elle eut l'impression d'être là depuis une éternité. Elle tendit la main vers la boîte de gâteaux, restée sur la table.

Alix se tourna vers Cazamec :

— Dis donc, t'es déjà venu, toi, ici ?

— Non, jamais. Ça sent la poussière.

C'était jour d'exposition. Les habitués défilaient dans les salles, où les objets les plus disparates étaient montrés dans l'espoir de trouver des acquéreurs, au prix le plus fort. Des crucifix de toutes sortes, en ivoire, en or, en argent, en bronze, en étain, en plastique, en scoubidou, étaient étalés sur des tables dans la première salle. Alix, un peu surprise, se pencha vers une vitrine. Elle tranchait sur la foule des collectionneurs : son blouson de cuir et sa coupe de cheveux courts lui donnaient l'allure d'une rockeuse égarée dans une réunion du Rotary. Cazamec, dans son costume Belle Jardinière froissé, était dans le ton.

L'homme près d'Alix, visage émacié et sourire figé, montra du doigt un crucifix noir, grossier, et qui semblait mal assemblé :

– Pas mal, hein ? Une belle pièce, vraiment une belle pièce.

– Euh, oui.

– De l'ivoire noir. Dix-huitième siècle. Zanzibar. Unique. On donnerait un bras pour posséder un trésor pareil.

Alix, qui avait l'impression de contempler un bout de Zan mâché, marmonna :

– Oui, oui, bien sûr...

– Malheureusement, le prix. Ah oui, le prix...

– C'est le problème, le prix.

– Oui, la mise à prix est élevée. Mais ça les vaut.

– C'est combien ?

– On démarre à cent cinquante mille euros. J'ai demandé au commissaire. Mais ça va doubler, voire tripler ou quadrupler.

– Pas dans mes moyens...

– Non, hélas, ma pauvre dame, moi non plus.

Mais Cazamec la tirait déjà par le bas de son blouson.

– Tu viens ?

Elle s'excusa, se détacha de la vitrine et, se tournant vers l'homme maigre :

– J'y vais. Il y a des pièces du XVIe, au fond.

– Je sais, je sais. Allez-y. La passion des objets, ça n'attend pas. Surtout des objets aussi... aussi...

Dans le couloir, Cazamec l'engueula :

– On n'a pas le temps, merde, Alix ! C'est quoi, ton truc, là ?

— T'es vraiment chiant, Caza ! Un crucifix en réglisse, t'imagines ? Un truc qui va partir à prix d'ami, genre un million d'euros, tu te rends pas compte, la bonne affaire ! Un truc aussi... aussi...

— Bon, ça va, te fous pas de moi. On n'est pas là pour acheter des bibelots, tu vois ?

— Ah, je croyais.

— Putain, t'es louf par moments, je te jure.

Ils traversèrent une collection d'armoires normandes, une autre de draps d'Elbeuf, une autre avec la collection de Michel Simon, l'acteur. Il y avait des images pieuses cochonnes, des statuettes avec des phallus géants, des sex toys japonais, des estampes graveleuses, des éventails qui dévoilaient des scènes licencieuses en se dépliant, des ombrelles avec des femmes nues, des livres interdits... Toute une vie passée à se délecter des plaisirs de la chair. Alix s'approcha d'une série de photos anciennes où des lesbiennes en guêpières se faisaient des câlins sous la tonnelle d'une guinguette.

— Pas mal, ça...

— Bon, bon, Alix ! Alix !

— J'ai envie de demander le prix.

— Non, on n'a pas le temps. On n'est pas là pour visiter, on est là pour bosser !

— Ça empêche pas de se cultiver, Caza. Regarde, t'aimes pas ?

— Des filles ensemble ? Si. Mais bon.

Ils arrivèrent dans un ensemble de bureaux. Cazamec demanda au planton :

— Le bureau des antiquités Dulac ?

Le planton, qui avait l'habit rouge des gars de Drouot et l'air déterminé, toisa le petit flic et indiqua, du menton, un réduit derrière un piano à queue qui obstruait le passage. Derrière la porte de verre, une femme trop fardée pointait une liste.

Cazamec toqua sur la cloison. La femme se leva, ouvrit la porte :

– C'est pour la collection Loire-Cosmos ?

– Non. Police.

– On est en ordre. Vous pouvez vérifier.

La réaction de la femme mit Cazamec sur ses gardes. De toute évidence, les antiquités Dulac avaient déjà eu affaire à la police, voire à la justice.

– Madame... ?

– Mademoiselle Dulac.

– Ah. Vous auriez une minute ?

– Euh... C'est que la collection n'attend pas.

Alix intervint :

– Si, madame. Loire-Cosmos attendra, croyez-moi.

– Mais...

– Vous préférez poursuivre au commissariat ? Dans ce cas, suivez-nous.

– C'est que...

Elle se rassit. Cazamec s'installa sur un coin du petit bureau, tandis qu'Alix restait les bras croisés dans un coin, comme une statue. Elle sentait, chez cette blonde à faux cils et à bouche débordante, une proie intimidée, mais qui se protégeait en étant agressive. Sans doute ses comptes étaient-ils un tantinet « arrangés ». Ou autre chose... Alix souleva un stylet en argent, l'observa, le reposa.

– Il a appartenu au maréchal Pétain, vous savez.

– Nous ne sommes pas là pour les objets. C'est à propos de l'un de vos clients.

– Ah, dans ce cas...

Le soulagement était évident. Melle Dulac allait balancer tout ce qu'elle savait sur n'importe lequel de ses habitués, pourvu qu'on ne la force pas à ouvrir ses livres de comptes. Elle donnerait tous ses crucifix en Zan, ses coffres du Moyen Âge ou ses faux Van Gogh, si elle en avait, pour éviter une intrusion gênante. Elle se fendit même d'un sourire à Alix. Elle répéta :

– Dans ce cas...

Cazamec expliqua. La police, dit-il, cherchait à contacter un homme dont elle n'avait pas la description, mais qui était client. Il aurait effectué une visite, voire des achats deux ou trois semaines plus tôt, quelque chose qui pouvait tenir dans un sac en plastique qui portait le logo Dulac.

– C'est maigre, dit la fardée.

– Oui. Cependant l'homme a une canne. Une canne en bois précieux, je ne sais pas ce que c'est, mais l'embout est en forme de coquille Saint-Jacques. La poignée, on ne l'a pas retrouvée.

– Le bois, c'est du macassar. La coquille, c'est le symbole de Compostelle. C'est une canne de marche, XIXe siècle, il y en a eu une dizaine, fabriquées par le maître Souziès, à Avignon.

Cazamec regarda Melle Dulac avec quelque chose qui ressemblait à de l'admiration.

– Vous savez de quoi je parle ?

– Bien sûr, inspecteur... inspecteur...

– Cazamec. Et, avec moi, voici l'inspecteur Gérardeau. Nous vous écoutons.

– Je n'ai qu'un seul client pour ce genre d'articles. Le bois de macassar, par certains, est considéré comme un porte-chance. Notamment par les héritiers du premier Congrès sioniste, en 1897, sous la présidence de Theodor Herzl et de Max Nordau. Herzl avait une passion pour les objets en macassar.

– C'est quoi, le macassar ? demanda Alix.

– C'est le nom d'un type de bois d'ébène. Un bois africain. Il y avait même, au XVIIIe siècle, à Paris, une confrérie des ébénistes de macassar.

– Ah.

– Je vais chercher le catalogue. Vous permettez ? J'en ai pour cinq minutes.

Elle sortit du bureau. Cazamec la suivit des yeux et s'adressa à Alix :

– Je vais me griller une clope.

Restée seule, Alix décrocha son téléphone pour appeler Mérigneux. Quand Cazamec revint, elle avait déjà raccroché. Melle Dulac entra avec un catalogue à la main. Ses affaires étaient peut-être louches, mais ses connaissances étaient sans faille. Elle ne perdait pas le nord.

– Si je vous dis qui est l'homme que vous cherchez, quel est l'avantage, pour moi ?

Cazamec sembla pris de court. Il se fendit d'une réponse banale :

– Vous aurez la satisfaction d'avoir aidé la justice.

– C'est un plaisir insuffisant.

– Vous voulez être payée ?

– Ma foi…

– C'est mal, d'être aussi gourmande, mademoiselle Dulac.

– Les temps sont durs, inspecteur.

Dans le couloir, des déménageurs se mirent à pousser le piano, qui sonna de façon discordante.

Alix, brusquement, se sentit gagnée par l'impatience :

– Tu ferais mieux de nous dire ce qu'on veut, la Dulac. On n'a pas toute la journée.

– Pardon ?

– Tu vas pas nous emmerder longtemps. Ce que t'as à gagner ? Je vais te dire, moi, ce que t'as à gagner. T'as à gagner qu'on va pas te coller au ballon dans dix minutes, avec les menottes. Remarque, t'aimes peut-être ça, les menottes Mais je te jure que ça va te faire drôle, chez nous.

– Mais... Mais... Mais vous n'avez aucune raison...

– Si. Les vingt grammes de coke dans ton bureau. Un ou deux grammes, on passe. Vingt grammes, c'est du deal. T'en prends pour cinq ans, et tu vendras plus jamais de coffres du Moyen Âge ou de crucifix de mes deux. Tu me suis, mademoiselle Dulac ? Hein, Thérèse ?

Cazamec, un sourire en coin, écouta Melle Dulac leur donner le nom et l'adresse du client à la canne en macassar. Elle précisa qu'en général, quand elle donnait un objet dans un sac en plastique, le reçu se trouvait dedans. Cazamec prit note.

En sortant, il demanda :

– T'as fouillé son bureau en son absence, Alix ?

– Ben, oui. Je vais me gêner, avec cette pouffe. Je lui ai même piqué un truc.

Dans la rue, Alix donna les nouvelles à Cazamec : le Juge avait fait une nouvelle victime, à l'église Notre-Dame-de-l'Assomption-de-Passy. Le mec avait les genoux éclatés et les bijoux de famille en marmelade. Un violeur de gosses. Cazamec :

– Je me demande comment il les choisit.

– Je sais pas, Caza. Mais il les choisit bien. Moi, je leur filerais bien un petit coup de poignard en bonus.

Joignant le geste à la parole, Alix exhiba le stylet, juste avant de monter en voiture.

– C'est un truc pour tailler le mec dans le dos, ça. Le genre Pétain, quoi.

Freiman se démenait à mort. Mérigneux, près de lui, suivait. Les écrans – des Retina 5 – diffusaient une lumière intense, mais peu fatigante. Freiman changea l'un des claviers – il avait renversé son Coca grenadine dessus – et se remit à tapoter. Mérigneux, une Marlboro aux lèvres, tentait de suivre.

– Tu fais quoi, là ?

– Je cherche tout ce qui concerne le citoyen Rouah.

– Après le savon qu'il m'a passé... On est des nuls, on n'arrive à rien avec le Juge, on est des traîne-patins, des mange-merde, tout ça, quoi. Quand je vais dire ça à Alix et Pastoureau, ils vont aller le désosser.

– Vaut mieux éviter, tu crois pas ?

– Ouais, on va éviter. Essaie de me trouver pourquoi Rouah m'emmerde tellement avec ce dossier.

– J'y suis. Tu crois que je fais quoi, là ?

– Je sais pas. Des mots croisés ?

– Non, je cherche à contourner le firewall de Rouah. Pas facile.

– Tu fais ça comment ?

– Je commence par faire du data mining.

– C'est quoi ? Une marque de baskets ?

– Je t'explique.

– Vas-y.

– Ben, tout a commencé après le 11 Septembre. La CIA et les services américains ont inventé un truc qui s'appelait alors le Total Awareness Program.

– Le quoi ?

– T'occupe. Le data, c'est l'info. Le mining, c'est comme aller à la mine, on creuse. C'est du creusement d'info.

– Mais pas à la pioche...

– C'est un logiciel qui passe au crible les masses de données sur Internet à la recherche des terroristes. Par exemple, si un mec achète de l'engrais, s'il habite dans un coin particulier, s'il loue un camion et s'il commence à se déplacer vers un site déterminé à plusieurs reprises, toc, le Total Machin le désigne comme un type à surveiller.

– Ah, OK. Mais si c'est un agriculteur ?

– Justement, c'est ça, le malaise. Si c'est un agriculteur, on le laisse tranquille. Mais si c'est un agriculteur terroriste, on l'a dans l'os.

– Dis donc, ton truc, c'est une mine à fausses pistes, ça.

– Oui. Mais t'as affaire à un petit génie. Moi. J'ai mis au point un système de data mining pour nos affaires. Là, t'as trois ordis qui tournent. On croise tout ce qu'on sait sur Rouah. On crée un profil Rouah. On se fait passer pour Rouah. On entre dans ses données, avec ses mots de passe et son firewall. Il utilise un logiciel de cryptage, Wickr, qui détruit les messages au bout d'un temps donné.

– Mais…

– Mais je suis malin. Je vais trouver le moyen. On va savoir.

– Et on baise Rouah ?

– J'espère.

Freiman se remit à cliquer. Il ajouta :

– J'ai une autre info pour toi.

– Quoi ?

– C'est bad.

– Vas-y.

– La petite Viviane…

– Oui, ben quoi, la petite Viviane ? On la cherche.

– Elle est vivante.

– Comment tu sais ?

– Ces salauds viennent de mettre des photos en ligne. Genre sexy, une épaule dénudée, maquillage, tout ça. Pour la vendre au plus offrant.

– Tu peux remonter jusqu'à eux ?

– Je vais essayer.

Pendant que Freiman s'agitait, Mérigneux se repassa mentalement la séance avec le directeur. Elle avait été désagréable. Hautement désagréable. Rouah était monté dans les tours : il avait fait une colère. Les reproches étaient tombés en grêle :

– Dites-moi, Mérigneux, vous vous foutez de moi ? J'aime mieux, notez. Ça prouve que vous avez le sens de l'humour. L'ennui, c'est que moi, je ne l'ai pas. Quand on n'est pas foutu d'être flic, on n'est pas flic ! Quand un connard qui se fait nommer le Juge est en première page des journaux, vous pensez que c'est sûrement bon pour nous, que c'est top pour la police, que la maire est contente ! Pendant que vous jouez aux cow-boys et aux Indiens avec votre bande de bras cassés, il y a un type qui flingue à tout-va dans la ville ! Demain, il va débarquer dans mon bureau, le gars, et prendre un petit café pour discuter le bout de gras !

Connaissant le caractère de Rouah, Mérigneux était resté à peu près calme. Répondre ne servait à rien. Visiblement, l'âme damnée de Rouah, l'inspecteur Jussiac, avait fait son travail de taupe : il avait nourri le moulin à rumeurs. Encore une fois, Mérigneux se demandait ce qui motivait le directeur. La pression devait être forte, certes, et le bras droit de la maire de Paris, Juillet, devait être pendu au téléphone. Mais ça n'expliquait pas la hargne avec laquelle Rouah intervenait dans cette affaire. Et, surtout, pourquoi il entrait dans le système informatique de l'enquête, piochant dans les dossiers *via* des systèmes aussi sophistiqués que Wickr, réputé impossible à déjouer.

Il y avait autre chose.

Mérigneux était sorti du bureau de Rouah avec le rouge au front – de colère –, mais aussi la certitude qu'une autre partie se jouait. Il fallait peut-être voir du côté de Juillet et de son poisson-pilote, Lakdar Bouhassa. Cependant le temps manquait. Il fallait désormais aller vite. La presse étalait des gros titres partout : « Le Juge fait la loi », « Qui est le Juge ? », « Le Juge fait le ménage », « Humiliation des policiers ». On commençait à entendre des voix demandant la démission des ministres de la Justice et de l'Intérieur. Incontestablement, quelqu'un de l'opposition était aux manettes.

Il fallait cravacher.

— Alors, on avance ?

Freiman, à qui s'adressait la question, répondit :

— Attends, attends. On avance, mais Paris ne s'est pas fait en un jour.

— T'en as d'autres, des citations de maîtres, comme ça ? Parce que franchement, là, tu me consoles. Ça aide, d'entendre des conneries.

Freiman avala une gorgée de Coca grenadine et appuya sur la barre d'espacement.

— Ça y est. J'y suis.

— Bon, tiens-moi au courant. J'ai un truc à faire.

Mérigneux se leva. En sortant, il ferma la porte du Bar de l'Escadrille pour se retrouver derrière le Bazar de l'Hôtel de Ville, puis se dirigea vers le bâtiment de l'URDV, sur le quai de Gesvres. Il entra au P'tit Bistrot, en chemin, et, peu d'humeur, déclina les propositions du patron, qui lui glissa quelques rondelles de saucisson dans une coupelle. Il contempla le square de la tour Saint-Jacques, où les travaux de rénovation allaient bon train, reposa son verre de sancerre vide, et traversa la rue pour pénétrer dans les locaux officiels.

Il salua le planton. Qui lui fit signe. Mérigneux s'approcha.

– Oui ?

– Y a Jussiac qui demandait après vous.

– Jussiac la vermine ?

– Exact, chef.

– Merci.

On ne se débarrasse pas aisément des cafards, pensa Mérigneux. Il monta l'escalier, couvert d'un linoléum élimé, jusqu'à l'étage des pièces à conviction et des saisies. Là, sur des étagères protégées par une entrée grillagée, on entreposait les objets ramassés au cours des opérations de police. Il y avait de tout : des flingues de la guerre de 40, des squelettes, des pinces à linge, des boîtes à papillons, des pipes en terre… C'était un chaos à peu près ordonné, une sorte de caverne d'Ali Baba sans les quarante voleurs. Il y avait des cartons qui contenaient des pièces remontant à des années, qui attendaient sagement qu'on ait besoin d'elles. Il se dégageait une certaine tristesse de ces rangées, où planait l'oubli et la mélancolie d'êtres disparus. À qui appartenait cette Cocotte-minute ? Et ce diadème couvert de moisissure ? Et ce martinet à clous ? Des gens s'étaient servis de ces choses, puis avaient disparu, et elles demeuraient sur les lieux des crimes ou des délits, sans but. Leur durée de vie était plus longue que celle de leur propriétaire.

– Ou ex-propriétaire, murmura Mérigneux.

Il signa le registre, apposa le numéro de sa carte de flic, entra. Le préposé lui indiqua une cote, et Mérigneux se dirigea vers le fond de la première salle. Là, entre un accordéon déchiré et un manuel de vie sauvage, il trouva un petit carton. Il l'ouvrit. Dedans, on avait collecté tous les objets retrouvés à la station de métro

Strasbourg-Saint-Denis. Un cerclage de lampe, une faucille, une basket, un pardessus de femme, une chaîne qui avait appartenu à l'un des voyous. Était-ce Nespresso ou Kaddour ? Mérigneux n'était pas sûr. Il posa les objets sur une table et regarda par la fenêtre. Pendant un instant, la pensée des dangers qui pesaient sur ces passants anonymes, dehors, lui traversa l'esprit. Il vit un chien, qui lui rappela Reza, l'animal du vieux rockeur de Montfermeil.

Il trouva enfin le sac en plastique de l'inconnu qui avait été témoin – ou complice – du Juge. C'était un sac banal, avec le logo de l'Hôtel Drouot et celui des antiquités Dulac. Cazamec et Alix lui avaient décrit leur visite, les hésitations de la blonde aux faux cils, ses réticences et, finalement, ses précisions. Ils avaient été obligés de lui faire comprendre qu'elle devait être une bonne citoyenne et qu'elle pouvait aider la justice de son pays. Mérigneux avait bien compris qu'Alix avait trouvé le moyen de forcer la dame à parler sans lui arracher les ongles. Elle avait fini par cracher une identité : un certain M. Van Istandael, qui avait donné une adresse près du Faubourg-Saint-Germain. Alix et Caza allaient s'en occuper.

Mais Melle Dulac avait mentionné autre chose. Quand elle distribuait des sacs à ses clients, elle le faisait parce qu'elle venait de conclure une vente : un bijou ancien, un porte-plume du XIXᵉ siècle, un presse-papier ou un crucifix. Avec la vente, elle donnait un bulletin d'authenticité, voire une indication da la provenance. Car si le bijou ou le porte-plume avaient appartenu à une célébrité, Greta Garbo ou la comtesse de Ségur, la valeur doublait immédiatement. Un stylet en argent avait une valeur simple. Un stylet en argent passé par la main de Pétain avait une valeur multipliée. Là-dessus, elle avait précisé : elle donnait aussi un reçu.

C'est celui-ci que cherchait Mérigneux. Il ouvrit le sac. Il était vide. Désespérément vide.

Kaddour se pencha. Il n'avait jamais vu un bureau pareil. Mbossi avait fait les choses en grand. Au-dessus de la pièce où il recevait les visiteurs, jetant des os de poulet un peu partout, il avait fait rénover et décorer un étage entier. Les cloisons avaient été abattues, la pièce devait faire cinq cents mètres carrés, tout était blanc, meubles et objets. C'était le saint des saints. Au fond, sur une estrade, Mbossi avait fait dresser un bureau laqué blanc, immense, derrière lequel un trône – blanc aussi – dominait tout. Il avait exigé le même dispositif que celui qu'il avait vu sur une photo des années 30. C'était le bureau de Mussolini.

Sauf que Mbossi n'avait aucune idée de l'identité du Duce. Il ne savait pas qui était Mussolini, sinon un vague Rital d'autrefois, un peu comme Jules César.

Par terre, une épaisse moquette s'étalait, immaculée. Au milieu, un signe, grand comme une voiture : une tête de mort traversée par un harpon de baleinier, en diagonale. Le truc – et Kaddour avait été prévenu –, c'était qu'il ne fallait pas marcher sur ce sigle. Un type avait eu le malheur de mettre ses semelles sur la tête de mort, sans faire attention, et avait eu droit, instantanément, à une balle de .45 dans la tête. Il avait fallu changer la moquette et repeindre un mur.

Kaddour contourna soigneusement le dessin. Mbossi était entouré de deux sicaires vêtus de blanc, qui avaient des Steyr M-A1 à poignée de nacre – avec visée laser, rail Picatinny pour monter la visée, verrouillage total par clé unique, indicateur de chambre tactile, canon long de L9 A1 – bien en vue. Mbossi demanda :

– Alors, mon frère ?

– C'est fait, King Mbo.

– C'est fait ?

– C'est fait.

– Tu lui as donné ce qu'elle voulait ?

– Oui, King Mbo.

– Il n'y a plus qu'à attendre.

Mbossi se frotta les mains. Le reçu de Melle Dulac était entre de bonnes mains. La journaliste saurait quoi en faire. Lakdar Bouhassa serait content, et les enveloppes bourrées de billets que ce dernier apportait avec lui continueraient à se déverser dans les poches profondes du King Mbo. Il ne restait plus qu'à éliminer les concurrents et les prétendants. Le territoire de Mbossi allait devenir une « no-go zone ». Même les Russes n'oseraient plus s'y aventurer…

En attendant, les enchères pour la petite Viviane montaient. À peine les photos mises en ligne que, déjà, on se bousculait. Huit ans, vierge, il y avait des amateurs. Les acheteurs aimaient les socquettes. Les offres affluaient d'Asie et du Moyen-Orient. Et même de Marseille. La condition, évidemment, c'était que la petite soit intacte.

Le Juge favorisait les bonnes affaires.

14

Keller accéléra. La Seine, à sa droite, serpentait vers la tour Eiffel déjà encombrée de touristes. Il dépassa la Maison de la radio, dont les travaux s'éternisaient, se glissa entre deux voitures et jeta un coup d'œil dans son rétro : le véhicule – une Audi noire – restait à distance prudente. Mais elle était toujours là. Il sortit de la voie express à la hauteur du Trocadéro et fit demi-tour vers la Porte de Saint-Cloud. Des voitures de police bordaient l'avenue du Président-Kennedy, veillant à la sécurité des lieux les plus touristiques de Paris. Keller savait bien que ses suiveurs ne tenteraient rien pour l'instant. La question se posait : avec la Kawa Ninja H2R, ses accélérations fulgurantes et sa pointe de vitesse à 320 km/h, Keller avait les moyens de se débarrasser de ses pisteurs. Facilement. Mais il s'agissait de ne pas donner l'alerte et d'essayer de comprendre à qui il avait affaire. Il roulait donc rapidement, mais avec prudence, pour que l'Audi garde le contact. Il improviserait en chemin.

Il traversa la Seine au pont de Sèvres, remonta la N118 en direction de l'A10, observant la limitation de vitesse. Il dépassa Vélizy, avec ses immeubles couverts de néons annonçant la présence de Bouygues, de Toys « R » Us, de Castorama, dépassa Le Christ-de-Saclay, et, juste après le Conforama des Ulis, déboucha sur l'autoroute. Là, il passa sur la voie du milieu et, calmement, prit la direction du péage de Saint-Arnoult. La Kawa se comportait bien : sa légèreté, couplée avec sa puissance, lui permettait de déjouer la moindre surprise. Il prenait garde aux radars, pour éviter d'être photographié. Zéev suivait l'enquête de police et le tenait au courant. Mais, à première vue, rien ne permettait d'anticiper le moindre ennui de ce côté-là. Donc la question demeurait : qui étaient ces types, derrière ?

Il passa le péage entre deux camions. Devant, la bifurcation offrait deux directions. Il choisit la route de droite, qui menait vers Nantes et Bordeaux. Il accéléra à 130 km/h. L'Audi suivait. Il fallait s'en occuper. L'arme avec laquelle il avait tiré sur Émile Debrageot était maintenant dans sa sacoche. Il devait s'en débarrasser au plus vite.

Au bout d'un moment, il vit apparaître, à sa droite, la haute silhouette de la cathédrale de Chartres. On sortait de la Beauce, pays plat, pour entrer dans une région plus vallonnée, où les manœuvres seraient plus faciles et où une éventuelle confrontation ne serait pas exposée aux regards de curieux. Il prit la sortie de Luigny, paya et se retrouva sur une route de campagne, limitée à 90 km/h. Il accéléra brusquement. La Kawa réagit comme une bombe. La route, droite, filait vers une forêt. Ayant pris une avance d'au moins un kilomètre, Keller sortit. Il emprunta un chemin de terre, que les passages répétés des camions de forestiers avaient aplani. Quelques flaques subsistaient çà et là, qu'il évita. Il entendit, derrière lui, la voiture qui freinait, quelque part. Le grondement du moteur trahissait l'impatience du conducteur. Parvenu dans une clairière, il s'arrêta, appuyant la moto contre un chêne. Au centre de la clairière, un terrier de lapin ou de renard formait un léger monticule, et des coulées trahissaient le passage de sangliers dans les fourrés. Un panneau annonçait : « Chasse interdite ». L'ironie de la situation le fit sourire.

Il savait ce qu'il allait faire.

Devant une situation inconnue, son instructeur, jadis, lui avait inculqué la bonne réaction : faire face.

Mais avec un atout.

Il disposa le Heckler & Koch qui lui avait servi contre Debrageot sur une branche basse, près du tronc. Il prit une autre décision et s'affaira quelques secondes devant le terrier, puis se tourna, se dirigeant vers la moto. Il avait son casque intégral sur la tête, qui le gênait. Il le garda, sachant ce qui allait se passer, comme dans un jeu de go. Il répéta silencieusement : « *Molon Labe* » et jeta son téléphone portable dans les fourrés.

Il s'apprêtait à enfourcher la Kawa quand il entendit la voiture s'arrêter derrière lui. Une voix cria :

– Stop ! On ne bouge pas !

Comme il l'avait prévu, le jeu de go commençait.

Il s'immobilisa.

– On lève les mains !

Il obéit.

– Éloigne-toi de la bécane !

Il s'exécuta, les mains levées. Il se retourna, entendant des portes qui claquaient. Il vit quatre types : deux d'entre eux avaient des armes. Il reconnut un Beretta 93R et un Tokarev TT33 à platine démontable, mais sans dispositif de sécurité. La puissance de pénétration des deux flingues était impressionnante. Ces types étaient des pros.

Les deux autres, derrière, avançaient les mains vides, laissant les deux porte-flingues en première ligne. Le moteur de l'Audi continuait à tourner. Keller pensa :

quatre pierres noires – eux – et une pierre blanche – moi. Les pierres noires occupaient le terrain devant, mais pas sur les côtés ni derrière. Or le go consistait à encercler pour prendre.

En deuxième ligne, un homme court, râblé, rasé de près et, contrairement aux autres, non tatoué prit la parole :

— Tu es qui ?

Il avait un fort accent. Russe, bulgare, albanais ? Keller ne répondit rien.

— Dimitri, enlève-lui son casque.

Le quatrième homme, désarmé, s'avança, évitant de s'interposer dans la ligne de tir des deux pistoleros. Keller déchiffra son langage corporel. De toute évidence, ce type était le bras droit du chef. Moustache tombante, chemise à carreaux, ceinture en croco, chaussures en daim. Toute son attitude démontrait une certaine crainte : ses muscles étaient tendus, sa nuque raide, ses poings serrés. Dimitri avait tendance à avancer la hanche gauche, ce qui dénotait un besoin de se protéger. Cet homme-là était dangereux : sa peur pouvait provoquer des réactions en chaîne. Il fallait le calmer.

Keller n'opposa aucune résistance. Il avait une pierre noire sur le terrain, dans son dos. Le piège se refermait.

Le type, passé derrière lui, lui ôta son casque intégral.

Le flingueur de gauche répéta :

— T'es qui ?

— Personne.

— Il est personne, Aliocha.

Russes, donc. Le chef sans tatouage se nommait Aliocha.

— Personne ? Personne n'est personne.

Aliocha s'avança, tout en restant à mi-distance.

— Dimitri, fouille-le.

– Il n'a rien.

– Vérifie autour.

Dimitri alla jusqu'à la moto, ouvrit le coffre.

– Rien.

– Autour, j'ai dit.

Dimitri passa la main sur les branches basses, la fourche du chêne. Il trouva le Heckler & Koch. Il le montra.

– Ah, tu voulais nous faire une surprise ? Connard, va. On va pouvoir discuter.

Les frondaisons se mirent à bruisser sous le vent. Les hauts arbres offraient un abri exceptionnel : aucun son ne dépasserait un rayon de quelques dizaines de mètres. Des corbeaux passaient. Le jeu allait se jouer dans un cercle très restreint.

– Je veux savoir qui tu es, tu m'entends, monsieur Personne. Quand Lioubov va s'occuper de toi, tu nous donneras le nom de ta mère, de ton père, de ta tante, de tes grands-pères à la troisième génération, et de ta maîtresse. On s'occupera de ta famille, on enterrera ta femme vivante dans un cimetière, on coupera les couilles de tes fils, on mettra tes filles sur le trottoir au Liban. Et toi, on va tellement t'arracher de peau que tu souhaiteras être mort dix fois. Lioubov est capable de faire parler un rocher de Sibérie. Tu vois ?

– Je vois.

Keller vit que le type était surpris par le calme de la voix de son prisonnier. Dimitri regagna la voiture, s'asseyant sur le capot de l'Audi. Aliocha reprit :

– Je t'écoute.

– Je suis celui qui va vous faire payer.

Une aura rouge entoura l'homme. Keller vit, littéralement, la colère l'envahir. Parfait. Tout son corps se tendait.

– Payer quoi ?

— Vos péchés.

— Les zeks ne commettent pas de péchés. Ils ont un deal avec Dieu, connard. On remet des rubis dans les coiffes de popes, ces rubis que les bâtards de Lénine et de Staline ont arrachés, et on a un laisser-passer pour le paradis. Donc, on a déjà payé. Tu te prends pour qui ? Le Juge suprême ?

— Non. Le Juge.

Aliocha le toisa. Il prit le Tokarev de la main de son janissaire et s'approcha de Keller. Un coup de crosse, Keller tomba à terre, à genoux. Un second coup l'allongea.

— Juge de mes deux, connard. Tu as tué trois de nos hommes. Tu as cru pouvoir t'en tirer ? Tu crois que les zeks pardonnent ? Qu'ils vont te donner un coupe-file pour que tu puisses continuer à faire tes conneries ? Vas-y, annonce la couleur.

— Je n'ai pas de femme, pas de frère, pas de fille, pas de fils.

— Alors tu es un homme de merde. On va tirer la chasse. Lioubov, occupe-toi de lui.

Le type au Beretta avança. Keller vit qu'il allait prendre appui sur sa jambe gauche, frapper avec la droite. Il roula. Le cou-de-pied l'atteignit au creux du cou. Douleur, mais supportable. Un deuxième coup le toucha à la tempe. Lioubov passa le Beretta dans sa ceinture et sortit un poignard. Il l'approcha des omoplates de Keller. À travers le blouson, il le piqua en plein muscle dorsal. Keller rampa, avançant de vingt centimètres. Il se retourna.

Les branches des arbres frissonnaient. Les corbeaux, perchés, observaient la scène. Le terrain était conquis : les pierres noires encerclaient Keller. Dans le jeu de go, cette position était considérée comme perdue. Il ne restait que le haut et le bas, mais ces dimensions n'existent pas dans le go. Une deuxième piqûre dans le dos le fit encore avancer.

— Je vais découper une omoplate, puis une deuxième, monsieur Personne.

Keller fit le point : un homme, Dimitri, assis sur le capot de la voiture, avec le Heckler & Koch posé à côté de lui ; un autre, Lioubov, avec un couteau ; un troisième, le chef, à quelques mètres, tenant le Tokarev pointé vers le sol ; un quatrième les mains ballantes. Il ne se pardonnait pas d'avoir été suivi. Il aurait dû penser qu'il y avait des guetteurs, au Champ-de-Mars. Ils l'avaient surveillé, puis attendu à Passy, dans l'église.

Il sentit que le couteau pénétrait de nouveau. C'était le moment. Comme sous l'effet d'une douleur intense, il poussa un cri. Une nuée de corbeaux s'envola, au-dessus. Les hommes, surpris, levèrent la tête pendant une fraction de seconde.

Pour Keller, c'était suffisant.

Il plongea la main dans le terrier devant lui, extirpa son arme, roula sur le dos et envoya quatre balles. La première pour Aliocha, qui avait une arme entre les mains. La deuxième pour Lioubov, qui lâcha son poignard. La troisième pour le porte-flingue désarmé. Des assassinats propres, directs, sans bavure. Il avait triché dans le jeu de go. C'était son atout secret.

Dimitri, le cœur dans la gorge, apeuré, saisit le Heckler & Koch sur le capot. Paniqué, il pressa la gâchette. Rien. Keller l'avait vidé avant de le poser sur la branche.

Keller se releva et, pointant son Desert Eagle version MK XIX vers Dimitri, lui tira une balle dans la hanche. Le zek se plia de douleur et glissa à terre. La blessure n'était pas mortelle, à condition d'être soignée dans les deux heures. Sans quoi, l'exsanguination allait être totale, le pouls allait tomber rapidement et le cœur s'arrêterait. À moins que les renards et les sangliers de la forêt ne viennent s'occuper du blessé avant son décès.

Ayant expliqué tout cela, Keller regarda Dimitri :

– Tu n'es pas un soldat. Tu n'es pas taillé pour la guerre. Tu es juste une ordure. Tu ne mérites pas de vivre. Mais, comme je suis magnanime, je te laisse le choix : tu me dis où et qui. Qui est ton chef, et où je peux le trouver, à Paris. Si tu choisis de ne pas parler, je te laisse là ; on m'a dit que la forêt était très giboyeuse. Tu sais ce que veut dire giboyeuse ? Ça veut dire qu'il y a du gibier. Notamment des sangliers. Ils bouffent tout. Des glands et des tripes. Les renards achèvent le boulot. Donc…

Dimitri, grimaçant de douleur, allongé sur le sol de la clairière, donna tous les renseignements demandés. Tout. Avant de partir, Keller rechargea le Heckler & Koch, tira des balles dans les cadavres et abandonna l'arme dans la main d'Aliocha. Puis il prit la chemise de Lioubov, la trempa dans le réservoir de la voiture, jeta le vêtement imbibé sur le siège avant. Il fouilla la boîte à gants de l'Audi, trouva la carte grise du véhicule. Il en fit un rouleau serré et l'introduisit dans l'allume-cigare du tableau de bord. Il enfonça.

– Tu vois, Dimitri, ton chef avait raison. Je suis le Juge.

Puis il enfourcha la Kawa, remit son casque et, d'un geste désinvolte, salua les corbeaux en murmurant : « *Molon Labe.* » Quand il arriva sur la route départementale, de grosses volutes de fumée noire montaient entre les arbres. Quarante minutes plus tard, il était à la Porte de Saint-Cloud.

La douleur revenait. Ces morts n'effaçaient pas ses propres morts, tous ses efforts pour rétablir la justice étaient vains et impuissants devant l'immensité de sa peine… Jamais il ne connaîtrait la paix, se disait-il, dévasté : Patricia et Georgina hantaient son cœur. Sa femme, sa fille. Elles étaient là, avec les souffrances horribles qui avaient accompagné leur mort.

Marylène Cagnard avait le ticket. Au propre et au figuré. Le reçu que Kaddour lui avait communiqué – et qu'il avait obtenu comment ? – lui brûlait les doigts. Dans son Autolib qui sentait le désinfectant et le gasoil, elle pianotait sur son iPhone pour repérer le domicile de ce mystérieux M. Van Istandael. Elle voyait déjà la tête du rédacteur en chef de *L'Obs* quand elle ramènerait l'interview de cet inconnu qui, selon toute probabilité, avait assisté à la tuerie de la station Strasbourg-Saint-Denis. Sur le plan donné par Google Maps, elle situa le numéro 61. C'était en plein Montmartre, dans un quartier devenu bobo mais qui restait marqué par le Milieu. Il n'y avait pas si longtemps, les maquereaux corses, les truands de Marseille, les demi-sels des bas-fonds fréquentaient les bistrots de la rue des Abbesses, chacun avec sa spécialité. Il y avait le café des travelos, le zinc des putes, le rendez-vous des peintres, le tabac des arnaqueurs et la brasserie des « messieurs » qui n'hésitaient pas à jouer de la gâchette. Il en restait quelque chose, comme un parfum de délinquance.

Elle parvint devant le numéro 61. C'était un immeuble fin de siècle, sans caractéristiques spéciales. Six étages, quelques balcons modestes au deuxième et au cinquième, une façade vaguement ornée de motifs égyptiens. Elle poussa la porte cochère et entra. Les deux rangées de boîtes aux lettres étaient alignées sagement, avec des publicités qui en dépassaient. Un panneau annonçait : « Chiens et représentants de commerce interdits ». Il n'y avait personne : la concierge, évidemment, n'était pas là. Elle entreprit de lire les noms, apposés sur des plaquettes gravées où figurait le numéro de l'appartement et l'étage. Pierrard, Abassi, Calachottière, Ymsa, Boutboul, Réséda... Réséda ? Quel drôle de nom, se dit-elle. Juste à côté, elle trouva ce qu'elle cherchait : Van Istandael, 4e gauche, numéro 42. Il restait à franchir la porte à code qui donnait sur l'escalier. Frapper ? Non, elle attendrait qu'un locataire se présente. Pour patienter, elle fit semblant de se plonger dans la lecture de la publicité. Le temps passait, lentement. Les odeurs de cuisine sourdaient de la loge de la concierge. Au moment où elle finissait la lecture des qualités de la Croix de Vie qui raffermissait les seins, exauçait tous les voeux, permettait de trouver ou de faire revenir l'être chéri et arrêtait la chute des cheveux, une vieille femme, le filet à provisions dans la main, ouvrit la porte pour sortir. Elle adressa un sourire mélancolique à Marylène :

— Les chats, là, dehors, m'attendent. Ils ont faim, les minous.

Marylène lui sourit et, se glissant dans l'entrebâillement de la porte avant que celle-ci ne se ferme, elle monta. Les escaliers sentaient l'encaustique. Un étage, deux étages... Les murs, relativement propres, s'écaillaient par endroits. Dehors, on percevait les cris du marché, parfois relayés par la grande cloche du Sacré-Cœur. La journaliste parvint au quatrième étage, légèrement essoufflée. Elle se tourna vers la gauche, aperçut le numéro 42, appuya sur la sonnette.

Enfin, elle allait savoir qui était ce fameux Van Istandael. Elle saurait le convaincre de la mener au Juge.

Quel papier ! Quel article ! Qui lui vaudrait la Plume d'Or, le prix le plus couru de la presse parisienne ! Quelle fête elle allait faire avec Marcello Lisi !

La porte s'entrouvrit. Sur le seuil se tenait un homme d'un certain âge, les cheveux longs, vêtu d'un blouson Levi Strauss et d'un jean râpé. Il ressemblait à un vieux rockeur. Elle commença à demander :

– Vous êtes monsieur Van...

Elle aperçut le flingue que tenait le type. Elle était incapable de dire la marque, le modèle ou le calibre. D'ailleurs, ça n'avait aucune importance, car la balle qu'il lui destinait entra au niveau de l'os frontal, percuta la paroi interne, s'éparpilla en dizaines d'éclats minuscules qui broyèrent son cerveau en rebondissant dans la boîte crânienne. Elle perdit instantanément toute conscience d'elle-même.

Elle tomba comme une masse.

Le type regarda le cadavre et souligna :

– Non, Van Istandael, c'est pas moi. D'ailleurs, il ne s'appelle pas comme ça. Son vrai nom, c'est Zéev. Simon Zéev. Mais tu t'en fous, maintenant, hein, la fouille-merde ?

Il la laissa sur le palier, l'enjambant pour descendre. En bas, passant devant la loge vide, il jeta son arme dans une poubelle qui débordait d'épluchures d'oranges. Puis il siffla :

– Le chien, le chien, t'es où ?

Un labrador mal brossé arriva. Le vieux rockeur le caressa :

– Allez, viens, Reza. On va pas traîner dans ce coin pourri.

Quand on est le porte-flingue de Mbossi, on exécute. Et on ne pose pas de questions.

Keller avait eu le temps de repasser chez lui. Il s'était changé et soigné, et, en costume-cravate, était passé à son cabinet avenue Victor-Hugo. La secrétaire lui avait tendu une liasse de lettres à signer, et il avait passé l'après-midi à régler des affaires en cours. Un lanceur d'alertes avait fait fuiter des renseignements confidentiels-Défense ; un directeur du cabinet du ministre était soupçonné d'avoir favorisé un trafic d'armes à destination de l'Afghanistan ; un sergent-chef était accusé de sodomie par ses hommes ; la Russie demandait la livraison de trois navires furtifs, que le gouvernement français retenait à cause du conflit en Ukraine... Les affaires militaires se multipliaient. C'était du business. L'armée cherchait à rester la grande muette, la gardienne de la Nation, coûte que coûte. Ambitions nues, rapacité totale, recherche du profit, quête des grades... Keller épluchait les dossiers, passait des coups de fil, réglait les choses. Mais la justice ?

Une notion inconnue. Comme le disait Mark Twain : « Nous avons un système judiciaire supérieur. Son efficacité est simplement réduite par le fait qu'il est difficile de trouver douze hommes qui ne savent rien, même pas lire. »

Il y avait la Voie du Juste, qu'il fallait poursuivre, aussi ardue soit-elle. Il regarda la photo de sa femme et de sa fille, sur son bureau, et, le soir venu, décida de passer à l'action.

Vers minuit, il cala la Kawa devant un entrepôt de La Plaine Saint-Denis, non loin de l'A1 qui, à cette heure, vrombissait du passage des camions. De l'autre côté de l'autoroute, il y avait le cimetière de Saint-Ouen, dont on pouvait apercevoir les croix, entre les maisons modernes et les petits immeubles délabrés. Il posa sur le sol la mallette qu'il avait apportée. Dedans, une arme à haut pouvoir de destruction : le fusil court Saab Bofors Dynamics CBJ-MS, 700 coups/minute, sortie de bouche à 830 mètres/seconde, capacité de 100 cartouches, balles de 19 mm parabellum, projectiles en tungstène capables de traverser un blindage standard, trajectoire plate conservant une haute énergie. L'arme – une PDW, Personal Defense Weapon – pouvait être améliorée avec un léger allongement du canon, et des projectiles XFire capables de passer à travers une plaque d'égout en fonte. Il endossa un harnais doté de poches pour les munitions, y glissa cinq grenades Sting incapacitantes, et vérifia la présence de son Beretta canon court sur la cuisse gauche et de la lame LHR en acier carbone sur le mollet droit. Dans la main, il tenait un Sig Sauer avec un silencieux, chargé de balles chemisées à 5 grammes de mélange spécial.

Les deux guetteurs, à l'entrée du terrain, furent couchés par une balle silencieuse chacun. Leurs Makarov, en touchant le sol en terre battue, ne firent aucun bruit. Keller se glissa le long du mur sud. Des camions stationnaient dans la cour, alignés. Des hommes les déchargeaient rapidement. Il contourna la cour, trouva une petite porte rouillée qui, visiblement, n'avait pas été ouverte depuis longtemps. Une minute plus tard, il était au premier étage du bâtiment. Une halle immense, soutenue par des colonnes en fer, donnait sur une paroi qui abritait les bureaux. Il aperçut quatre autres porte-flingues, groupés pour discuter les résultats du PSG. C'était une erreur professionnelle : ils auraient dû rester séparés. Une grenade incapacitante les rendit sourds, muets et paralysés. Le temps qu'ils retrouvent leurs esprits, ils seraient morts.

Un garde vêtu d'un gilet pare-balles sortit, la kalach en main. Keller l'égorgea. Il entra rapidement dans les bureaux. Deux types l'arrosèrent immédiatement, mais trop tard : non seulement Keller les avait vus, mais en plus il avait prévu leurs réactions, en une fraction de seconde. Il regarda par la fenêtre : le chargement des camions s'était arrêté. Les hommes couraient, tous armés, et convergeaient vers le bureau. Il avait peu de temps.

Il ouvrit la porte, recula. Une volée de balles l'accueillit. Il attendit le déclic du chargeur vide, entra.

En face, il y avait un homme, une arme inutile à la main. Le zek en chef. Le type qui tenait tous les réseaux de prostitution et d'argent sale de la ville. Le pourvoyeur d'adolescentes et de jeunes garçons arrachés à leurs familles. Le trafiquant d'armes. Ses hommes, quelques jours plus tôt, avaient découpé un enfant de six ans devant sa mère, pour une dette que le père n'avait pas réglée. Ils avaient emballé chaque morceau du cadavre et avaient envoyé ces paquets aux différents créditeurs qui ne payaient pas. La mère était devenue folle.

Lavrov.

Keller vit les yeux de Lavrov s'agrandir. Il le reconnaissait. Keller demanda :

— Tu te souviens de moi ? Je suis celui qui t'a donné une petite leçon dans les cuisines de l'École militaire... Antoniechka s'en souvient, elle, sûrement.

— Tu ne t'en tireras pas.

— Si.

— Qu'est-ce que tu veux ?

— La justice.

— Qu'est-ce que ça peut te foutre, la justice ?

— Tout.

Il tira. Avant de disparaître, il jeta le reste des grenades sur les camions, qui s'enflammèrent.

Dix minutes plus tard, il était sur l'autoroute, sur sa Kawa.

Le lendemain, la presse titrait : « La mafia russe décapitée par le Juge ». Il n'y en avait que pour la destruction de l'organisation des zeks. La police était perplexe. Personne n'avait jamais réussi à extirper ce chancre mafieux. Le Juge avait frappé à la tête. Trois tonnes de cocaïne s'étaient envolées en fumée. La base de La Plaine Saint-Denis avait intégralement brûlé.

À L'Européen, le lendemain, Keller prit son café en lisant les gazettes. Dans le tintamarre des déclarations, des reportages, des prises de position, des éditoriaux et des commentaires coléreux de la maire, la mort de Marylène Cagnard était passée inaperçue.

En revanche, les photos de la petite Viviane circulaient sur le Web. Maquillée, arrangée, les yeux dans le vague. Offerte.

Objectif : Mbossi.

15

Assis sur un tabouret de bar, Freiman se tourna vers les copains de l'Escadrille. Dans leur ancienne chocolaterie, les gars avaient la paix. Là, pas de pression. Volterra avait une bouteille de bière en main, Alix fumait un cigare cubain, Blondeau regardait ses pieds, Cazamec démontait son arme, Pastoureau jouait avec son Game Boy et Mérigneux attendait en grillant une Marlboro. L'ambiance n'était pas à la joie. Volterra rompit le silence :

– Bon, on l'a dans l'os, si je comprends bien ?

– Pas encore, mais ça vient.

Mérigneux résuma : le directeur Rouah menaçait de dissoudre l'Unité de répression de la délinquance violente pour la remplacer par un groupe d'intervention sous l'autorité de Jussiac.

– Ce lèche-cul ? s'exclama Alix.

Mérigneux continua : Juillet, le bras droit de la maire, tempêtait, les élections approchaient, les appétits s'aiguisaient. L'affaire du Juge perturbait tout. Les Russes étaient en rage, les truands sur leurs gardes, la mort de Debrageot avait terrifié les beaux quartiers, la police judiciaire était sur les dents, on n'avançait pas. La piste du sac Dulac n'avait rien donné, le ticket-facture avait disparu, et l'attentat du pressing à Montfermeil, qui s'était soldé par la mort du propriétaire, restait non résolu. Donc…

– Donc le gars est très fort, signala Cazamec.

– Exactement. Notre seule chance, c'est qu'il commette une erreur.

– D'accord, mais on a d'autres affaires. Le violeur en série, garder un œil sur Xavier But, les rumeurs de révolte dans les banlieues nord, ça chauffe…

– Je sais, je sais. On est dans le *schwarz*. Mais on a une petite piste. Freiman, qui a l'air de rien, mais qui sait de quoi il parle, va vous expliquer.

Mérigneux posa son coude sur le bar. L'exemplaire fatigué des *Poètes de la Commune*, préfacé par Jean-Pierre Chabrol, que lui avait donné son père, était ouvert à la page de Clovis Hugues, ex-séminariste devenu révolutionnaire et poète : « Par le sang qui ruisselle et qui bout / Par le vent qui bat notre porte / Par tous ceux que l'exil emporte / debout, debout, debout ! » Il lui sembla entendre son père réciter les vers.

Freiman continuait :

– … Du coup, j'ai réussi à contourner les firewalls. Je suis entré dans les dossiers de la sécurité militaire, dans le système des archives du renseignement, dans…

– Bon, on a compris, Freim ! Épargne-nous !

Volterra était impatient.

– OK, OK, j'abrège. Je vous la fais courte.

– Tu sais pas ce que ça veux dire, court. Y a qu'un seul truc qu'est court, avec toi, et c'est dans ton froc, plaisanta Alix.

– Merci, Alix. Je reconnais là ton exquis sens de la camaraderie.

Mérigneux intervint :

– Vas-y, accouche.

– Donc, je disais, avant d'être interrompu par des animaux, qu'à force de remonter dans les bots – je veux dire les ordinateurs robotisés qui font écran entre moi et la source, il peut y en avoir des centaines –, je suis entré dans les files d'un pays ami… Vachement interdit, mais bof.

– C'est qui ?

– C'est… nos amis de Tel-Aviv.

– Ah, la vache ! T'es fort ! s'exclama Blondeau.

Il était le plus jeune, il était né avec Internet, il comprenait, lui. Il mesurait l'exploit. Confusément, les autres voyaient la difficulté.

– Je suis passé par les réseaux chinois. Pas facile, mais quand même.

– Et t'as trouvé quoi ? demanda Volterra.

– J'ai trouvé l'identité de Van Istandael.

– Le mec du sac Dulac ?

– Exactement.

– Accouche, bordel !

– Vous me donnez quoi ?

Les propositions ne manquèrent pas, allant du « coup de pied au cul » proposé par Volterra à la nuit de noces envisagée par Alix, en passant par la caisse de Coca grenadine promise par Mérigneux ou l'estime éternelle de tous mise sur la table par Pastoureau. Cazamec trancha :

– Un sandwich au jambon-beurre-cornichon chez l'Ardéchois au coin de la rue, avec un verre de sancerre. Ça va ?

– Ça va. Et j'ai un autre truc pour vous.

– Vas-y.

– La petite Viviane, vous voyez la photo sur le réseau pédophile ?

– Oui.

– Elle a été achetée.

– Tu as l'identité du mec ?

– Non. Mais j'ai la date et l'endroit de la livraison. Et le prix. Un million d'euros. Je vous donne tout en vrac. Je commence par Van Istandael.

Freiman mit tout le monde au courant. Van Istandael se nommait en réalité Simon Zéev ; c'était un ancien combattant de l'Irgoun, qui habitait près du Champ-de-Mars. Il avait ses habitudes à l'Hôtel Drouot, il aimait le bois de macassar, il avait été marié à Tel-Aviv, était aujourd'hui divorcé et avait mené des actions de commando, autrefois, avec des unités spéciales des forces israéliennes. Il avait participé, en 1982, à une tentative d'enlèvement de Yasser Arafat et avait éliminé personnellement des terroristes palestiniens qui avaient tué les athlètes des jeux Olympiques en 1972.

C'était lui, l'homme de la station Strasbourg-Saint-Denis. Complice du Juge ou témoin de hasard ? Impossible de le dire.

– On y va !

Volterra était chaud. Freiman intervint :

– Attends, attends, c'est pas fini.

– Quoi encore ?

– Une petite précision.

– Dis toujours.

– Y a un type qui est sur la piste, aussi. Vous allez pas aimer, les gars.

– On t'écoute.

– Lakdar Bouhassa.

– Le porte-flingue de l'ancien Président ?

– L'ex-porte-flingue. Il a changé de patron.

– Ces mecs-là, ça change jamais.

C'était une mauvaise nouvelle. Alix résuma le sentiment général :

– Oh, putain !

Quant au rendez-vous pour l'achat de la fillette, c'était proche : le 4 mai, 2 h 30 du matin, à « La planque ». Freiman n'en savait pas plus.

La journée commençait bien. Et mal.

Antoniechka monta dans sa nouvelle Boxster Spyder Porsche. Un joli joujou, si bas sur roues qu'on pouvait éteindre son mégot sur la chaussée. Le vendeur lui avait assuré qu'on pouvait atteindre 300 km/h grâce aux 375 chevaux, ce dont Antoniechka se foutait éperdument. Elle aimait simplement le sentiment de plaisir que lui donnait la petite voiture, dont le luxe peu tapageur la comblait. Pour conduire, elle enlevait ses Louboutin, dont les talons, trop hauts, l'empêchaient de jouer sur les pédales. Elle enclencha la première, sortit du parking du Crillon et se dirigea vers la Madeleine. Son dernier client, un Mexicain héritier de la plus grosse fortune pétrolière à Mexico, avait été aimable. Sans intérêt – sinon financier –, mais plaisant. Elle l'avait déjà effacé de sa mémoire.

Elle écouta vaguement la radio : les banlieues s'agitaient, une bande de racailles avait dévalisé un RER, la mafia russe était mal en point et promettait des mesures de rétorsion, la vice-présidente de la Commission nationale d'investiture de l'UMP, députée européenne, se fendait d'une nouvelle ânerie sur l'état lamentable de la France, le « violeur sans visage » venait de faire une autre victime dans le centre de Paris, et la guerre en Ukraine s'éternisait. Elle éteignit la radio.

La place de l'Opéra était bouchée, en ce début de soirée. Elle voulait pourtant rentrer chez elle pour se changer. Elle avait rendez-vous pour dîner en bas de son domicile, rue des Gravilliers, dans un nouveau restaurant amusant, Le Derrière. C'était un bâtiment sur cour, caché derrière le Andy Wahloo, un bar à la mode, et on traversait une sorte de petite placette avant de pénétrer dans ce qui ressemblait, à première vue, à une suite d'appartements privés. On avait l'impression de manger chez des amis, dans la cuisine ou la chambre à coucher. Pour une raison qu'elle n'approfondissait pas, ce rendez-vous la charmait. Pour une fois, il n'avait rien à voir avec le business.

Cet homme-là lui plaisait vraiment. Il ne la jugeait pas.

Elle gara sa voiture dans le parking des Arts et Métiers, et monta dans son loft, situé au dernier étage d'un immeuble jadis construit par Eugène Pottier, l'auteur de *L'Internationale*. Elle avait fait abattre les cloisons, et tout l'étage avait été transformé en loft, avec une ouverture sur le toit, aménagé en deck, couvert d'un lattis sur lequel on marchait sans bruit, et doté d'une vue magnifique sur Notre-Dame au sud et le Sacré-Cœur au nord. La Seine, lente et lumineuse, coupait la ville d'un ruban clair.

Elle s'habilla avec une simplicité délicate : chemisier guarani en coton péruvien, jean Armani usé, escarpins Ferragamo et veste de cuir Ralph Lauren. Elle opta pour un maquillage discret, fond de teint La Source et blush Curry Lady. Un sac à main ? Elle hésita. Elle prit une petite musette fauve, utilisée jadis par les ambulanciers militaires suisses. Une croix rouge fanée ornait le rabat. Elle l'avait trouvée chez un broc du quartier Saint-Paul.

Quand elle entra au Derrière, le patron l'accueillit avec le sourire. C'était un endroit qui amusait Antoniechka. Gamine, lâchée dans les rues de Łódź, elle avait vu une ville dévastée par la guerre ; rien, depuis 1945, n'avait remplacé les ruines, si ce n'est des barres d'immeubles hideux qui menaçaient de s'écrouler dès leur construction. Un demi-siècle de communisme triomphant avait eu raison du centre-ville, et les bureaucrates corrompus avaient transformé les quelques maisons encore agréables en taudis pour « l'aristocratie de la classe ouvrière ». Elle n'avait pas connu son père. Sa mère, alcoolique, avait fini dans un asile de fous, où elle était morte sans se souvenir d'elle. À treize ans, Antoniechka avait filé. La petite fille ukrainienne s'était réinventée en call-girl sublime. Elle avait fréquenté les musées et les instituts de beauté, avait appris à distinguer la vraie richesse de la fausse notoriété, s'était constitué un joli magot conservé en Suisse. Antona Larissa était devenue Antoniechka, habituée des catwalks et des palaces, des émirs et des businessmen, des lieux de pouvoir et des lits de plaisir.

Elle n'avait été amoureuse qu'une fois et n'en parlait jamais.

Accoudé au bar, Keller se leva. Il contourna une table de ping-pong placée incongrûment dans le restaurant et lui prit la main :

– Venez. Je vous attendais.

– Je sais.

– Non, je vous attendais depuis toujours.

Elle le regarda. Il avait les traits marqués, mais une sorte de quiétude se dégageait de lui, sous-tendue par la rage qu'elle avait vue se déchaîner lors de l'altercation à la soirée de l'École militaire. Où cachait-il cette colère ? Quel était son feu secret ? Elle était révoltée contre le monde dans lequel elle était née, et elle s'en était séparée. Mais lui ? Il y avait une étincelle de danger chez cet homme, qui, pourtant, exerçait une profession sans aventure. Les avocats militaires ne voyaient que rarement l'intérieur d'une cour de justice. Keller, lui, n'apparaissait jamais. Il conseillait. Efficacement.

Il commanda un Roederer 2002. Elle demanda :

– Racontez-moi, monsieur Keller.

– Keller.

– Racontez-moi, Keller.

Il raconta un peu.

– Pas grand-chose à raconter, sinon que Lavrov ne vous méritait pas. Les hommes de sang ne méritent jamais les femmes de cœur.

– Bien tourné, Keller. Vous préparez votre texte ?

– Oui, bien sûr. Mais j'improvise, aussi.

– Improvisez, alors.

– Mmm...

Il la regarda, vit la tension des épaules, la vague anxiété qu'indiquait la position des mains, le plaisir d'être là dans la posture des hanches.

– Vous êtes sur vos gardes, mais c'est naturel, chez vous.

– Banal.

– Vous ne fumez jamais, sauf quand vous êtes nerveuse.

– Encore banal.

– Vous détestez la vodka.

– C'est vrai.

– Vous avez tenté la psychanalyse.

– C'est vrai, mais qui n'a pas essayé ?

– Vous aimez l'argenterie.

– En effet.

– Vous avez un compte à Singapour, un autre en Suisse.

– Mais...

– Vous avez été blessée à la cheville, dans votre enfance, sans doute par balle.

– Oui.

– L'homme que vous avez aimé était d'origine indienne.

– …

– Et vous l'avez tué.

– …

Elle le regarda, stupéfaite. Toute sa belle assurance s'était envolée. Toute sa vie, ouverte devant une coupe de Roederer.

– Ne me regardez pas ainsi. Je vois, dans votre sac de toile, la forme d'un briquet. Donc, vous fumez. Mais comme je ne vous ai jamais vue allumer une cigarette, vous fumez rarement. La nervosité seule vous y force. La vodka ? En entrant, vous avez regardé le client à droite avec dégoût. Pas lui, mais sa boisson, qui est de la Stolichnaya. Or soixante-sept pour cent des hommes, à Lviv, sont alcooliques, un taux extrêmement élevé. Il était facile de faire le lien.

– L'argenterie ?

– Dans la rue, vous vous êtes arrêtée devant la devanture d'un magasin qui brade de l'argenterie d'avant la Révolution russe.

– Les comptes bancaires ?

– Je suis avocat militaire. J'ai accès à certaines données.

– Ma blessure ?

– Vous posez votre pied gauche d'une façon caractéristique. Une petite cicatrice, qui apparaît quand vous croisez les jambes, est révélatrice. Elle est presque invisible, ce qui indique qu'elle a été infligée quand vous étiez très jeune.

– Et ma vie privée ?

— Elle restera privée. J'ai déjà oublié.
— Mais comment savez-vous ?
— Je vous dis, j'ai déjà oublié. Passons à table.

La cuisine était bonne, les vins agréables. Le chef faisait montre d'une certaine recherche, avec l'utilisation de la coriandre, du sirop d'érable, de l'huile de sésame, du chutney, du gingembre. Installés dans une chambre où il y avait trois tables, deux lits et un petit bureau, ils avaient l'impression d'être dans une résidence privée, loin du monde. Ils partagèrent une bouteille de Romanée-Saint-Vivant de 1996, puis une crème anglaise anisée.

Elle s'abandonnait.

De lui-même, Keller ne révélait rien. Dans son cabinet de l'avenue Victor-Hugo, disait-il, il ne se passait rien. Il demanda des nouvelles de Lavrov, sachant très bien qu'il n'y en avait pas. Ledit Lavrov était en ce moment même sur une table de dissection, à l'Institut médico-légal, et le docteur Nouzille, le légiste, avait scruté et pesé ses organes en essayant de comprendre où se trouvait l'âme du Mal.

— Je n'ai pas de nouvelles, dit-elle. Et c'est tant mieux.

Il la regarda, touché par sa beauté. Elle était en train de déranger le jeu de go. Elle tenait la place de la variante inconnue.

Il posa sa main sur la sienne. Elle ne la retira pas. La douleur, un instant, recula dans son cœur.

Cazamec frappa à la porte. Mérigneux, Volterra et Alix, déployés sur le palier, tenaient leurs armes de service en main. L'immeuble semblait désert, les vacances de Pâques avaient dispersé les familles. Par la fenêtre du couloir, on apercevait le Champ-de-Mars, éclairé par des projecteurs. Le monument des Droits de l'homme semblait légèrement incongru, ainsi, posé entre les pelouses et scruté par les touristes japonais. La tour Eiffel, surlignée par des lumières de fête, barrait le ciel.

Aucune réponse. Cazamec frappa de nouveau. Rien. Mérigneux fit signe à Pastoureau, resté en arrière. Celui-ci s'avança, sortit un trousseau de clés, observa la serrure :

– C'est du spé.

– Quoi ?

– Du spécial. Porte blindée douze points, serrure Ferbach en acier Mir, pas de la rigolade. Je peux pas, faut faire venir la Castafiore.

– Vas-y.

– J'avais prévu. Il est au coin de la rue. Je le préviens.

Pastoureau passa un coup de fil.

Deux minutes plus tard, un petit bonhomme, visiblement homosexuel – il gagnait sa vie comme artiste transformiste chez Michou, incarnant une cantatrice capricieuse qui faisait mourir de rire les spectateurs –, arriva. Une touche de rouge à lèvres égayait son visage, et sa veste à franges multicolores déparait dans ce quartier bourgeois. Il pinça la bouche :

– Alors, mes chéris, on a besoin de moi ?

– On dirait, dit Pastoureau.

– Pour mes beaux yeux ? C'est vrai qu'ils sont beaux, n'est-ce pas, mon cher Mérigneux ?

– Si, si. Au boulot.

– Oh, comment vous êtes ! On peut plus se parler. C'est le vice de la vie moderne. Cela dit, vous connaissez mes conditions d'artiste.

– Ton dossier ira à la poubelle.

– Ah, voilà un homme qui sait parler aux hommes ! Mon chou, vous êtes mon élu !

Mérigneux grogna. Tout le monde savait que Michel Maroussi, dit la Castafiore, était un monte-en-l'air réputé. Il s'était spécialisé dans les grands hôtels : bijoux, portefeuilles, actions, effets personnels...

Cinq ans de prison à Fleury. Puis deux ans à Roubaix.

Il se mit au travail. Vingt minutes plus tard, la porte s'ouvrait.

— Je vous laisse. Ne dérangez rien, hein, mes chouchous !

Il disparut dans l'escalier, avec un geste d'adieu spectaculaire.

Volterra entra le premier, suivi par Cazamec, l'arme au poing. Peine perdue. L'appartement était vide. Simon Zéev avait disparu.

La rue des Gravilliers était vide. Cette ruelle du vieux Paris, à cette heure, était tranquille. Les commerces chinois avaient fermé, et les vieilles pierres dominaient la chaussée, donnant le sentiment d'être hors du temps. Keller marchait à côté d'Antoniechka, en silence. La nuit leur appartenait.

Elle demanda :

— Comment avez-vous su, pour l'homme que j'ai aimé ?

— J'ai beaucoup voyagé.

— Même en Inde ?

— Même en Inde.

— Seul quelqu'un qui a été blessé par la vie peut s'intéresser aux blessures des autres.

— En effet, Antoniechka.

Ils continuèrent en silence. Il passait entre eux une électricité étrange, faite de non-dits, de curiosité, de violence aussi. Elle appuya sa tête sur son épaule en arrivant devant l'immeuble d'Eugène Pottier. Cet ancien porche, surmonté d'un vague blason entouré de deux angelots en plâtre, s'ouvrait grâce à un code. Antoniechka tapa six chiffres – Keller enregistra le numéro, par habitude – et poussa le portail. Elle franchit la marche et s'apprêtait à enclencher la minuterie…

L'attaque eut lieu avec une brutalité fulgurante. Elle sentit une main sur sa bouche, une lame sur sa gorge, un genou dans ses reins. L'agresseur claqua le portail. D'une main, le violeur arracha le chemisier de sa victime. Elle sentait cette masse de chair, cet homme qui avait une taille peu commune, derrière elle. Son haleine lui balayait le cou, son odeur de bête était envahissante. Il la poussa vers l'escalier. Elle tomba sur les marches. Elle tenta de lui griffer les yeux, mais, d'une seule main, il lui agrippa les deux avant-bras. Elle donna des coups de pieds, mais il était en béton. Elle pensa, brièvement, à un catcheur ou un rugbyman, et sentit qu'elle perdait son souffle, que la rage et la panique l'engloutissaient. Elle entendit le type murmurer :

– Du premier choix. Mon maître l'avait bien dit…

Le portail s'ouvrit. Keller entra. Le géant se retourna, pris au dépourvu. Il n'avait pas tablé sur cette intrusion.

Il fit face à Keller, qu'il dominait de vingt bons centimètres.

– T'en veux aussi, ducon ?

Il montra sa lame. Keller le toisa :

– Laisse-la et tire-toi.

– Je vais t'émietter.

– Fais ce que je te dis.

– Je ne fais que ce que mon maître me dit de faire. Pas toi.

L'homme éclata de rire. Il allait écraser cet avorton. Il s'avança. Keller déchiffra, à l'avance, tous ses mouvements :

feinte à gauche, attaque directe au foie avec la main droite, balayage de la lame en latéral, et, éventuellement, coup de genou dans l'entrejambe. L'homme était lent, car volumineux. Et, comme prévu, la feinte à gauche fut amorcée. Keller esquiva facilement, passa sur la droite de l'ennemi en pivotant les hanches, remonta simultanément son coude vers l'oreille et frappa. Normalement, l'homme aurait dû s'écrouler. Il resta debout. Keller lui frappa la carotide et, par-derrière, cisailla le larynx.

Le type lâcha le poignard.

Antoniechka, dans l'escalier, cherchait son téléphone pour appeler la police. Keller n'avait pas beaucoup de temps. Il lui ordonna :

– Monte chez toi, vite. Tu appelleras de là-haut.

Elle s'éclipsa.

Resté seul avec le colosse, Keller ramassa le poignard, l'appuya sur l'œil gauche du type et demanda :

– Douze femmes, c'est ça ?

– Quarante, ducon. Elles ne portent... pas... toutes... plainte.

Le type avait du mal à parler.

– Tu as un complice ?

– Je t'emm...

– C'est qui, ton maître ?

– Merde...

Keller lui creva l'œil gauche.

– Tu veux garder l'autre œil, tu parles.

La douleur bâillonnait le violeur. Keller n'avait que quelques minutes avant l'arrivée de la police. Il inséra la pointe du couteau sous la paupière de l'individu.

– Parle.

L'homme parla. Il donna un nom. Quand la police arriva, elle ne trouva qu'un homme à l'œil crevé, une paupière déchirée et l'entrejambe en sang. Il avait été émasculé. Il ne violerait plus jamais personne. Quand la police lui demanda :

– Qui vous a fait ça ?

Le type eut juste la force de dire :

– Le Juge…

Puis il sombra dans le coma. Son avenir était des plus incertains. En revanche, l'homme qui le dirigeait, le manipulait, en avait fait sa marionnette – le maître –, était en liberté. Il n'allait pas en profiter longtemps.

Au loin, Keller entendit les sirènes des flics. Il héla un taxi, monta et, sentant son téléphone vibrer, décrocha. C'était Zéev :

– Ils sont chez moi. Alerte rouge.

– On se retrouve comme prévu. *Molon Labe.*

On était à l'aube du 1er mai.

16

Dans les semaines qui suivirent, le Juge passa au rang de star. Chaque jour, des voyous se faisaient étriller, des cadavres de gangsters gisaient dans le caniveau, des violeurs d'enfants étaient mutilés, des banquiers véreux fouettés... Les démunis, enfin, connaissaient le sens du mot « justice ». Des dossiers qui traînaient depuis des années dans les prétoires trouvaient un dénouement inattendu – et rapide. Des crapules notoires étaient dépouillées : on retrouva le patron d'une des plus grandes sociétés aéronautiques tout nu au bord de la Seine, livré aux clochards. Il avait transféré ses avoirs en Suisse, à Singapour et au Delaware, avant de déclarer que les « pauvres n'avaient pas droit à l'existence ». Un ministre du gouvernement, chargé de la fraude fiscale, fut convaincu de corruption : il paya son arrogance en se promenant, avec du rouge à lèvres et du fard, au bois de Boulogne, tandis que les photographes le mitraillaient. La bande des Jumeaux, un gang de trafiquants de drogue du Petit-Clamart, fut désossée. Un célèbre criminel de guerre irakien, réfugié à Paris, fut dévoré par des chiens : il était tombé, par hasard, dans une fourrière canine. Deux bouchers qui avaient découpé un gosse de sept ans devant ses parents devinrent aveugles, sourds et paralysés.

La presse s'en donnait à cœur joie. La police était bridée, les institutions judiciaires bafouées, les autorités incompétentes. Le Juge faisait la loi, et c'était une bonne loi. Pas celle du Palais, pas celle du Dalloz, mais la loi simple, évidente, compréhensible. Le laxisme des tribunaux exaspérait tout le monde. Le public vomissait les récidivistes. Le ministre de la Justice tentait de rétablir l'ordre, mais le Juge était le joker, l'inconnu. Les institutions étaient dépassées. L'État ne remplissait pas son rôle.

Même le milieu s'agitait. Le Juge perturbait les affaires, menaçait chacun, maquereau, dealer ou simple salaud. Dans les banlieues, on sentait une fièvre, un besoin d'agir. L'intrusion du Juge cassait les réseaux. Les cailleras avaient envie d'en découdre. Si la police n'y arrivait pas, les voyous allaient régler le problème une bonne fois pour toutes.

« Un parfum de guerre civile », titrait *Le Parisien.* Selon des « bonnes sources », des livraisons d'armes avaient lieu quelque part au nord de Paris. Provenance : l'ex-Serbie. Il suffisait d'une étincelle.

Les élections, qui approchaient, promettaient d'être agitées. La majorité se sentait devenir minorité. La minorité, elle, disparaissait. Tout se dissolvait.

Mbossi regarda sa moquette, immaculée. Le contraste entre la salle du trône, désordonnée, pleine d'os de poulet, aux murs craquelés, et son bureau était incroyable. Le king cailllera de Montfermeil, en passant la porte du bureau, devenait un businessman avisé, un bourreau avec un plan. Dans la salle du trône avaient lieu les réunions avec ses hommes de main, ses filles, ses dealers, ses boys, dont en réalité il n'avait rien à foutre. Il était Mbossi. Le bureau était réservé aux vraies affaires. On le prenait pour un gangster pittoresque avec ses baquets de Kentucky Fried Chicken. Très peu le connaissaient sous l'aspect du général froid et impitoyable, marchant sur une moquette ornée d'un sigle de mort, et se nommant Adiarato Hady Diop, sa véritable identité.

Dans cet univers blanc, il se transformait.

Il examina un long fume-cigarette en ivoire :

– Tu vois, Palmiero, ce fume-cigarette a appartenu à Greta Garbo.

– C'est qui ?

– Ah, j'oubliais, mon frère. Vous êtes des incultes, tous autant que vous êtes. Greta Garbo, c'était la beauté, le sommet du raffinement. Elle est morte en 1990.

Même son langage changeait, dans cet environnement.

Devant lui, un rockeur fatigué, assis sur un pouf. L'homme avait toujours le même jean, le même blouson Levi's, les mêmes cheveux longs. Il semblait sortir d'un squat, ce qui était probablement le cas. À ses pieds, le chien Reza sommeillait, un œil entrouvert. Mbossi reprit :

– Depuis combien de temps on travaille ensemble, Palmiero ?

– Dix ans, peut-être.

– C'est ça, dix ans. Je t'ai toujours tenu à l'écart des autres. Tu es ma carte dans la manche. J'aime bien. On t'a toujours pris pour un traîne-savates, mais quand je t'ai confié l'exécution du caïd de Saint-Denis, tu as rempli le contrat. Et quand tu as liquidé la bande du Gros-Caillou, pareil. Tu es mon flingue de confiance, *capito* ?

– *Capito.*

– J'ai besoin de te confier un nouveau truc.

– J'écoute.

— Le Juge a semé une panique dingue. Tout le monde est en train de s'armer jusqu'aux dents, le business est largué, tout est à l'arrêt, les flics sont sur les dents, c'est le souk.

— Je peux faire quoi ?

— Je vais te dire. Je vais me servir de tout ça.

Mbossi se servit un verre de Perrier. Il n'en offrit pas à Palmiero, mais s'approcha et versa une coupelle de lait condensé pour le chien. Lequel ne toucha pas à cette friandise. Sur un signe de tête de son maître, il se mit à laper. Il avait besoin de son autorisation.

— Je t'ai fait effacer la journaliste, elle devenait trop curieuse. Deuxième emmerdeur : Lakdar Bouhassa. Il pense contrôler le Juge, mais c'est moi qui vais le contrôler. La mairie de Paris, la préfecture, tout ça, ils vont devenir fous. Ils vont mettre le paquet pour comprendre ce qui se passe.

— Mais... ?

— Mais moi, de mon côté, pendant qu'ils seront en train de tourner en rond, je leur prépare un sacré show.

— Tu vas faire quoi ?

— Je vais foutre le feu à la banlieue. Mais attention ! Pas le feu de cheminée ou le feu de camp. Le vrai bordel. Je vais leur jouer OK Corral. Un truc pareil, ils ont jamais vu.

Palmiero caressa Reza. Il écouta attentivement, ramassa son sac Lidl avec son Herstal Pro-9 dedans, carcasse en polymère, grips interchangeables, détente double action, 16 coups, canon de 10 centimètres. Pratique, discret et très efficace. Pas de chichis.

— Et tu sais quoi ? reprit Mbossi.

— Non, vas-y.

— Je leur réserve une surprise.

— Quel genre ?

– Le genre Apilas.
– La vache !
– C'est un copain qui me l'a refilé.
– T'as de bons copains.
– Oui.

Mbossi agita un feuillet posé sur son bureau.

– C'est le mode d'emploi. Je te le lis : calibre 112 millimètres, dimension 1,26 mètre, poids 9 kilos, tête militaire à charge creuse capable de percer 2 mètres de béton. Le projectile franchit 500 mètres en 1,9 seconde. Un truc capable d'arrêter un train.

– Tu veux arrêter un train ?

– J'y pense, Palmiero, j'y pense. Mieux, j'ai fait filer l'info.

– Comment ça ?
– Tu sais ce que c'est, un appât, hein ?
– Oui.
– C'est la première fois qu'un train sera un appât.
– Je comprends pas.
– C'est pas grave. Demain, tu comprendras.

Le chien Reza s'était endormi.

– Ah, et mon bon copain, il se nomme Timberland.

Reza se mit à grogner. Mbossi allait devenir l'empereur de la banlieue nord. Pas un gramme de coke, pas une seringue, pas une barrette de shit, pas une fille, pas une enveloppe, pas un casse, pas une opération ne pourraient voir le jour sans son accord et sans son pourcentage. Toute la banlieue nord, Montfermeil au centre, allait devenir une no-go zone. Ce serait le Mbossiland. Le royaume de King Mbossi. Merci, le Juge.

En attendant, les enchères avaient bien monté. La petite Viviane allait être vendue un bon paquet de pognon. Le client avait déjà pris rendez-vous.

Pendant quelques jours, Keller se consacra uniquement aux tâches professionnelles. Zéev à l'abri, il expédia le dossier des frégates de Taiwan, sombre affaire dans laquelle un Premier ministre avait sans doute pioché dans la caisse, et dénoua un dossier complexe où des haut gradés avaient cru bon de fournir des armes aux milices anti-Khadafi, pendant la révolution libyenne. Malheureusement, ces fournitures avaient transité par l'Égypte et, au lieu d'aboutir à Tripoli, elles étaient maintenant aux mains des islamistes de Syrie. Le matin, au bar de L'Européen, il lisait les journaux et écoutait les commentaires des gens, tandis que le garçon, Bosco, le régalait de ses remarques. Le Juge était sur toutes les lèvres. Enfin quelqu'un qui faisait le ménage ! Ensuite, Keller se rendait au bureau, où les coups de téléphone se succédaient. C'est ainsi qu'il apprit, par un rapport signé Marcello Lisi, qu'une caisse d'armes de poing avait disparu lors du transfert d'un chargement en gare de Nevers. Tous les signes indiquaient une tension dangereuse. Les observateurs prévoyaient la possibilité d'une explosion sociale, comme en 2005. La France avait eu peur.

Pour l'instant, le pays s'inquiétait.

Keller ramassa les papiers sur son bureau, salua la secrétaire, sortit. Sur la place Victor-Hugo, il s'installa au Scossa, un bistrot cossu dont les fauteuils en velours pourpre étaient accueillants. Il regarda un instant, dehors, les voitures qui tournaient. En cette fin de journée, la pluie menaçait, grisant un mois de mai déjà amplement pourri. Il décrocha son téléphone, dit simplement :

– *Molon Labe.*

Puis il écouta. Zéev lui communiqua les données de sa cible. Le « violeur sans visage » s'était suicidé dans sa chambre d'hôpital. Mais le nom qu'il avait donné était précis, et Zéev s'était occupé de trouver les renseignements. Car le violeur n'agissait pas seul. Il avait un complice, un maître dans l'ombre. Keller allait s'en occuper.

Lakdar Bouhassa buvait un cocktail sophistiqué au bar du Crillon. Le Harvey Wallbanger se constituait de vodka, de Galliano et de jus d'orange. Tout était dans la finesse du dosage : trois doses de vodka – finlandaise, forcément –, une de Galliano, une liqueur italienne à la vanille, et six de jus d'orange (des malti, maltaises de Tunisie, cultivées au cap Bon). Harvey Wallbanger était un surfeur californien des années 50, qui avait popularisé ce drink étonnant.

Antoniechka n'arrivait pas. Ah, c'était une femme...

Il remua la glace dans son verre et s'abandonna à ses réflexions. Le plan fonctionnait bien. En gardant le contact avec Montfermeil, Bouhassa s'assurait de l'agitation perpétuelle entretenue par Mbossi et sa bande. Il s'en débarrasserait le jour venu : Mbossi n'était qu'un instrument. En le manipulant comme il fallait, toute la structure allait sauter : Rouah serait viré, la mairie de Paris reviendrait à la droite, et les élections prochaines vireraient au profit d'un régime fort, donc vers une droite dite « décomplexée ». Bouhassa avait changé de camp, discrètement : longtemps au service de ses amis du parti socialiste, il était désormais payé par la frange dure des sarkozystes déçus. Ceux-ci, *via* le bureau Bygmalion, avaient canalisé quelques millions d'euros vers des buts secrets, dont Lakdar Bouhassa avait profité.

La mort de Marylène Cagnard l'avait déstabilisé un moment, mais, après tout, l'agitation des banlieues était bien en route, et c'est ce qui importait. Le Juge était un atout : il mettait de l'huile sur le feu.

Il regarda sa Rolex Daytona, qui lui avait coûté quarante mille euros – c'était un modèle personnalisé, avec des initiales en or gris –, et observa les gens autour de lui. La clientèle avait changé, depuis quelque temps. Aux diplomates et aux bourgeoises du quartier, se mêlaient désormais des acteurs, des musiciens, voire des rappeurs. Les uns portaient des cravates et des chemises Brooks Brothers ; les autres des jeans déchirés et des barbes de trois jours. Plus personne ne s'étonnait : le mélange des genres était de rigueur. Il y avait une dizaine d'années, nul homme ne pouvait entrer au Crillon sans porter une cravate. Aujourd'hui, c'était fini. D'ailleurs, il avait enlevé la sienne. Il se voyait bien finir dans la peau d'un directeur de cabinet, quand la droite aurait repris le pouvoir. Il en avait l'étoffe et l'ambition.

Elle avait une heure de retard. Les premiers couples se levaient pour aller dîner. La soirée avançait et, dehors, le jour baissait. Les rumeurs du Festival de Cannes étaient étouffées par l'actualité du Juge. Il n'y avait qu'une seule star, dans les news : le Juge. C'était agaçant, mais utile.

Bouhassa commanda un deuxième Harvey Wallbanger. Décidément, Antoniechka prenait son temps...

Deux femmes élégantes, cinquante ans, en veste Lagerfeld et blouson Ralph Lauren, et chargées de paquets, s'installèrent dans un canapé en bavardant. Elles venaient de faire leur shopping rue du Faubourg-Saint-Honoré, et les pochettes frappées des sigles des grandes maisons – dont Hermès – ne laissaient aucun doute sur les goûts de luxe des deux amies. Un garçon stylé posa la flûte orangée devant Lakdar Bouhassa, avec un petit bol de glaçons à côté. Un homme d'affaires à la moustache conquérante bavardait avec une jeune femme : Bouhassa reconnut le patron de la plus grande entreprise pétrolière française, qui ne se déplaçait qu'en Falcon 8X, un bijou dont les parois étaient lambrissées de teck. Un groupe d'homosexuels discutait de mode. Un pianiste avec un pantalon de cuir soigneusement râpé s'installa devant un demi-queue et commença à égrener des mélodies douces. Un vieux rockeur écoutait, en buvant une bière écossaise. Son chien, à ses pieds, mâchait des cacahuètes.

Au bout d'un moment, Bouhassa se sentit lassé par l'enchaînement des airs du répertoire, « Tea for Two », « Summertime », « Blue Moon ». Il se sentait bien : ses plans fonctionnaient, l'argent rentrait et l'avenir s'annonçait plaisant. Il aurait été encore plus plaisant en présence d'Antoniechka dans une chambre, là-haut, mais on ne pouvait pas tout avoir...

Il se leva pour aller aux toilettes. Un escalier en marbre le mena vers un sous-sol luxueux. À gauche, l'une des deux clientes d'Hermès, la Lagerfeld, se repoudrait. Bouhassa pénétra dans la partie réservée aux hommes. Quelques minutes plus tard, tandis qu'il se lavait les mains, le vieux rockeur sortit de l'un des box, se lava les mains et se dirigea vers la sortie. Il n'était pas franchement dans le style du Crillon... Quelque chose en lui déplaisait. « Il ne manquerait plus que je sois dépouillé dans les toilettes du Crillon par un voyou... », pensa Bouhassa, sur ses gardes. Il se plaça de travers pour se donner un coup de peigne, afin de ne pas offrir son dos au type.

Mais le vieux rockeur dit simplement à son chien :

– Viens, Reza.

Et il disparut dans l'escalier, avec son animal. Bouhassa rangea son peigne, se passa un peu d'eau sur le visage. Il n'eut pas le temps d'être étonné quand la cliente au

Lagerfeld lui tira une balle dans la tête avec son Heckler & Koch muni d'un silencieux.

Palmiero se targuait d'être un pro, un vrai. Le client – Mbossi – serait satisfait, nul doute.

Mérigneux descendit de la voiture.

– Bon, me voilà arrivé. J'irai chercher mon scooter quand il sera réparé. En attendant, vous venez me chercher, demain ?

Cazamec, au volant, se pencha :

– Évidemment. Tu crois qu'on va te laisser tout seul avec ton père ? Pas moyen. D'ailleurs, tu veux pas venir dîner à la maison ?

– Un autre jour, Caza. Mais merci. Et y a Volterra qu'a envie de voir sa femme et ses enfants, hein, Volte ?

Un grognement lui répondit du fond de la Clio. À côté de Volterra, Alix était à moitié endormie. Le ratage de l'appartement de Zéev avait démoralisé tout le monde. Nul ne savait pas quel bout prendre l'affaire du Juge, qui restait décidément insaisissable.

Cazamec fit un signe de la main :

– Salut, *amigo.*

Mérigneux regarda la voiture s'éloigner dans la nuit et monta les trois marches du perron du pavillon. Il était dans un état d'esprit confus. Il se sentait lourd, avec une sorte de brume dans la tête. Il était habitué à l'action : la délinquance violente exigeait des réponses rapides, des décisions éclairs. Or, là, tout allait à l'envers. Qu'il s'agisse de la piste Timberland ou de la piste Zéev, l'Escadrille avait fait chou blanc. Il ne restait plus qu'à se rabattre sur le travail de police habituel, porte-à-porte, relecture des dossiers, surveillance et, surtout, contacts répétés avec les informateurs. Les gars de Montfermeil allaient devoir cracher des infos. Confusément, il sentait que le nœud de l'affaire se situait là-bas.

Le père Mérigneux était assis dans son fauteuil favori, en face de la télé. Il dormait, les journaux répandus autour de lui. À tout hasard, le fils vérifia que le tiroir où se trouvaient les médailles, la carte de police et l'arme de service – canon obstrué – de son père n'avait pas été ouvert. Puis il passa dans la cuisine. La dame qui s'occupait du ménage avait laissé un petit mot – « Acheter de l'Ajax et du Calgon » – et un plat de lasagnes. Mérigneux l'enfourna et, dix minutes plus tard, la table mise, il réveilla son père.

– Papa, viens dîner.

Le vieux ouvrit les yeux. Il souriait, un peu égaré :

– Ah, te voilà, Luc. Ta mère t'attendait.

Mérigneux n'osa pas répéter à son père, pour la millième fois, que sa mère était morte d'un cancer dix-sept ans plus tôt, et que, depuis dix ans, Bernard Mérigneux était à la retraite. Il se borna à lui indiquer son assiette et son verre de barolo. Le vieux aimait bien les vins italiens. Il ne pouvait pas en abuser, vu la quantité de médicaments qu'il prenait.

Ils s'attablèrent.

– Alors, papa, bonne journée ?

– Comme d'habitude, Luc. Tu sais, j'ai fait la tournée, j'ai montré que la police était présente, c'est un peu notre rôle, n'est-ce pas ? Mais rien à signaler, sinon une dispute conjugale du côté des Rémi. J'irai faire un rapport au commissariat demain.

Mérigneux savait que son père n'en ferait rien.

– Tu as regardé la télé ?

– Un peu. J'ai surtout lu les poètes de la Commune.

– Clovis Hugues ?

— Non. J'ai repris les poèmes de Victor Hugo, tu sais :

Le tambour bat aux champs et le drapeau s'incline,
De la Bastille au pied de la morne colline
Où les siècles passés près du siècle vivant...

— Oui, je m'en souviens :

Dorment sous les cyprès peu troublés par le vent.
Le peuple a l'arme au bras ; le peuple est triste ; il pense
Et ses grands bataillons font la haie du silence.

Combien de fois tu me l'as récité, celui-là ? lui demanda Luc.

— C'est beau, non ?

— Oui.

— Tu as l'air soucieux, fils.

— C'est le boulot, papa. Tu connais.

— L'affaire du Juge, hein ?

— Oui, entre autres.

— Tu penses encore au dossier Xavier But ?

— Je ne l'abandonnerai jamais. Tu sais ça, papa. Le mec est une ordure pure. Un jour, il fera une erreur et il se fera serrer.

Ils discutèrent un moment. Bernard Mérigneux, qui avait fini son assiette, se versa un deuxième verre de barolo. Il n'avait qu'une connaissance imprécise de l'agitation créée par le Juge, par les déclarations du ministre de l'Intérieur, les interviews de la maire de Paris, les reportages sur les lieux des affrontements et les débats où se contredisaient les tenants de la répression dure, type *Figaro,* et les partisans de la compréhension, dont les rédacteurs de *Libé.*

Rien de neuf, en somme.

Mérigneux servit les fruits. En épluchant une orange, le vieux se pencha :

– C'est bizarre. J'en parlais ce matin avec le commissaire.

Il était allé au square, un peu plus loin, et était revenu. Mais le commissariat ? Il ne savait même plus où il se trouvait. La vieillesse, pensa son fils, est décidément un naufrage. Et nous serons tous des naufragés, un jour.

Il fit chauffer le café, alluma une cigarette. Son père ratiocinait, racontait des vieilles affaires, se souvenait d'arrestations effectuées trente ans auparavant – il les revivait comme si c'était hier. Il avait fait ses débuts à Bondy, non loin de Montfermeil, à une époque où les réfugiés d'Afrique du Nord, pieds-noirs et Algériens, s'entassaient dans des barres HLM à la suite d'une guerre que personne n'avait réellement désirée. C'était une autre époque…

Le vieux ramassa un journal dont il avait rempli tous les mots croisés. Il reprit :

– Le tambour bat aux champs… La Commune, ça a été un sacré espoir, tu sais. Un espoir de justice sociale…

– Je sais, papa. Tu me l'as expliqué. Rimbaud, le grand Ferré, Victor Noir, Louise Michel…

– Un grand moment de l'Histoire. Oui, un grand moment. Et tous ces fusillés…

– Tu veux un peu de café ?

– Non, merci… Tu sais quoi, Luc ?

– Non, papa.

– Il va se passer quelque chose demain matin. Quelque chose de grave. À Montfermeil, par là.

– Comment tu sais ça, papa ?

– Ooohhh… Je vais me coucher.

Le vieux se leva, prit ses médicaments, roula un journal sous son bras et se retira dans sa chambre, au rez-de-chaussée – pour éviter une chute dans l'escalier.

Resté seul, Luc Mérigneux regarda l'écran de la télé qui clignotait, son éteint. Comment son père avait-il eu cette intuition ? Dans son monde incohérent, dans ce brouillard de souvenirs que l'âge lui faisait prendre pour l'immédiate actualité, le vieux avait mis le doigt sur quelque chose. Il le sentait.

Il avait raison, nom de Dieu, il avait raison !

Le téléphone sonna. C'était Pastoureau.

– Je suis à Stalingrad, Luc. Je viens d'avoir une petite conversation avec Berberian, tu vois qui c'est ?

– Ton indic du McDo, près de l'écluse ?

– Affirmatif.

– C'est quoi, l'info ?

– L'info, c'est que ça va péter demain à Montfermeil. Tôt le matin. Toutes les cailleras de la banlieue sont en train de se préparer.

– T'es sûr ?

– Ben, ouais, aussi sûr qu'on peut. Berberian, il a préféré tout me raconter plutôt que d'avoir un deuxième doigt plongé dans la friture.

– Et le premier doigt ?

– Il est pané.

– OK, merci du tuyau, Paste. Je préviens les gars et je te tiens au courant. On y va.

Dix minutes plus tard, toute l'équipe était sur le pied de guerre. Six heures du matin, à la gare de Montfermeil. Avec les armes de service.

Cette nuit-là, le Juge régla un vieux compte. Il rendit visite au type qui tirait les ficelles, le marionnettiste qui guidait le « violeur sans visage », désormais suicidé. Xavier But, qui défiait la justice depuis des années, n'eut pas le temps de se défendre. Surpris en plein sommeil, au cinquième étage de son immeuble, il ouvrit les yeux et vit le visage de Keller. Lequel lui expliqua :

– Tu es coupable. Tu as tué, tu es resté impuni, et tu as continué. Le violeur sans visage était ton jouet. Manque de chance, il t'a dénoncé. Je viens donc te faire payer.

– Je… Personne n'a… le droit…

– Si. J'ai tous les droits. Je suis le Juge.

Xavier But rejeta les couvertures d'un coup de pied, roula hors du lit, se glissa par la cuisine et sortit dans le couloir après avoir claqué la porte d'entrée derrière lui. Keller le rattrapa juste quand l'ascenseur descendait. Il lui maintint la tête sur le rebord de la cage, dans le vide. Quand la cabine d'ascenseur arriva, la tête de l'assassin tomba du cinquième étage au sous-sol, où on la trouva le lendemain matin.

La Voie du Juste.

Il ne restait plus qu'un seul rendez-vous, important. Zéev avait eu l'information : le lendemain, à Montfermeil, il y aurait plusieurs cibles. Et, grâce à ses contacts avec les hackers du réseau Black Hats, il savait quand Viviane serait livrée. Le jour et l'heure étaient connus. Le lieu aussi. Sauf que « la planque », Zéev ne savait pas où c'était.

17

Timberland boitait. Il boiterait toute sa vie. Tout ça par la faute de ce connard de Juge, que la presse couvrait d'éloges ! Mais les choses n'allaient pas rester ainsi. Les dettes, ça se paie. Et le Juge devait un sacré paquet à Timberland. Rien qu'à repenser à la bagarre de Strasbourg-Saint-Denis, il en avait des frissons sur la nuque. Depuis des semaines, il se terrait à Montfermeil, grâce à l'hospitalité coûteuse de Mbossi. Lequel faisait payer un max : toute la réserve de coke de Timberland y était passée, ainsi que son territoire. Quand les quatre types de Mbossi étaient venus chercher Timberland à l'hôpital, il s'attendait simplement à être jeté du vingtième étage d'une tour sur le périphérique. Il n'avait dû sa vie qu'au tribut qu'il pouvait payer. Une fois son crédit épuisé, il y aurait une dernière monnaie d'échange : ses contacts. Le territoire, c'était fini. D'ailleurs, maintenant que Nespresso et No Future étaient morts, il n'y avait plus moyen de tenir une zone. Il faudrait reconstituer une famille. Timberland avait des idées là-dessus.

Il se tourna vers Kaddour et alla s'asseoir à côté de lui dans la BMW E21, une vénérable Série 3 à 6 cylindres qui datait de la fin des années 70. La peinture s'écaillait, les cylindres résistaient, les fauteuils avaient vécu mais la machine tenait bon. Garés en face de la gare de Montfermeil, les deux cailleras attendaient. Le piège de Mbossi était bien posé. Le Juge allait voir ce qu'il allait voir. On allait le désosser, le bouffon. Et, en même temps, on allait virer tous les ennemis de Mbossi. Montfermeil allait devenir le parc d'attractions Mbossi, marque garantie, label de qualité France. On y trouverait tout ce qu'on voudrait, amphètes, Mortex, héro, coke, schoum, mescaline ou opium, de quoi planer jusqu'à la fin des temps. Le pognon allait arriver en cascade. La Suisse ne serait pas assez grande pour tout contenir. Les armes de poing avaient été distribuées, le lance-roquettes Apilas se baladait quelque part, les gars étaient prêts. Ça allait saigner.

Engoncé dans un blouson en peau de mouton – il faisait encore froid, de si bonne heure –, Timberland demanda :

– Il est quelle heure, Kaddour ?

– Six heures moins dix.

– On s'emmerde, hein ? Mais ça va pas tarder à démarrer.

Les premiers usagers du RER se pressaient. Certains couraient vers la gare en préfabriqué, d'autres achetaient un journal, des secrétaires en baskets buvaient du café dans des gobelets en carton. L'air était piquant, encore humide de la pluie de la veille. Les guichets et les automates délivraient des billets, des jeunes sautaient par-dessus les barres des portillons. Évidemment, il n'y avait pas l'ombre d'un contrôleur. Les caméras, à chaque extrémité des deux quais, enregistraient. La foule, assez rapidement, devenait dense. Les rames de RER passaient toutes les quatre minutes, déjà bourrées, emmenant toute cette population vers Paris.

– On attend quoi, wesh wesh ? demanda Kaddour.

— On attend l'heure de pointe, mon frère, répondit Timberland.

Les voitures arrivaient à Montfermeil. Mérigneux, la cigarette aux lèvres, regardait autour de lui. Volterra, au volant, lui donna un coup de coude :

— Alors, t'as eu une vision ?

— Non, Volte. Un renseignement.

— Raconte.

— Je ne sais pas comment mon père a su, mais il a su. C'est pour aujourd'hui. Tout indique que ça va péter. Les tuyaux des indics, les menaces des banlieues, et l'info qu'on a eue de Montfermeil. C'est parti.

— T'es sûr ?

— Ouais. L'indic de Pastoureau a confirmé. Ça va bastonner.

— T'as une idée ?

— Non, mais on va fouiner. Ça part de Mbossi, c'est sûr.

Son téléphone portable grésilla. Il décrocha. C'était Alix, dans une voiture, un peu plus loin, avec Cazamec. Mérigneux répéta les instructions :

— Toi et Caza, vous vous mettez en position du côté de l'immeuble de Mbossi, mais discrets, hein. Pastoureau et Blondeau, vous vous déployez en centre-ville. On reste en contact, et pas de conneries, vu ?

— On cherche quoi ?

— On garde l'œil sur tous les trucs suspects. D'après ce qu'on sait, ça va se passer avec les gars de Mbossi. Dès qu'ils bougent, on les file. Caza et Alix nous donnent le top départ, et Pastoureau et Blondeau prennent le relais, si besoin. On leur colle au train, on veut savoir ce qu'ils vont faire.

– OK. On arrive dans le quartier. On a la casa Mbossi en vue. Y a du mouvement. Des gars qui chargent des trucs dans des bagnoles.

– OK. Restez bien planqués, vous faites pas repérer. Ils chargent quoi ?

– On peut pas voir, on est trop loin.

– Gardez vos distances. On va essayer de la jouer fine.

Il raccrocha. Et, se tournant vers Volterra :

– On va vers la gare.

Les voitures de Mbossi se mirent en route. Dans le véhicule de tête, le King lui-même précédait le convoi. La journée, un peu grise, s'annonçait décisive. Ce coup-là, on en parlerait jusqu'à la nuit des temps. Le chauffeur, un Ghanéen avec la tête rasée, demanda :

– On va où, Mbo ?

– On va vers les Champs-Ouverts.

– Mais y a rien, là.

– Justement.

Palmiero, assis à l'avant avec son chien, se retourna :

– C'est des terrains vagues. Les Champs-Ouverts, c'est là que les gitans s'installent, en été ?

– Ouais.

– Y a quoi ?

– Le train.

Le silence retomba. Les sept voitures suivaient derrière. Peu à peu, des scooters se mirent à doubler les Mercedes. Des jeunes, la casquette à l'envers ou le bandana noué, se faisaient des signes. Mbossi se contenta de rire et demanda au chauffeur de mettre un peu de zique. Un rythme de rap déferla dans la voiture.

À la gare, Timberland frappa l'accoudoir de la bagnole :

– Yesssss !

Kaddour lui demanda :

– Yes quoi ?

– Regarde ! Regarde, mon frère ! Les flics ! Ils vont s'en souvenir ! Putain, bravo !

Il désigna, en contrebas, Mérigneux et Volterra qui sortaient de leur véhicule. Très vite, ils se noyèrent dans la foule.

Aux Champs-Ouverts, les voitures se mirent en place le long du terrain vague. Des dizaines de types garaient les scooters, se saluaient d'un check désinvolte, faisaient passer des battes de base-ball, des nunchakus, des coups-de-poing américains. On aurait dit une ambiance de match de foot. Les cris fusaient, les exclamations se croisaient. Les voitures laissaient échapper des cadences agressives. Un peu plus loin, les RER filaient, toutes les quatre minutes, bondés. Un gars en survêtement Adidas monta sur un pylône.

Mbossi fit garer sa voiture plus loin, près du passage à niveau, à trois cents mètres, l'avant tourné vers la ville. En cas de pépin, il fallait prévoir de se tirer en vitesse. Loin du troupeau. Mais il ne craignait pas grand-chose. Il avait de quoi faire entendre raison à n'importe quel bouffon.

Au centre de contrôle de la SNCF à Bondy, les cinq gestionnaires de la circulation des trains avaient fort à faire. Il était crucial qu'à cette heure tout se déroule bien. Dans la matinée, plus de trois cent mille passagers allaient transiter par cette ligne. Chaque minute de retard pouvait se traduire par des encombrements majeurs. En quelques minutes, toute la banlieue nord pouvait être bloquée, avec des prolongements en centre-ville. Dès que la gare du Nord et la gare Saint-Lazare étaient touchées, les embouteillages devenaient monstres. La dernière grève, en 2007, avait mis la capitale à l'arrêt. Mais, pour l'instant, tout se passait bien. Le pire qui pouvait arriver, c'était qu'un taré empêche la fermeture des portes, ou qu'un gosse tire le signal d'alarme. Ce qui s'était déjà produit.

Sur les douze écrans de contrôle, tout se passait bien. Sauf ce gamin sur un pylône, aux Champs-Ouverts, repéré par une caméra.

– Envoie un gars pour faire descendre ce petit con, là, ordonna le chef aiguilleur.

– C'est en route.

– Pas le moment de foutre la merde.

Dans quelques minutes, il serait sept heures. L'heure de pointe. L'heure du cauchemar.

Mérigneux décrocha. C'était Cazamec.

– Dis donc, Luc, on se retrouve à proximité d'un coin qui s'appelle les Champs-Ouverts. Y a une dizaine de bagnoles, non, attends, huit, et Mbossi est là-dedans.

– Ils font quoi ?

– Je sais pas. Il y a aussi des tonnes de racailles qui arrivent en scooter, c'est dingue. On dirait une kermesse.

– Ça m'étonnerait.

– J'en vois un qui monte sur un pylône…

– Oh, putain ! J'ai compris !

– T'as compris quoi ?

– Ils vont bloquer les trains !

La grande aiguille se positionna sur le 12. Timberland sortit de la voiture, et, accompagné de Kaddour, se dirigea vers le bureau du chef de gare. Trois types buvaient un café en gardant un œil paresseux sur les écrans. Le premier reçut un coup de crosse, le deuxième une balle dans le genou, le troisième leva les mains.

Aux Champs-Ouverts, le câble tomba. Le type en Adidas redescendit. Une dizaine de jeunes se postèrent sur la voie. Les autres, le long du remblai, virent la rame du RER s'arrêter dans un nuage d'étincelles. Une dizaine de mètres plus loin, les vingt-cinq wagons s'immobilisèrent. Il y avait trois mille quatre cents passagers, serrés les uns contre les autres. Une centaine de jeunes, dehors, montèrent dans la rame.

Mbossi observait, de loin.

– C'est comme une attaque de diligence, hein. Dans un western.

Palmiero caressa son chien :

– Eux, c'est les connards de la diligence. Nous, on est les Indiens.

– Ouais. On va les scalper.

Au centre de contrôle, à Bondy, sept types avaient fait irruption. En quelques secondes, ils avaient détruit les écrans, les consoles de contrôle, les câblages à coups de battes de base-ball. L'un d'entre eux avait une batte en acier. Elle s'abattit sur la tête du chef aiguilleur, qui tomba, l'os temporal enfoncé. Sous la pression de la boîte crânienne, un œil jaillit hors de son orbite.

Mérigneux se fraya un chemin dans la foule, qui devenait de plus en plus dense, minute après minute. Il demanda à un contrôleur :

– C'est où, les aiguillages ?

Le type lui désigna une entrée, un peu plus loin.

– Ils sont combien, là-dedans ?

– Trois.

Il se mit à courir. Volterra suivait.

C'était le chaos. Les gens criaient, des femmes hurlaient, les gosses pleuraient. Les portes coulissantes des wagons, ouvertes, vomissaient des dizaines de passagers excédés qui se retrouvaient face à des dizaines de jeunes, armés. Le premier qui osa protester – un ouvrier de Levassor – reçut un coup de matraque qui le mit à genoux. Il ne se releva pas. Dans la cohue, la panique frigorifia les gens. Les assaillants remontaient les allées centrales, frappant à droite et à gauche.

— Vos portefeuilles !

Une femme protesta. Elle eut droit à une claque retentissante :

— Ta gueule, la pouffe.

Un à un, les passagers étaient dépouillés. Une jeune fille se cramponna à son iPhone. Un grand Black lui arracha son corsage. La poitrine nue, la fille se mit à pleurer. Chaque pillard, en passant, lui empoigna les seins. Un gamin de six ans, qui hurlait, fut jeté dehors. Un vieil homme, resté assis, se retrouva avec une lame de rasoir sur la gorge. Un contrôleur eut le genou fracturé. Plus les pillards remontaient vers la tête du train, plus ils s'échauffaient. Les coups pleuvaient. Le butin était collecté dans des sacs-poubelle. Un gars armé d'un Smith & Wesson remontait vers la tête du train, suivi par ses boys.

Dehors, Mbossi observait. L'attaque du train, c'était le spectacle. Mais le clou, mis au point par Timberland, c'était une surprise. Une sacrée surprise.

Mérigneux entra en coup de vent. D'un coup d'œil, il comprit. Deux types à terre, le matériel détruit, le sang répandu. Volterra, derrière lui, dégaina.

— La vache !

Sur le quai, une foule compacte, coude à coude, s'impatientait.

Mérigneux sentit le canon d'une arme sur sa nuque.

– Salut, connard de flic !

Volterra laissa tomber son arme : il était dans la ligne de tir de Kaddour. Mérigneux leva les mains et se retourna.

Timberland se régalait.

À Saint-Lazare, c'était le souk ; les gens protestaient, les employés de la SNCF couraient, les flics téléphonaient. Les unités d'intervention de la gendarmerie étaient prévenues, direction Bondy. La foule débordait sur les quais, sur la rue, sur la chaussée. Les embouteillages, déjà monstres, bloquaient tout le quartier. La préfecture était aux abois. La mairie de Paris montait une cellule d'alerte.

À la gare du Nord, les passagers en rade étaient descendus sur les voies. Les correspondances de métro ne fonctionnaient plus. Un homme était tombé devant une rame, échappant de peu à la mort. Un syndicaliste se mit à protester contre les conditions de travail. Il faillit être lynché par la foule exaspérée.

Dans son pavillon de banlieue, Bernard Mérigneux s'installa devant son bol de café et ses journaux. Il allait passer la journée à faire des mots croisés et à ressasser d'anciens dossiers. Il tartina une biscotte, déplia *Paris Jour*, jeta un coup d'œil sur la télé, dont le son était coupé, et vit des images de gens sur des quais de RER. Il reprit son livre des poètes de la Commune, le feuilleta avant de remplir une première case de mots croisés. Au moment où il cherchait la réponse du troisième vertical – « Ils s'accompagnent souvent de rires » en cinq lettres –, il sentit une présence. Un type basané avec des dreadlocks venait de s'asseoir à côté de lui. Il avait un Colt M1911 en main. Il le posa sur la table et dit simplement :

— Alors, on s'amuse, papy ?

Bernard Mérigneux, sans le savoir, était le clou du spectacle.

Mbossi descendit de la voiture. Il voulait voir de près. Il traversa le terrain vague, suivi par Palmiero et son chien. Il s'approcha des sacs-poubelle qui s'empilaient sur le remblai. Les jeunes, en joie, gueulaient. Les passagers, assis par terre, dépouillés, baissaient les yeux. Un type, cheveux rasés, barbe de trois jours, tee-shirt « Death Row », paradait avec une kalachnikov.

L'attaque de la diligence était une vraie réussite. Les westerns avaient du bon.

Le gars avec le Smith & Wesson arriva devant la cabine de conduite du train. Derrière lui, la file indienne des cailleras s'arrêta. D'un coup de pied, il ouvrit la porte. Le conducteur, terrifié, leva les mains. Dans l'étroite cabine, Smith & Wesson et son acolyte avaient du mal à bouger.

— On va faire de la place.

Smith & Wesson braqua le conducteur.

— T'as fait tes prières ?

Il se mit à rire. Il riait toujours quand la première balle lui traversa l'os temporal gauche pour ressortir par l'os frontal. La plaie de sortie était béante, une partie du crâne s'était envolée. Une deuxième balle pénétra dans le visage du deuxième type. Il eut l'air étonné. Il n'eut même pas le temps d'entendre :

— Je suis le Juge. Et tu as été jugé.

En entendant le coup de feu, Mbossi leva les yeux. Il se retourna vers la tête du train, faisant tressauter sa graisse. Trois autres coups de feu suivirent. Dans le wagon de tête, la foule se mit à sortir en vagues affolées, les gens se poussant, se bousculant, se piétinant. Mais vivants. Un voyou sortit en titubant et chuta dans l'herbe. Sa carotide laissait échapper un flot de sang.

Mbossi fit signe au porteur de kalach. Celui-ci se précipita vers l'avant, suivi par deux autres gars avec des armes de poing. Ils n'eurent pas le temps de monter dans le train : trois coups de feu d'une extrême précision les couchèrent.

Les pillards se mirent à courir. Passé un moment d'interrogation, ils jaillirent du train, rejoignant les gars près des scooters. Les battes de base-ball ne suffisaient plus. On allait discuter sérieusement : les coffres des sept voitures, ouverts, révélèrent des dizaines de flingues, en vrac. C'était le stock militaire détourné quelques jours plus tôt, gare de Nevers.

Keller se glissa dans le premier wagon. Une racaille, baraquée comme un catcheur, tenta de le cogner avec un manche de pioche. Avant même que le type n'ait bougé, le Juge avait vu ce qu'il allait faire : sa jambe gauche s'était avancée. Keller lui fractura le genou d'un coup de pied balayé, et, sans s'arrêter, envoya son coude dans l'aine d'un autre pillard. Le temps que le type tombe, Keller avait déjà poussé le menton d'un troisième, en lui tirant l'épaule en sens contraire. Il entendit un craquement satisfaisant.

Il continua, vite. Il fallait rester dans le mouvement. Par la fenêtre, il vit un homme avec un Manurhin dans la main, visant. Il tira. La fenêtre s'étoila. La menace immédiate avait disparu.

— Tu vois, dit Timberland, t'es cuit.
— Ouais. Mais mes gars vont arriver.
— Pas grave. On a le temps. On va discuter.
Volterra intervint :
— Discuter de quoi, empaffé ?
Kaddour lui décocha un violent coup de crosse. Volterra s'abattit sur la console de contrôle, l'arcade sourcilière ouverte.
— Discuter du bon vieux temps.
— Flinguer un flic, c'est perpète.
— M'en fous. Tu vas payer.
— Tu veux me fumer ? Vas-y, connard.
— Ouais, je vais te fumer. Mais, avant, je vais fumer ton vieux.
— Mon père ?
— Ça, ça me fait plaisir. J'attends le coup de fil. On va attendre tous les deux.
— Fumier !
— C'est pas gentil, ça.

Keller remontait le couloir central du train. Les passagers restants baissaient la tête ou s'accroupissaient entre les sièges. Deux types lui barrèrent la route, en position de karaté. Ils étaient lents, si lents. Chaque geste était téléphoné. À peine le premier eut-il lancé son attaque qu'il se retrouva, les deux clavicules brisées, le front saignant sur une poignée ; le second ne sentit même pas sa rate éclater. Un gars sec, vêtu de noir, releva le canon de sa kalach : une balle lui perfora le cœur.

Tandis qu'il arrivait en queue du train, Keller sentit un bras autour de son cou. À peine l'agresseur l'avait-il touché que Keller avait pivoté sur ses hanches, donné un coup de boule en arrière, s'était glissé vers le bas et, le poignard en main, avait touché le type au foie. Un autre s'élança, avec un nunchaku : Keller laissa passer le premier coup, qui fit vibrer l'air, et, le temps que l'autre remonte la chaînette, il avait déjà le manche du nunchaku dans la gorge. Sa glotte éclata. Deux autres loubards voulurent régler son comte à Keller, l'un avec un rasoir, l'autre avec un Heckler & Koch. Mal leur en prit : le poignet du tireur fut tranché d'un coup de rasoir, et l'autre gars eut les pommettes enfoncées.

Une rafale de kalach dessina un pointillé sur la tôle du wagon. Parvenu au bout du train, Keller se jeta dans le fossé, derrière la rame qui faisait écran. Il se mit à courir, à l'abri des wagons.

Cazamec et Alix, dans leur voiture, étaient bloqués, pris dans la circulation paralysée. Ils sortirent du véhicule et se mirent à courir vers les Champs-Ouverts, où, de loin, on entendait des coups de feu.

– Ça flingue, dis donc, Alix.

– Ouais. On y va.

De loin, ils distinguaient sept voitures alignées, et une dizaine de types qui prenaient quelque chose dans les coffres. Alix, courbée, l'arme à la main, cria :

– Fais gaffe, Caza ! C'est des flingues !

Un peu plus loin, ils virent un gros type, suivi par un gars en jean avec un chien, qui courait vers une voiture garée plus loin, près du passage à niveau.

– Regarde, c'est Mbossi !

Keller jaillit devant Mbossi. Il jaugea la situation : les deux flics qui accouraient, mais qui étaient encore loin ; les racailles qui étaient en train de se servir dans les coffres des voitures, et qui, le temps de charger les armes, allaient commencer à arroser tout le monde ; Mbossi et Palmiero, devant lui.

Il commença par s'occuper de la menace immédiate : le temps que le vieux rockeur tende la main pour saisir le Makarov qu'il portait à la ceinture, Keller était sur lui. Il le désarma d'un coup de pied, suivi d'un hitachi aux côtes. Palmiero tomba. Keller lui enfonça son arme dans la bouche :

– C'est où ?

– ...

– Tu as trois secondes. La petite, je veux savoir où.

– ...

Keller tira. Une balle se logea dans le sol, près de la tête de Palmiero. Il vit les yeux de Palmiero changer de couleur. Le chien, plus loin, allait-il attaquer ? Keller tenait son arme prête. Le moindre geste, il le tuait. Le chien, sentant quelque chose d'indicible chez cet homme, s'assit.

Palmiero dit :

– Le labo.

– Quel labo ?

– Derrière le pressing de Yazir. Dans la cour.

Keller se releva et mit en joue Mbossi, à une cinquantaine de mètres. Le gros, hors d'haleine, avait déjà tourné les talons et se précipitait vers les autres voitures, au bout de la route. Pas le temps de le rattraper. Keller le laissa courir. Il entendit Mbossi gueuler :

– À la planque !

Il se tourna vers la Mercedes de Mbossi, dont le chauffeur, une balle dans les côtes, était tombé par la portière ouverte sur le passage à niveau. Keller se pencha sous le volant, ouvrit le coffre.

Le gros tube était bien là. Il le saisit, épaula, tira.

Le missile de l'Apilas pulvérisa trois voitures d'un seul coup. Les autres se mirent à flamber.

Keller monta dans la Mercedes. Alix et Cazamec, couchés dans l'herbe, eurent juste le temps de se relever pour le voir disparaître derrière un bloc d'immeubles. Ils se dirigèrent vers Palmiero. Celui-ci s'était relevé. Il sortit son arme, visa les deux policiers. Deux balles le cueillirent en pleine poitrine. Une Audi, criblée d'éclats, s'éloigna sur les chapeaux de roue : une fois de plus, le destin avait épargné Mbossi.

On était le 3 mai. Keller avait un rendez-vous à deux heures du matin.

18

La nuit s'annonçait houleuse. L'homme, dans la voiture, était un peu étonné. Dans son pays, en Grèce, les manifestations étaient monnaie courante depuis que le nouveau gouvernement avait été élu. Les affrontements avec la police étaient fréquents. Mais en France ? Il pensait que la situation aurait été plus calme.

De toute façon, il n'allait pas rester longtemps. Juste le temps de la transaction, et il disparaîtrait. À l'avance, il se délectait. Les photos de la petite, qu'il pouvait contempler à loisir sur son iPad, à l'arrière de la limousine, étaient magnifiques. Tandis que le chauffeur entrait dans la banlieue parisienne, évitant les embouteillages, l'homme alluma l'écran : le cliché de Viviane – surnommée Zamia sur le Net – le mettait dans tous ses états. Faux cils, fond de teint ombré, rouge à lèvres carmin, l'air d'un petit oiseau tombé du nid. La bretelle du top rabattue, la jupe écossaise découvrant les genoux, elle invitait l'élan de protection. On avait envie de la serrer dans ses bras. Mais ce qui était la touche la plus excitante, c'était les socquettes. L'homme sentit une vague de chaleur lui monter au visage.

– On arrive à Montfermeil, patron, dit le chauffeur.

– Quelle heure il est ?

– Vingt-deux heures, patron.

– Alors gare-toi dans un endroit tranquille. On a le temps. Tu sais où on va ?

– Oui, patron. Le pressing.

– Très bien. On a rendez-vous à deux heures du matin.

Le chauffeur manœuvra pour se garer sur un parking de Bricorama. Au loin, il aperçut deux hélicos qui tournaient.

Les chaînes de télé diffusaient en continu, de Montfermeil. Le centre-ville et la gare étaient envahis de reporters, de caméras, de curieux. Les sirènes hurlaient. Des ambulances passaient, tous feux allumés. Des cars de police se succédaient. Le préfet était là, dans le command-car de la gendarmerie. Le Premier ministre se tenait au courant, minute après minute. À Paris, les gares étaient entièrement bloquées. Des centaines de milliers de passagers, sans moyens de transport, se demandaient ce qui se passait. Le centre de Rosny-sous-Bois diffusait des bulletins négatifs, la circulation routière était à l'arrêt sur les autoroutes. Les drones de la sécurité du territoire montraient tous la même chose : un engorgement massif.

Mais les nouvelles étaient rassurantes, sur LCI : le ministre de l'Intérieur venait d'intervenir pour expliquer que la situation était bien en main et que les malfaiteurs étaient repoussés, arrêtés, poursuivis. Il y avait une trentaine de morts, la plupart chez les pillards. Les tireurs d'élite avaient réglé la situation à Bondy. Montfermeil était sécurisé. La révolte, qui menaçait d'embraser les banlieues comme en 2005, avait été jugulée de justesse. L'État avait assuré son rôle. La police était à la hauteur. La justice suivrait son cours.

Sur la chaîne concurrente, cependant, le son de cloche était différent : Christophe Hondelatte assurait fermement que si tout était rentré dans l'ordre, ce n'était pas grâce à la police. Mais grâce au Juge.

Le Juge devenait le héros des Français, l'humiliation du gouvernement, le cauchemar des forces de l'ordre.

Keller arrêta la Mercedes devant la gare. Deux cars de police témoignaient de l'empressement de la SNCF à réguler le flot de passagers qui encombraient la place et les quais. Des milliers de gens se pressaient, la foule augmentant à chaque minute. Keller, anonyme, se fraya un chemin en douceur. Parvenu devant le centre d'aiguillage, il essaya de voir à travers les vitres, peintes en blanc. Il ne distingua que des silhouettes obscures. Des tableaux électriques indiquaient le tracé des voies, clignotant inlassablement.

Il réfléchit quelques secondes. S'il entrait l'arme au poing, l'affaire se transformerait en massacre. Il fallait reprendre le jeu de go. Conquérir des territoires. Utiliser le sens de la stratégie.

Il laissa tomber ses mains, se décontracta, consacra quelques instants à vider son esprit. Puis, posant la main sur la poignée de la porte, il entra.

Il vit d'abord un homme couché sur les consoles, le visage en sang, évanoui. Volterra. Au-dessus de lui, un flingue en main, il reconnut Kaddour, chafouin et rigolard. À gauche, au fond, Mérigneux était assis sur une chaise, les mains sur la nuque. Trois fonctionnaires de la SNCF étaient allongés par terre, dont l'un saignait abondamment du genou. Ils avaient les mains, les pieds et la bouche scotchés avec du papier collant d'emballage.

Et, devant lui, tenant un Magnum .44 canon long, une vieille connaissance.

Timberland.

Pendant que Cazamec se garait – « Vas-y, je te suis ! » –, Alix traversa la place de la mairie de Montfermeil. Dans la foule, elle remarqua un chien avec un chiffon dans la gueule. Elle contourna l'animal, pénétra sur le quai de la gare et chercha des yeux le chef de station. Celui-ci, entouré d'un cercle d'usagers mécontents, essayait de rassurer les gens. En fait, il ne savait pas grand-chose. Il gesticulait, l'air inquiet. La tension était palpable.

Alix se pencha sur les voies. À gauche, une rame était immobilisée, à cent mètres de la gare et dégorgeait ses passagers mécontents. À droite, une autre rame, stoppée à trois cents mètres, était déjà vide. Elle essaya de repérer le bureau des aiguillages. Un panneau, un peu plus loin, indiquait l'endroit.

Elle sentit un chien qui se glissait entre ses jambes. Elle leva la tête et vit un vieux rockeur.

Il la braquait. Son blouson râpé portait la trace de deux impacts.

Il portait un gilet pare-balles. Il avait un flingue en main.

– Tu cherches la sortie, ma belle ?

Le chien lui léchait les baskets.

– T'es qui, toi ?

– Le pote de Mbossi. Mbossi, tu connais ?

– Ah oui, le gros ?

– C'est con, tu vois, j'ai perdu mon job. Mais comme je l'aime bien, mon job, je continue à pratiquer.

– C'est quoi, ton job, ducon ?

– Faire des courants d'air dans ta gueule, connasse.

Un mouvement de foule déplaça tout le monde. Un haut-parleur lançait un avertissement : « Écartez-vous des voies, écartez-vous des voies. Merci. »

Palmiero, bousculé, leva l'arme. Mais il sentit le canon d'un pistolet se coller contre son oreille. La voix de Cazamec lui parvint – mal, car, avec une oreille bouchée, on entend nettement moins bien :

— Tiens, je t'ai apporté des bracelets, mon chéri.

Il le menotta. Le chien se mit à jouer avec les lacets des baskets d'Alix.

Timberland s'approcha. C'était un moment à savourer. L'arme à la main, il contourna Keller, se mit derrière lui :

— Alors c'est toi, le Juge ? Putain, t'en as fait courir, du monde !

Keller vit les yeux de Mérigneux s'agrandir. Ils se rencontraient enfin. Timberland planta le canon de l'arme sur la nuque de sa future victime :

— Tu vois, tu m'as vraiment fait mal. Je vais donc te faire très mal aussi. C'est justice, non ?

Keller sentit la pointe d'un couteau lui entailler l'oreille.

— Ben, tu saignes comme tout le monde. T'es un juge banal, au fond.

Mérigneux, assis, regardait Kaddour.

— Tu crois en la justice. Moi aussi. Œil pour œil, dent pour dent. Ton pote, dans le métro, a été très désagréable. Je vais être très désagréable avec toi, connard de juge. Au même endroit.

Keller sentit la pointe du poignard s'insinuer le long de son entrejambe.

— Je vais me faire vachement plaisir.

Dehors, on entendit l'explosion produite par une grenade assourdissante, qui aveuglait et désorientait : les gendarmes prenaient d'assaut l'immeuble de Mbossi.

L'arme, dans la main de Timberland, se détourna une fraction de seconde. Keller, en état de relâchement total, passa à l'action. Il écrasa le cou-de-pied de Timberland, pivotant en même temps, lança son coude dans sa pomme d'Adam et, simultanément, agrippa l'arme. Sans lâcher prise, il passa comme l'éclair sous le bras de Timberland, lui tordant le poignet en élevant l'avant-bras. Il sentit l'omoplate se déboîter, puis se casser. Il poussa Timberland, dépliant le bras qu'il tenait toujours. Le coude se cassa. Dans un hurlement de douleur et de rage, Timberland essaya de se retourner, mais il chutait déjà. Il n'arrivait plus à contracter son index sur la gâchette. Une balle, quelque part, siffla. C'était Kaddour, que Mérigneux venait de plaquer au sol.

Timberland, convulsé, essaya encore de donner des coups de pieds, mais c'était peine perdue. Allongé sur le dos, il n'avait plus aucune prise. Keller tomba sur lui, un genou en avant. Il sentit quatre côtes se briser. Il se releva. Timberland ne pouvait plus rien. Sauf menacer.

– Le père de Mérigneux va trinquer, connard. C'est toi qui l'auras tué.

Mérigneux, ayant désarmé Kaddour, se plaça devant Timberland. Il regarda la crapule sur le sol et, pris d'une inspiration, lui décocha un coup de pied colossal dans son ancienne blessure de Strasbourg-Saint-Denis. L'autre s'évanouit.

Mérigneux se tourna vers Keller :

– Finalement, un coup de pied dans les couilles, même quand il n'y en a plus, ça marche.

Keller le regarda.

– Ça marche.

– C'est vous, le Juge ?

– C'est moi.

– Je vous cours après depuis un sacré moment.

– Je sais.
– Mais… Mais cette fois-ci je ne vous ai pas vu.
– Ah, pourquoi ?
– Parce que vous avez fait justice, vraiment.
– Vous pensez à quoi ?
– Xavier But.
– Il méritait ce qui lui est arrivé.
– Incontestablement.

Alix, accompagnée de Cazamec et d'un chien, entra. Mérigneux se retourna et lui dit :

– Le mec, là, par terre, c'est Timberland. Et là, c'est…

Il n'y avait plus personne.

Le Juge avait disparu.

Il était deux heures moins le quart. Il n'y avait pas de temps à perdre. Il enfourcha sa moto. Palmiero avait craché l'adresse : le pressing, qui abritait l'un des labos de Mbossi. Keller contourna les barrages de police. Les unités antiémeutes se déployaient entre les immeubles. Des poubelles enflammées tombaient des fenêtres, des voitures flambaient. Dans la nuit, l'impression générale était celle d'une guerre civile. Mais Keller savait que le matin serait gris, empli de cendres et de mauvais souvenirs.

Il s'arrêta à quelques centaines de mètres du pressing de Yazir. À pied, il se glissa le long des murs, attentif à la moindre présence. Il n'était pas question d'arriver par la façade. Il repéra un immeuble délabré, un peu plus loin dans la rue, et s'enfonça dans un couloir qui sentait le moisi et le graillon. Il traversa une courette, longea un atelier. De là, il voyait la rue : la vitrine du pressing avait été bardée de plaques de contreplaqué.

Il s'accroupit et vida son esprit, une fois de plus.

La douleur familière était là. S'il se trouvait en ce lieu, c'était pour Patricia, sa femme, et Georgina, sa fille. Il les revit, c'était un jour d'été radieux, dans un jardin : la fillette riait, la joie traçant des fossettes dans ses petites joues, et elle s'envolait sur une balançoire, tandis que sa maman la poussait. Bonheur disparu... Il ne restait que la Voie du Juste pour rétablir, un tant soit peu, l'ordre du monde.

Il entendit le chuintement de la limousine, avant même de la voir. Elle s'arrêta à quelque distance du coin de la rue, et les phares s'éteignirent. Un gros homme, l'air à la fois inquiet et affairé, sortit : le chauffeur ferma la portière et se réinstalla derrière le volant. Le gros homme se dirigea vers l'arrière-cour du pressing, un attaché-case à la main. Keller, invisible, se coula dans son ombre.

Parvenu dans l'espace clos de la cour, l'homme s'arrêta. Il n'y avait personne. Immobile, indécis, il se retourna.

Une silhouette noire venait d'apparaître. C'était Mbossi.

— Alors, vous voici, monsieur l'amateur ?

— Oui, oui.

— Vous avez apporté l'argent, je vois.

— Comme convenu. Un million.

— Parfait. La marchandise est là, en parfait état de conservation. Nous n'avons guère de temps. La situation me contraint à voyager rapidement.

— Je comprends. Où est Zamia ?

— L'argent d'abord.

— Je veux la voir.

Mbossi se retourna et, sur un signe de main, un homme apparut, le bras gauche passé autour du cou d'une petite fille. Keller le reconnut : c'était le blondinet de la station Strasbourg-Saint-Denis. Il s'avança. Dans sa main droite, un flingue Steyr M. Dirigé vers la tempe de Viviane. Le client recula :

– Vous n'avez pas besoin de…

– Si, si, monsieur l'amateur. On écoute toujours mieux quand il y a une arme dans le tableau. L'argent, s'il vous plaît.

L'homme tendit l'attaché-case. Mbossi le posa par terre, l'ouvrit. Plusieurs rangées de billets apparurent. Mbossi prit une liasse, la fit claquer sur ses doigts.

– Pas mal.

Keller jaugeait la situation. Pour l'instant, tant que le Steyr était pointé sur la tête de Viviane, il ne pouvait rien faire. En un flash, il revit le visage de sa propre fille. Mbossi souleva une deuxième liasse, puis une troisième. Dans l'obscurité de la courette, il se releva, donna un coup de pied dans l'attaché-case, qui se renversa. Sous la première couche de billets, il y avait du papier journal.

– Tu te fous de ma gueule, l'amateur !

– Non, non, je…

– Tu voulais me doubler, connard ?

– C'est une erreur, je…

Mbossi fit un signe. Le blondinet leva le Steyr, tira. La balle traversa la joue et le palais de l'homme.

C'était l'occasion, la seule. Dès que le flingue ne fut plus dans l'alignement de la tête de la petite, Keller entra en action. À peine la détonation eut-elle retenti qu'il s'abattit sur le bras du blondinet. En une fraction de seconde, poignet cassé, coup de coude dans la pomme d'Adam, le tireur était à terre : il ne pouvait plus respirer. Dans une minute, son corps allait être agité de tremblements, sa vision allait diminuer, son cerveau manquer d'oxygène. La perte de connaissance suivrait rapidement. Deux minutes : la mort.

Keller saisit la petite fille, la ramena derrière lui. Terrifiée, elle se cramponna à lui.

Mbossi avait réagi avec une souplesse inattendue. Il s'était jeté contre le mur et avait sorti sa propre arme. Un M 500 Smith & Wesson, calibre 12,7. Un flingue capable de gros dégâts. Keller mesura la distance entre eux. Cinq mètres. Trop loin.

Mbossi ricana :

— Alors, connard, Juge de mes deux, on fait connaissance ?

— On dirait.

— Je vais te faire la peau. Je regrette de ne pouvoir le faire lentement. Je suis pressé. Donne-moi la fille.

— Viens la chercher.

— Quoi ?

L'homme blessé, au sol, bougea. Un gémissement se fit entendre. Sans quitter Keller des yeux, Mbossi abaissa son arme et tira. La balle de 12,7 fit exploser la tête du blessé. Il n'en restait rien. Mbossi redressa le poignet, mais c'était trop tard. Un orage infernal s'était abattu sur lui : son bras était cassé en deux endroits, son genou cédait, et, dans sa chute, il sentit une main qui lui saisissait le menton et qui le forçait à tourner la tête vers la gauche, tandis qu'une autre main poussait son épaule vers la droite. Il sentit ses vertèbres éclater. À terre, il entendit encore la voix du Juge :

— Personne n'a le droit de toucher aux enfants. Personne. Il te reste moins d'une minute pour entrer dans la Voie du Juste.

Le téléphone sonna. Mérigneux, sur le quai, décrocha. C'était son père.

— Dis-moi, fiston, j'ai un gars qui est mort sur la table de la cuisine.

– Mais… Mort comment ?
– Ben, mort, quoi.
– Tu vas bien ?
– Oui. Il voulait m'empêcher de finir de lire Jules Vallès, il est mal tombé. Il a manqué de respect envers les poètes de la Commune. Ça se fait pas.
– T'es tout seul ?
– Non, il y a deux inspecteurs avec moi.
– Passe-moi l'un des deux.

L'inspecteur Allemane expliqua que, lorsqu'ils étaient arrivés, les policiers avaient trouvé le vieux Mérigneux avec son arme de service à la main. Il leur avait montré sa carte de police, périmée, mais quand même.

– Mais, objecta Mérigneux, j'avais fait boucher le canon.

Il entendit son père, à l'arrière-plan, commenter :

– Tu croyais que je le savais pas ? Je l'ai débouché, voilà tout.

Parfaitement logique, se dit Mérigneux.

Keller emmena la petite fille sur sa moto pour la déposer entre les mains de Zéev. Celui-ci allait se charger de la remettre à la police et à sa sœur. Là, tandis que l'aube se levait, Keller avait calé sa moto, embrassé la petite et lui avait dit :

– Ce monsieur est très gentil. Il va s'occuper de toi.

Tremblante, épuisée, Viviane avait suivi Zéev, le tenant par la main. Un soleil pâle commençait à pointer. Zéev avait préparé du lait chaud et des vêtements propres. La petite se tourna vers Keller, qui enfourchait déjà sa moto :

– Merci, monsieur Moto.
– Non, petite. C'est moi qui te remercie.

Il lui fit un signe de la main et démarra. Tandis qu'il roulait sur les berges de la Seine, il remarqua une péniche qui remontait le courant, vers Notre-Dame. La lumière du matin se reflétait sur la grande rosace.

Pour la première fois depuis longtemps, il se sentit redevenir un homme.

Quelques heures plus tard, Mérigneux assista aux retrouvailles de la petite Viviane et de sa grande sœur, Anna Plurabelle. Quand il raconta la scène, plus tard, à son père, il sentit sa gorge se serrer. Il savait, au fond, qu'il y avait eu un grand absent pour cette réunion émouvante : le Juge était un homme de l'ombre.

Épilogue

Keller hésitait. Saint-Jacques aux huîtres et aux champignons, ou bien pâté en croûte de caille des prés façon Rossini ? Il avait envie de demander conseil au chef, le merveilleux Alain Dutournier, qui exécutait ses tours de magie culinaires au Carré des Feuillants, près de la place Vendôme. Il posa la carte et regarda ses deux invités.

– Pour moi, ce sera le caneton croisé, avec des navets et du foie gras, dit Simon Zéev.

– Et pour moi l'agneau de lait, indiqua Antoniechka.

Ils commandèrent en écoutant les suggestions du maître d'hôtel, qui leur fit servir une bouteille de champagne Roederer Cristal Rosé 1995, un « fantastique mariage de la garde et du charme des pinots noirs bien nés », précisa le sommelier.

Ils trinquèrent. Antoniechka posa sa main sur celle de Keller.

Zéev, un grand sourire sur le visage, toqua sa coupe contre la poignée de sa nouvelle canne en bois de macassar.

Il regarda Antoniechka, puis Keller.

– *Molon*..., commença-t-il.

Et, après une seconde de silence, ajouta :

– Oh, et puis zut ! Allez, à votre santé !

Composition et mise en pages
Nord Compo à Villeneuve-d'Ascq

Impression réalisée par

CPI
BRODARD & TAUPIN

La Flèche (Sarthe)
en juin 2015

N° d'impression : 3011074
Dépôt légal : juin 2015
Imprimé en France